古典文獻研究輯刊

二 編

曾 永 義 主編

第14冊

從神話到小說：
魏晉志怪小說與古代神話關係之研究

呂 清 泉 著

中國神話傳說中的兩性社會地位之演進研究

康 靜 宜 著

國家圖書館出版品預行編目資料

從神話到小說：魏晉志怪小說與古代神話關係之研究　呂清泉
著／中國神話傳說中的兩性社會地位之演進研究　康靜宜　著
—初版—新北市：花木蘭文化出版社，2011〔民100〕
目 2+96 面＋目 2+120 面；19×26 公分
（古典文學研究輯刊　二編；第 14 冊）
ISBN：978-986-254-501-0（精裝）
1. 志怪小說 2. 中國神話 3. 六朝志怪
820.8　　　　　　　　　　　　　　　　　100001054

ISBN-978-986-254-501-0

9 789862 545010

古典文學研究輯刊
二　編　第十四冊　　　　ISBN：978-986-254-501-0

從神話到小說：魏晉志怪小說與古代神話關係之研究
中國神話傳說中的兩性社會地位之演進研究

作　　　者　呂清泉／康靜宜
主　　　編　曾永義
總 編 輯　杜潔祥
出　　　版　花木蘭文化出版社
發 行 所　花木蘭文化出版社
發 行 人　高小娟
聯絡地址　新北市永和區中正路五九五號七樓之三
　　　　　　電話：02-2923-1455 ／傳眞：02-2923-1452
網　　　址　http://www.huamulan.tw 信箱 sut81518@ms59.hinet.net
印　　　刷　普羅文化出版廣告事業
初　　　版　2011 年 3 月
定　　　價　二編 30 冊（精裝）新台幣 48,000 元

從神話到小說：
魏晉志怪小說與古代神話關係之研究

呂清泉　著

提　要

　　本論文研究目的在探討魏晉志怪小說與古代神話的種種關係，以論證魏晉志怪小說繼承古代神話而加以演變的事實，並藉此對魏晉志怪小說與古代神話兩者都能獲得進一步的瞭解。

　　資料來源是以現存的一些魏晉志怪小說和古書中零散的神話材料為主，又以現代學者有關魏晉志怪小說和古代神話的研究文獻為輔。

　　至於研究方法是參用西方的神話學和文化人類學理論，從內容取材、形式結構、思想性質、社會功能四方面著眼，內容取材細分其目為自然神話故事、動植物神話故事、帝王名人神話故事、遠方異國神話故事；形式結構則論其篇幅、體製、結構、風格、技巧；思想性質則分擘其變化思想、鬼魂信仰、圖騰現象；社會功能則列舉滿足內心慾望、穩定力量、教育人價值等重點，寫述方式以魏晉志怪小說的神話故事部份、其他非神話部份和古代神話三者為比較對象，逐一尋覓其間繼承與演變的痕跡。行文上先提出魏晉志怪小說的概況，再順序說明古代神話流傳到魏晉志怪小說的神話故事部份乃至發展到其他部份的歷程。

　　經過各個重點的析論，最後的研究結果是得到每一方面的證據，確立了魏晉志怪小說與古代神話之間的實質關係，並且可以肯定地宣稱魏晉志怪小說是繼承古代神話加以演變而來的，從而見出文學源流的探討是必要而有價值的工作。

緒　言 ⋯⋯⋯⋯⋯⋯⋯⋯⋯⋯⋯⋯⋯⋯⋯⋯⋯⋯⋯⋯⋯ 1

第一章　魏晉志怪小說的面貌 ⋯⋯⋯⋯⋯⋯⋯⋯⋯ 3

第一節　時代背景 ⋯⋯⋯⋯⋯⋯⋯⋯⋯⋯⋯⋯⋯⋯ 3

第二節　流傳情形與討論範圍 ⋯⋯⋯⋯⋯⋯⋯ 5

第三節　特色與淵源 ⋯⋯⋯⋯⋯⋯⋯⋯⋯⋯⋯⋯ 8

第二章　古代神話的研究 ⋯⋯⋯⋯⋯⋯⋯⋯⋯⋯⋯ 13

第一節　定義問題 ⋯⋯⋯⋯⋯⋯⋯⋯⋯⋯⋯⋯⋯ 13

第二節　研究理論與方法 ⋯⋯⋯⋯⋯⋯⋯⋯⋯ 17

第三節　中國古代神話的概況 ⋯⋯⋯⋯⋯⋯⋯ 21

第三章　內容取材的承續 ⋯⋯⋯⋯⋯⋯⋯⋯⋯⋯⋯ 25

第一節　自然神話故事 ⋯⋯⋯⋯⋯⋯⋯⋯⋯⋯ 25

第二節　動植物神話故事 ⋯⋯⋯⋯⋯⋯⋯⋯⋯ 32

第三節　帝王名人神話故事 ⋯⋯⋯⋯⋯⋯⋯⋯ 36

第四節　遠方異國神話故事 ⋯⋯⋯⋯⋯⋯⋯⋯ 48

第四章　形式結構的比較 ⋯⋯⋯⋯⋯⋯⋯⋯⋯⋯⋯ 61

第一節　篇幅體製 ⋯⋯⋯⋯⋯⋯⋯⋯⋯⋯⋯⋯⋯ 61

第二節　結構型態 ⋯⋯⋯⋯⋯⋯⋯⋯⋯⋯⋯⋯⋯ 63

第三節　風格技巧 ⋯⋯⋯⋯⋯⋯⋯⋯⋯⋯⋯⋯⋯ 65

第五章　思想性質的存留 ⋯⋯⋯⋯⋯⋯⋯⋯⋯⋯⋯ 69

第一節　變化思想 ⋯⋯⋯⋯⋯⋯⋯⋯⋯⋯⋯⋯⋯ 69

第二節　鬼魂信仰 ⋯⋯⋯⋯⋯⋯⋯⋯⋯⋯⋯⋯⋯ 73

第三節　圖騰現象 ⋯⋯⋯⋯⋯⋯⋯⋯⋯⋯⋯⋯⋯ 79

第六章　社會功能的衰退 ⋯⋯⋯⋯⋯⋯⋯⋯⋯⋯⋯ 83

第一節　滿足內心慾望 ⋯⋯⋯⋯⋯⋯⋯⋯⋯⋯ 84

第二節　穩定力量 ⋯⋯⋯⋯⋯⋯⋯⋯⋯⋯⋯⋯⋯ 85

第三節　教育價值 ⋯⋯⋯⋯⋯⋯⋯⋯⋯⋯⋯⋯⋯ 86

結　論 ⋯⋯⋯⋯⋯⋯⋯⋯⋯⋯⋯⋯⋯⋯⋯⋯⋯⋯⋯⋯ 89

主要參考書目 ⋯⋯⋯⋯⋯⋯⋯⋯⋯⋯⋯⋯⋯⋯⋯⋯ 91

目

次

緒　言

　　一般文學史或小說史常說魏晉志怪小說是繼承古代神話而加以演變的，至於繼承了什麼、演變了什麼，則常略而不論，也就是說它們之間實質關係的探討始終付之闕如。基於追根究柢的好奇之心，本論文特不厭其煩地探討魏晉志怪小說與古代神話的種種關係，希望經過一番研究後，能夠證實魏晉志怪小說是繼承古代神話而加以演變的說法，並對魏晉志怪小說和古代神話兩者都增加進一步的瞭解。

　　本論文的前兩章分別對魏晉志怪小說和古代神話進行一番鳥瞰式的巡禮：第一章從魏晉志怪小說的時代背景、流傳情形與本論文的討論範圍講到它的特色與淵源，第二章從古代神話的定義問題、研究理論與方法講到我國古代神話的概況。後四章則言歸正傳，就內容、形式、思想、功能四方面，逐一探究魏晉志怪小說與古代神話的關係：第三章就魏晉志怪小說現存的自然、動植物、帝王名人、遠方異國等四類神話故事做內容取材的溯源，第四章從篇幅、體製、結構、風格、技巧等形式著手比較，第五章分析其中變化思想、鬼魂信仰、圖騰現象等思想性質，第六章討論滿足內心慾望、穩定力量、教育價值等社會功能，總之藉此多角度之研理，希望使魏晉志怪小說與古代神話間繼承而演變的關係落實而確立。

　　本論文的宗旨既在證實魏晉志怪小說與古代神話的關係，便以說明「魏晉志怪小說繼承了什麼、演變了什麼」為重心，至於魏晉志怪小說在繼承上如何取捨，演變如何發生、為什麼發生？凡此種種推揣則力有未逮之處，僅能偶爾提及，進一步深究期以來日，或待有心者之從事。

　　本論文寫作期間，得蒙樂蘅軍老師費時悉心地指導，非常感激。

第一章　魏晉志怪小說的面貌

第一節　時代背景

　　文學作品的形式、內容常隨時代的變遷而演化。魏晉志怪小說的產生便是如此，它一方面深受古代神話、傳說的影響，一方面也與時代、環境的變遷息息相關。本論文首先要說明的就是產生魏晉志怪小說的時代背景，然後再分章詳細討論古代神話、傳說對魏晉志怪小說的影響。

　　魏晉兩百年〔註1〕是一段動盪紛擾、兵連禍結的時代。

　　這時期的政治局勢緊接漢末外戚宦官的鬥爭、黨錮之禍、黃巾之亂、邊患熾盛、軍閥割據的衰世敗象，形成三國鼎立分崩離析的場面；後來晉雖統一不過三十餘年，天下又陷於長期混亂，內爭有骨肉相殘的八王之亂，外患有雜居內地、節節進逼的五胡亂華，終至懷、愍兩帝被虜，西晉因而滅亡。中原淪陷後，東遷的晉室偏安江南，內亂卻仍互連迭起，雖然削平了數起兵禍，而終爲劉裕篡奪；北方中國則陷入五胡十六國的長期紛爭，最後由北魏統一。南北分裂對峙又經歷一百七十年漫長歲月。

　　這時期的社會面貌最顯著的是世族門第的形成，因爲魏晉登進人才採九品中正制，朝廷委任各州郡中正官銓第等級後再憑之授受，而中正官難免循私舞弊，往往以士庶之別爲貴賤之分，因此豪門大族遂得世代爲官，形成世族始終把持特權與地位的門第社會，乃至上品無寒門，下品無世族。而魏晉

〔註1〕根據《中國歷史紀年表》（華世，民國67年1月初版），曹丕篡漢爲魏文帝黃初元年是西元220年，而東晉恭帝元熙二年爲劉裕所廢是西元420年。

的君主多荒怠淫逸，貴戚公卿也多豪奢腐敗，推波助瀾之下，風氣日益汰侈驕逸。但平民的生活卻極爲艱困，貧富過度不均，社會自然動盪不安。〔註2〕

這時期的思想潮流由於政治混亂、社會敗壞，有識之士轉而致力老莊之學，談論玄理，逃避現實，所以形成了縱情肆志、不受外物屈抑的清談之風，對於世務漠不關心。民間則充斥方術巫風，流傳佛道思想，藉以寄託精神。魏晉志怪小說中許多鬼神靈異的故事便是在這種時代背景與現實環境下產生的。《中國小說史略》中曾有扼要的說明：

> 中國本信巫，秦漢以來，神仙之說盛行，漢末又大暢巫風，而鬼道
> 愈熾；會小乘佛教亦入中土，漸見流傳。凡此，皆張皇鬼神，稱道
> 靈異，故自晉訖隋，特多鬼神志怪之書。〔註3〕

此外魏晉時與南海、西域的交通貿易頻繁，許多奇珍異物都貢輸來華，所以魏晉志怪小說中便記載了許多遠國異物的傳聞，其中或屬眞人實物，或屬想像創造，大都虛實不分。

又魏晉時私人撰述的風氣大盛，才學之士每思有所述作，各類傳記及史籍因而洋洋大觀，也由此帶動了文士採輯編寫志怪小說的勃興〔註4〕。德文斯基（Kenneth J.DeWoskin）的一段話頗能說明這種背景：

> 在六朝，撰述首次被廣泛接受爲一種私人的行爲，被接受爲文學，
> 爲藝術。從前花在辯論文以載道的精力，現在被用來探尋文章的特
> 別作用及獨特的美感，並且用來探討它對個人表達與教化的潛力。
> 在這背景下，志怪產生了，這是一種簡短的敘事文，往往被人看作
> 是六朝中國散文的特色。隨著志怪，散文演變出新的形式，容納新
> 題目，並且從載道這個傳統約束下抬頭。〔註5〕

從魏晉混亂的政治局勢、特殊的社會面貌、出世的思想潮流、頻繁的交通貿易、興盛的撰述風氣等時代背景來看，魏晉志怪小說的產生確與整個時代、環境的變遷有著密切的關聯。

〔註2〕 參看錢穆：《國史大綱》（國立編譯館，民國29年6月初版），頁153～270；傅樂成：《中國通史》（大中國，民國67年10月再版），頁222～279。

〔註3〕 魯迅：《中國小說史略》，頁47。

〔註4〕 參看王國良：《魏晉南北朝志怪小說研究》（文史哲，民國73年7月初版），頁24～26。

〔註5〕 Kenneth J.DeWoskin，〈六朝志怪與小說的誕生〉，賴瑞和譯，《中外文學》第九九期（民國69年8月），頁5。

第二節　流傳情形與討範圍

　　現存魏晉志怪小說均非原書，全靠南北朝至唐代古書注疏的引用及唐、宋類書的採錄而保存下來，有些是經後人輯錄成帙流傳至今，如《博物志》、《搜神記》、《搜神後記》、《拾遺記》、《漢武帝內傳》、《十洲記》等；有些僅餘部份內容不足恢復舊觀，如《列異傳》、《甄異傳》、《靈鬼志》、《志怪》、《異林》、《神異記》等。有些則全已失佚不傳，如《集異傳》、《徵應傳》等。它們的流傳情形和現存面貌將一一敘述於下，已經後人輯錄成帙流傳至今的有：

　　《博物志》，晉張華撰。《指海》、《古今逸史》、《稗海》、《漢魏叢書》、《秘書二十一種》、《士禮居叢書》等均收此書，《指海》本較佳。《隋書‧經籍志》雜家類著錄十卷，兩唐志移入小說家類。《郡齋讀書志》小說類著錄有周日用注，《直齋書錄解題》小說類著錄又有盧氏注六卷。《四庫全書總目》小說家類瑣語之屬著錄十卷。今傳《博物志》亦作十卷，與史志相符，但已非張華原本，《四庫提要》曾列舉許多他書的引文是今本不見的，並證明許多文字為他書所未引，造成這種情形的原因：

　　　　或原書散佚，好事者掇取諸書所引《博物志》，而雜採他小說以足之。
　　　　故證以《藝文類聚》、《太平廣記》所引，亦往往相符。其餘為他書
　　　　所未引者，則大抵剽掇《大戴禮》、《春秋繁露》、《孔子家語》、《本
　　　　草經》、《山海經》、《拾遺記》、《搜神記》、《異苑》、《西京雜記》、《漢
　　　　武內傳》、《列子》諸書，餖飣成帙，不盡華之原文也。〔註6〕

　　《搜神記》，晉干寶撰。《秘冊彙函》、《津逮秘書》、《稗海》、《鹽邑志林》、《漢魏叢書》、《龍威秘書》、《學津討原》等均收此書，《秘冊》、《津逮》、《學津》為二十卷，《鹽邑》分兩卷實亦二十卷本，《稗海》、《漢魏》、《龍威》為八卷，《學津討原》本校訂最精。《隋書》、《舊唐書‧經籍志》雜傳類著錄三十卷，《新唐書‧藝文志》移入小說家類。《晉書‧干寶傳》則云二十卷。《四庫全書總目》列於小說家類異聞之屬，著錄二十卷。今傳二十卷及八卷本俱非原書，葉師慶炳先生說：

　　　　……二十卷本雖掇取諸書所引《搜神記》文字而成，但各條記事簡
　　　　短，文辭古拙者多，不失六朝志怪小說風格，與《搜神記》原文為
　　　　相近。八卷本各條則鋪敘詳贍者多，頗有唐人傳奇之風，其成書應

〔註6〕《四庫全書總目》（漢京，民國70年12月初版），頁760。

較二十卷本更晚。〔註7〕

《搜神後記》，晉陶潛撰。《秘冊彙函》、《津逮秘書》、《唐宋叢書》、《漢魏叢書》、《學津討原》、《龍威秘書》等均收此書，《秘冊》、《津逮》、《學津》為十卷，《唐宋》、《漢魏》僅兩卷，《龍威》僅一卷，《學津討原》本校刻最精。《隋書・經籍志》雜傳類著錄十卷。兩唐志俱不錄。梁釋慧皎《高僧傳・序》引作陶淵明《搜神錄》。而《法苑珠林》、《初學記》、《藝文類聚》、《太平廣記》有時引作《續搜神記》。《四庫全書總目》移入小說家類異聞之屬，著錄十卷。今傳十卷本，卷數雖與隋志相符，但疑點頗多，並非原書；至於二卷、一卷本只是十卷的刪節本而已。

《拾遺記》，晉王嘉撰。《古今逸史》、《歷代小史》、《稗海》、《漢魏叢書》、《秘書二十一種》等均收此書，《古今逸史》本最佳。《隋書・經籍志》雜史類著錄《拾遺錄》二卷，偽秦姚萇方士王子年撰；又著錄《王子年拾遺記》十卷，蕭綺撰。《晉書・藝術傳》云王嘉著《拾遺錄》十卷。二卷本應是王嘉原書的殘卷，而十卷本乃蕭綺所補綴編定。兩唐志俱作《拾遺錄》三卷，王嘉撰；《王子年拾遺記》十卷，蕭綺錄。《直齋書錄解題》則作《拾遺記》十卷，王嘉撰，蕭綺序錄，始移入小說類。二卷或三卷原本殘卷至南宋初年似已不存。《四庫全書總目》著錄十卷，列於小說家類異聞之屬。今傳十卷本書中各條「錄曰」以下即為蕭綺按語。

《漢武帝內傳》，晉葛洪撰。《守山閣叢書》、《漢魏叢書》、《墨海金壺》、《龍威秘書》等均收此書，《守山閣叢書》本較佳。《隋書・經籍志》雜傳類著錄三卷。《舊唐書・經籍志》作「漢武帝傳」二卷，《新唐書・藝文志》同，移入道家類神仙之屬。《四庫全書總目》又移入小說家類異聞之屬，著錄一卷。今傳各本均為一卷，與《太平廣記》引文比較均有出入，可見已非宋初所見之本。歷代史志著錄皆不題撰者，惟宋晁載之《續談助》卷一〈洞冥記跋〉引張柬之的話說是葛洪所撰。

《十洲記》，舊題漢東方朔撰，《四庫提要》疑為六朝詞人所依託，葉師慶炳先生以為「書頗仿《山海經》，記山川道里、神仙異物、又多服食之說，率係道家之言，略無佛教色彩。故推斷其成書時代，約稍早於晉、宋之間。」〔註8〕故定為晉人之作。《古今逸史》、《顧氏文房小說》、《寶顏堂秘笈》、《漢

〔註7〕葉慶炳師：《中國文學史》（弘道，民國69年9月新一版），頁230。

〔註8〕同上，頁235。

魏叢書》、《龍威秘書》等均收此書，以《古今逸史》本最善。《隋書》、《舊唐書‧經籍志》地理類著錄一卷。《新唐書‧藝文志》列於道家類。《郡齋讀書志》列於傳記類。《直齋書錄解題》始移入小說類。《四庫全書總目》列於小說家類異聞之屬，作《海內十洲記》，著錄一卷。今傳各本亦作一卷。

僅餘部份內容不足恢復舊觀的有：

《列異傳》，魏文帝撰。《古小說鉤沈》輯錄佚文五十條。《隋書‧經籍志》雜傳類著錄三卷，魏文帝撰。《舊唐書‧經籍志》雜傳類著錄三卷，張華撰。《新唐書‧藝文志》小說家類著錄一卷，張華撰。張華可能曾續補《列異傳》，後人不察而合之。原書久佚，宋志書目皆無著錄，可能亡於宋代。

《甄異傳》，晉戴祚撰。《古小說鉤沈》輯錄佚文十七條。《隋書》、《舊唐書‧經籍志》雜傳類著錄三卷。《新唐書‧藝文志》移入小說家類，三卷。宋志不錄，其時可能已經失佚。《太平御覽》所引或作《甄異記》，而《太平廣記》所引或作《甄異錄》、《甄異志》。

《靈鬼志》，晉荀氏撰。《古小說鉤沈》輯錄佚文二十四條。《隋書》、《舊唐書‧經籍志》雜傳類著錄三卷。《新唐書‧藝文志》移入小說家類。宋志不錄，其時可能已經失佚。

《志怪》，晉祖台之撰。《古小說鉤沈》輯錄佚文十五條。《隋書‧經籍志》雜傳類著錄二卷。《舊唐書》著錄四卷。《新唐書‧藝文志》始移入小說家類，四卷。宋志亦不錄，其時可能已經失佚。另有《孔氏志怪》，《古小說鉤沈》輯錄佚文十條。《隋書》、《舊唐書‧經籍志》雜傳類著錄四卷。《新唐書‧藝文志》同，移入小說家類。還有晉曹毗的《志怪》，《古小說鉤沈》收有佚文一條。歷代史志未見著錄。

《異林》，晉陸氏撰。《古小說鉤沈》收有佚文一條。歷代史志未見著錄，原卷數不詳。據《三國志‧鍾繇傳》裴松之注可知作者為晉清河太守陸雲之姪。

《神異記》，晉王浮撰。《古小說鉤沈》輯錄佚文八條。歷代史志也未見著錄，原卷數不詳。

以上這些魏晉志怪小說都是本論文的研究對象。

此外，《集異傳》，晉葛洪撰，《晉書‧葛洪傳》云十卷。《徵應傳》，晉朱君台撰，梁釋慧皎《高僧傳‧序》曾提及此書。歷代史志均未見著錄，也未見古注或類書引用，兩書皆亡佚不傳，內容已不可考。

　　至於《神異經》，舊題漢東方朔撰，其實乃後人依託。但成書仍在後漢初年前，余嘉錫《四庫提要辨證》論之甚詳，根據《左傳・文公十八年》服虔注已引用《神異經》之文看來，可知「至遲當出於靈帝之前（《後漢書・虞本傳》云：中平末拜九江太守。）或且後漢初年，已有其書。」〔註9〕所以這本書不列入本論文的討論範圍內。

　　而晉葛洪的《神仙傳》、《西京雜記》，晉裴啓的《語林》和晉郭澄之的《郭子》，嚴格地說，都不屬志怪小說，所以也不爲本論文所取材。

第二節　特色與淵源

　　魏晉志怪小說的文學特色自成一格。形式方面，就篇幅而言，大抵簡短，每條文字的長短以兩、三百字者居多，百字以內或五、六百字以上者較少。《搜神記》宋定伯賣鬼一條約有兩百五十字〔註10〕，是常見的篇幅，而極端的例子如《博物志》言「犬四尺爲獒」〔註11〕只有五個字，《搜神記》言盧充與崔少府墓女鬼成婚之事則長達八百餘字〔註12〕。

　　就體製而言，魏晉志怪小說採逐條筆記的形式，什九僅是粗陳梗概的故事而已，罕見鋪敍和描繪。如《搜神記》云：

> 豫章有一家，婢在竈下，忽有人長數寸，來竈間壁，婢誤以履踐之，殺一人。須臾，遂有數百人，著衰麻服，持棺迎喪，凶儀皆備。出東門，入園中覆船下。就視之，皆鼠婦。婢作湯灌殺，遂絕。〔註13〕

　　此條敍述質樸無華，讀來平淺自然。而魏晉志怪小說又往往用史傳之筆點明主角的身份及故事發生的年代、地點和見聞的出處，以取信於人。如《搜神後記》云：

> 天竺人佛圖澄，永嘉四年來洛陽，善誦神咒，役使鬼神。腹傍有一孔，常以絮塞之。每夜讀書，則拔絮，孔中出光，照於一室。平旦，至流水側，從孔中引出五臟六腑洗之，訖，還內腹中。〔註14〕

〔註 9〕藝文版《百部叢書集成》一五五，《漢魏叢書》十二，《神異經》，附錄。
〔註10〕晉・干寶：《搜神記》（里仁，民國71年9月），頁199。
〔註11〕范寧：《博物志校證》（明文，民國73年7月再版），頁76。
〔註12〕同註10，頁203～205。
〔註13〕同註10，頁234～235。
〔註14〕《搜神後記》（木鐸，民國71年2月初版），頁12。

此條開頭便交代了主角的身份以及事情發生的年代和地點。又如《博物志》云：

> 近魏明帝時，河東有焦生者，裸而不衣，處火不燋，入水不凍。杜恕爲太守，親所呼見，皆有實事。〔註15〕

除了起首點明事情發生的年代、地點外，此條結尾還以太守親見來證實聽聞不虛。此外，魏晉志怪小說的文句多採散文，如遇情節需要——酬答、歌吟等才偶而夾雜詩賦、謠諺等駢句。如《搜神記》言神女來從弦超爲夫婦後，復且賦詩相酬：

> ……贈詩一篇，其文曰：「飄浮勃逢，敖曹雲石滋。芝一英不須潤，至德與時期。神仙豈虛感，應運來相之。納我榮五族，逆我致禍菑。」此其詩之大較。其文二百餘言，不能悉錄。……〔註16〕

又如《搜神記》敘述吳王夫差小女紫玉的鬼魂從墓中出來，與相愛的韓重會面時，紫玉悲憤地歌吟：

> ……玉乃左顧宛頸而歌曰：「南山有鳥，北山張羅。鳥既高飛，羅將奈何！意欲從君，讒言孔多。悲結生疾，沒命黃壚。命之不造，冤如之何！羽族之長，名爲鳳凰。一日失雄，三年感傷。雖有眾鳥，不爲匹雙。故見鄙姿，逢君輝光。身遠心近，何當暫忘。」歌畢，歔欷流涕，要重還冢。……〔註17〕

在此條中駢句的悲歌和散文的描寫相互搭配，輔助了人物情感的表達，頗爲哀婉動人。

就結構而言，魏晉志怪小說大多平鋪直敘，從故事發生到結束呈直線發展，絕少倒敘，結構單純，布局緊湊。如《搜神記》云：

> 宋康王舍人韓憑，娶妻何氏，美，康王奪之。憑怨，王囚之，論爲城旦。妻密遺憑書，繆其辭曰：「其雨淫淫，河大水深，日出當心。」既而王得其書，以示左右，左右莫解其意。臣蘇賀對曰：「其雨淫淫，言愁且思也；河大水深，不得往來也；日出當心，心有死志也。」俄而憑乃自殺。其妻乃陰腐其衣。王與之登臺，妻遂自投臺，左右

〔註15〕同註11，頁63。
〔註16〕同註10，頁17。據校注「飄浮勃逢」應作「飄颻浮勃述」，「芝一英不須潤」衍「一」字。
〔註17〕同註10，頁200。

攬之，衣不中手而死，遺書於帶曰：「王利其生，妾利其死。願以屍
骨，賜憑合葬。」王怒，弗聽。使里人埋之，冢相望也。王曰：「爾
夫婦相愛不已，若能使冢合，則吾弗阻也。」宿昔之間，便有大梓
木生於二冢之端，旬日而大盈抱，屈體相就，根交於下，枝錯於上。
又有鴛鴦，雌雄各一，恒棲樹上，晨夕不去，交頸悲鳴，音聲感人。
宋人哀之，遂號其木曰「相思樹」。相思之名，起于此也。南人謂此
禽即韓憑夫婦之精魂。今睢陽有韓憑城，其歌謠至今猶存。〔註18〕

這故事寫宋康王奪韓憑妻、韓憑妻投臺自殺、冢木交錯鴛鴦恒棲，從開
頭、發展到結尾結構完整，平鋪直敘地推進情節，中間沒有穿插，正敘到底，
一氣呵成，可謂典型的代表。

就風格而言，魏晉志怪小說以最簡短的字句作最完整的敘述，質樸平淺，
簡勁明快。如《搜神後記》云：

晉太元中，有士人嫁女於近村者。至時，夫家遣人來迎，女家好遣發，
又令女乳母送之。既至，重門累閣，擬於王侯。廊柱下有燈火，一婢
子嚴粧直守。後房帷帳甚美。至夜，女抱乳母涕泣，而口不得言。乳
母密于帳中以手潛摸之，得一蛇，如數圍柱，纏其女，從足至頭。乳
母驚走出外，柱下守燈婢子，悉是小蛇，燈火乃是蛇眼。〔註19〕

全文共一百二十餘字，但高潮迭起，出人意外，可謂簡潔有力。不過簡
鍊運用不善或類似情節一再重覆時，也容易給人枯燥單調的感覺。

就技巧而言，魏晉志怪小說已能初步地注意細節的描寫。故事中的人物
通過細節更能具體、形象、切實而有力地表現出來，換句話說，細節有助於
塑造人物的性格並增強作品的藝術性。如《搜神記》言李寄在英勇無畏地斬
蛇後，於蛇穴中她對被吃女孩的髑髏說：「汝曹怯弱，為蛇所食，甚可哀愍。」
然後「緩步而歸」，多了這一細節更能襯托出李寄的勇敢、善良和從容，性格
更加突出。又如韓憑的妻子何氏在投臺自殺前「陰腐其衣」，以致宋康王的左
右攬她時衣不中手，多了這一細節更能點明何氏的細心、機智與必死的決心，
形象更加豐富。〔註20〕此外，魏晉志怪小說也能運用懸疑的敘述手法，大大
地增強了作品的吸引力。如《搜神後記》中白水素女的故事言謝端每早至田

〔註18〕 同註10，頁141～142。
〔註19〕 同註14，頁68。
〔註20〕 同註10，頁231～232、141～142。

野回家後，但見家中已有飯飲湯火，卻不明所以云云，一開頭便勾起了讀者欲探究竟的好奇之心。〔註21〕

內容方面，就題材而言，多陰陽五行、服食求仙、鬼神靈怪、異物變化之事及遠國奇珍、瑣聞雜事的記載，有的是剌取前人之書，甚至文字也輾轉因襲，所以保留了許多古代神話和歷史傳說的片段；有的是記錄近世之事，頗富時代色彩。就思想而言，巫風方術、神仙感應、道教思想、鬼神信仰等紛然雜陳，至於禮佛消災、因果報應之說尚屬少見，降及南朝齊、梁之世方才大盛，出現了許多純爲宣揚佛教而作的志怪小說。

中國小說的淵源是古代神話和早期歷史傳說，它們對小說的影響極大，但秦漢時流行神仙故事與古代神話的旨趣大異，降及魏晉的志怪小說才可看出古神話和早期歷史傳說遺留殘存的明顯痕迹。而影響魏晉志怪小說的古代神話和早期歷史傳說可以《山海經》和《穆天子傳》爲代表，所有魏晉志怪小說的形式和內容上都深受它們不同程度的影響，特別顯著的例子如：《博物志》以敘述地理、夸示博物爲主，即由《山海經》發展演變而成；《漢武帝內傳》記載西王母降臨之事，便是《穆天子傳》的演化衍進。早期的歷史傳說和古代神話其實難以劃分，玄珠便說神話「原來是初民的知識的積累，其中有初民的宇宙觀，宗教思想，道德標準，民族歷史最初期的傳說，並對於自然界的認識等等。」〔註22〕本論文主旨既在討論魏晉志怪小說與古代神話的關係，其中的古代神話當然包含了早期的歷史傳說，如帝王名人神話。

以上提出魏晉志怪小說在形式與內容各方面的文學特色，並且點明它的淵源在於古代神話。關於時代背景、流傳情形的綜述配合特色與淵源的研討，魏晉志怪小說的面貌便清楚地呈現了。

〔註21〕同註14，頁30～31。

〔註22〕玄珠：《中國神話研究》，《中國古代神話》甲編三種（里仁，民國72年8月），頁4。

第二章　古代神話的研究

第一節　定義問題

神話是什麼？

近代西方神話學發達，各種不同角度與方法的研究成績都蔚然可觀，但是對於神話的定義卻依然眾說紛紜，各有偏執，如果加以綜合統觀，應當較能呈現神話的豐富內涵和多重特性。我國近代所使用的「神話」，觀念來自西方，而最早出現的神話定義見於魯迅的《中國小說史略》：

> 昔者初民，見天地萬物，變異不常，其諸現象，又出于人力所能之
>
> 上，則自造眾說以解釋之；凡所解釋，今謂之神話。〔註1〕

這個定義以為神話是初民試圖解釋自然現象而產生的，類似一種原始的科學思考。這種說法顯然忽略了神話內容中關於自然現象以外的部份，但是追隨者頗多，如范煙橋說：

> 蓋初民感於天地萬物之變化，科學研究力之幼稚，一切皆歸諸神力。
>
> 於是神之一物，成為思想中樞，彼此驚詫，流為神話。〔註2〕

范氏認為神話是初民以幼稚的科學研究力去解釋自然現象，把出乎人力的都歸諸神力，並點出了神話是以神為思想中樞的，但是魯迅神話定義的缺陷范氏仍未填補。又如孟瑤所說：

> 於是初民對這些大自然的現象產生了許多天真而樸素的解釋，以及

〔註1〕魯迅：《中國小說史略》，頁22。
〔註2〕范煙橋：《中國小說史》（漢京，民國72年10月初版），頁3。

　　企圖征服大自然的美麗幻想。這，便是神話的起源。〔註3〕

　　除了解釋自然現象以外，至此神話的內涵又多了征服自然的願望與幻想，不過仍舊局限在自然方面，其實神話的材料還包括人文事物和社會生活方面，因為人類是群居的，初民除了面對自然外，也要推及自身，關心群體。所以張光直說：

　　　　凡是一民族中根據古代的典型人物事件的「史實」，解釋當代的制
　　　　度，表露人生的理想的故事，為該民族的成員所堅信，並為其行為
　　　　之根據，但為較進步的它人（如我們社會中的科學家）所否定而不
　　　　信者，都是神話的材料。〔註4〕

　　這裏提出根據古代的典型人物事件解釋當代制度和表露人生理想的故事也是神話的材料，同時說明了神話的基本特性——為初民所堅信並用做行為的根據，但為較進步的它人所否定而不信。於是後起的神話定義便包容了自然現象的解釋、征服自然的願望以及社會生活的說明等內涵，如劉大杰說：

　　　　遠古的神話，都是原始社會人們集體的口頭創作。在有文字以前，
　　　　已經廣泛地流傳在人們的口頭。它們流傳日久，使得故事的內容複
　　　　雜化系統化美麗化，而成為初民在日常活動過程中，對於自然現象
　　　　的解釋，對於自然界的奮鬥和願望，以及全部社會生活在藝術概括
　　　　中的反映。〔註5〕

　　此處還特別說出了神話是集體口頭創作的原始特性。又如袁珂所說：

　　　　一般來說，神話乃是自然現象，對自然底奮鬥，以及社會生活在廣
　　　　大的藝術概括中的反映。換句話說，神話的產生，也是基於現實生
　　　　活，而並不是出於人類頭腦裏的空想。〔註6〕

　　則另外告訴了我們神話的產生植基於現實，並非完全出於空想，是初民根據經驗而建造的想像世界。譚達先亦說：

　　　　如果用現代的口語說得簡要些就是：古代人們為了表達他們自己企
　　　　圖認識自然、征服自然的思想願望、奮鬥業績，表達對於社會生活
　　　　的認識，對於自然現象的解釋，通過幻想虛構成的神奇的口頭故事，

〔註3〕　孟瑤：《中國小說史》（傳記文學，民國69年10再版），頁1。
〔註4〕　張光直：〈中國創世神話之分析與古史研究〉，《中央研究院民族學研究所集刊》
　　　　第八期（民國48年秋），頁72。
〔註5〕　劉大杰：《校訂本中國文學發展史》（華正，民國66年5月），頁13～14。
〔註6〕　袁珂：《中國古代神話》，《中國古代神話》甲編三種（里仁，民國71年8月），頁1。

便叫做神話。假如說得嚴密和科學一些，神話就是自然界和社會形
態在原始社會人民不自覺的藝術幻想中的生動反映，也是當時生產
力低下的人民企圖支配自然的一種結果。〔註7〕

這個定義與前兩者都相似。還有劉葉秋也說過近似的話：

古代神話，不只表現了人們對自然的理解和要求，還寄託著征服自
然、追求福祉的願望。廣闊的社會生活，也往往被概括在神話的藝
術形象中。〔註8〕

簡而言之，神話是初民對於自然現象及人文事物、社會生活的解釋、說
明，代表了初民的幻想與願望，所以超現實的想像可說是神話的重要特徵，
因此王孝廉說：

神話是古代民眾以超自然性威靈的意志活動為底基而對於周圍自然
界及人文界諸事象所做的解釋或說明的故事。〔註9〕

王氏為神話下了一個簡要的定義，但是神話的一些特性未被彰顯，如征
服自然的願望與幻想、集體口頭創作的原始形式等。此外還有一些神話定義
是特別強調某點重要特徵的，例如從解釋自然現象擴充到探究宇宙奧秘以便
涵蓋開闢起源故事，所以林惠祥說：

人類為要探究宇宙萬物的秘奧，便由離奇的思想形成了所謂神話，
所以神話便是由於實在的事物而生之幻想的故事。〔註10〕

神話的意義或說是「關於宇宙起源，神靈英雄等的故事」（A.Lang），
或再詳釋為「關於自然界的歷程或宇宙起源宗教風俗等的史談。」
（H. Hopkins,R.H.lowie）。〔註11〕

玄珠敘述神話的內涵時，也是先標舉初民的宇宙觀，最後又列出對於自
然界的認識，兩者有別，他說神話：

原來是初民的知識的累積，其中有初民的宇宙觀，宗教思想，道德
標準，民族歷史最初期的傳說，並對於自然界的認識等等。〔註12〕

〔註7〕譚達先：《中國神話研究》，《中國古代神話》甲編三種（里仁，民國71年8
　　　月），頁2。
〔註8〕劉葉秋：《魏晉南北朝小說》（木鐸，民國72年9月初版），頁21。
〔註9〕王孝廉：《中國的神話與傳說》（聯經，民國66年2月初版），頁1。
〔註10〕林惠祥：《文化人類學》（商務，民國70年9月臺7版），頁334。
〔註11〕————：《神話論》（商務，民國57年7月臺1版），頁1。
〔註12〕玄珠：《中國神話研究》，《中國古代神話》甲編三種（里仁，民國71年8月），
　　　頁2。

韋勒克（Rene Wellek）、華倫（Austin Warren）二人合著的《文學論》一書提及神話時也曾說過：

> 從歷史看，神話出於祭禮而與它的關係密切。「它是祭禮的一部份講話，祭祀行爲的故事。」……但在其更廣大的意義中，神話亦可謂爲一些不知名的作家在講述宇宙起源與命運的故事：亦即，人類命運與大自然之教學式的意象，用以講解人生於世，所爲何來。〔註13〕

神話本是人類原始心靈的呈現，此處則又道出神話與祭禮儀式的密切關係，這也是神話的多重特性之一。而傳師佩榮先生在一篇譯文的按語中也曾對神話下了一個簡明的定義，他用宇宙和人生來包羅前述的種種神話內涵，並明示神話是初民生存信心與性格的整體呈露，也就是初民藉以安身立命的憑藉：

> 神話是初民對宇宙與人生所作之整體的理解與存在的投入，是初民藉以安身立命的憑藉。〔註14〕

著名的神話學家堪培爾（Joseph Campbell）則從另一個角度闡釋神話：

> 神話是眾人的夢，是溝通意識與無意識的橋樑……它是一種和夢相似的象徵符號，激發並支配人類的心理力量。〔註15〕

神話在此已由初民安身立命的憑藉升格爲激發並支配人類的心理力量，對於人而言，它已從被動轉變爲主動的角色，並且它是一象徵符號，溝通意識與無意識；而結構主義之父李維斯陀（Claude Lēvi-Strauss）更直截地說：

> 神話是人類本身並不知道自己有的想法。〔註16〕

神話思想本身彷彿變成了自主而能自由出入人類心靈的奇妙東西，令人難以捉摸。再者，相對於傳統觀念的神話定義，而爲創造神話學者所認可的神話界說有下列幾項：

　　1.神話是儀式的語言表徵，也是儀式傳播的媒介。

　　2.神話是想像力藉以連繫、組織根本心智意象的語言。

　　3.它是最終現實的啓示與表現方式，因此，它指陳的是價格觀而非事實。

〔註13〕韋勒克、華倫：《文學論》，王夢鷗、許國衡譯（志文，民國68年10月再版），頁311～312。

〔註14〕杜普瑞（Louis Duprē）：〈神話及其續存〉，傳佩榮師譯，《中外文學》第155期（民國74年4月），頁122。

〔註15〕轉引自李亦園：《師徒・神話及其他》（正中，民國72年3月初版），頁115。

〔註16〕李維斯陀：《神話與意義》，王維蘭譯（時報，民國71年1月初版），頁19。

4.神話的架構類似文學，而且像文學一樣，是介乎前意識與潛意識之間而能令兩者滿足的一種唯美創作。

5.神話是一個故事，或敘事詩、文，論起源、性質，都是屬於非理性的，直覺的，所以與推論的、合乎邏輯而有系統的事物不同，也比它們重要。〔註17〕

　　這些不同層次的概論正表現了神話的多重特性，也顯示了神話定義所涵蓋之範疇的廣泛，可見「神話」幾乎是一種無法分析的混合物。戴維德‧畢尼（David Bidney）說：

　　神話是一種全球性的文化現象，它起源於多種動機，並牽涉所有智能。〔註18〕

　　總而言之，神話的內涵是豐富的，包括對於自然現象的解釋、征服自然追求福祉的奮鬥與願望、人文事物與制度儀式等社會生活的說明、宇宙奧秘與起源以及人類生存命運與理想的探究等；而神話的特性是多重的，包括以神為思想中樞、為初民所堅信並用做行為的根據、起初的集體口頭創作、依賴現實經驗建造的超現實想像世界、初民安身立命的憑藉、溝通意識與無意識的橋樑、一種和夢相似的象徵符號、激發和支配人類的心理力量、非理性而直覺的故事等等，神話的整體內涵與所有特性是無法一一交代清楚而沒有遺漏的，所以神話的定義與界說也始終不能完整齊全。雖然如此，本論文對神話的認定範圍仍係廣泛地包容其豐富內涵與多重特性，不以任何局隅或偏執的定義為準繩，俾使魏晉志怪小說與古代神話的關係討論過程不致誤入窄巷窒礙難行。

第二節　研究理論與方法〔註19〕

　　西方的神話學發源甚早，遠溯古人對於神話的觀念，大致可分隱喻說（Allegory）和歷史說（Euhemerism）兩類。

〔註17〕李達三：〈神話的文學研究〉，蔡源煌譯，《從比較神話到文學》（東大，民國66年2月初版），頁284。

〔註18〕轉引自 Willian Righter，《神話與文學》，何文敬譯（成文，民國68年10月），頁9。

〔註19〕本節內容主要參考林惠祥：《神話論》第一、三章及李達三：〈神話的文學研究〉一文。

公元前六世紀希臘的芝諾芬（Xenophanes）就已經大膽地宣稱有些神話是古人的寓言。公元前五二〇年德亞更（Theagenes）更指出諸神爭戰的神話是隱喻宇宙各種元素的競爭消長，而諸神又可說是各種道德或智慧性質的表現。麥托羅陀魯（Metrodorus）且把英雄們都當做各元素的混合物和自然界的司理者。這些解釋後人稱為隱喻說，基督教興盛後，許多異教哲學家常採用來解釋它們的神靈，以避免基督徒的攻擊圍剿。這些解釋純屬個人擬想，缺乏實際證據。

公元前三一六年友赫麥魯（Euhemerus）主張神話原是化裝的歷史，神話裏的神都是古時的人，後人舖揚渲染他們的功業事蹟以成奇談。這種解釋後人稱為歷史說，很為聖奧古斯丁（St.Augustine）和其他初期基督徒所接受，因為他們贊成神話裏的神都是古時的人而不是真神。中古的神學家也頗多附和其說的。但這種情形其實只佔神話的一部份而已，所以不能應用過度。

神話學的發展到近代，孳生了語言學派（Philological School）和人類學派（Anthropological School）。語言學派的代表人物有繆勒（Max Müller）和斯賓塞（Herbert Spenser）；人類學派的著名學者有蘭格（Andrew Lang）和泰婁（E.B.Tylor）。

繆勒以為神話中愚昧、野蠻及無理的要素是由「語言的毛病」（A Disease of Language）而產生的。也就是說古代的語言失去原意後被誤解而生出神話。準此，神名的原意可由比較語言學的研究而發現，其結果神名常指宇宙現象，所以神話中愚昧、野蠻及無理的要素原來只是自然性質的表現。此說起於發現雅利安系各種語言的連合關係，如克耳特語、日耳曼語、梵語、波斯語、拉丁語、希臘語都可溯至一源，所以要明瞭希臘神名的起源及意義並推知其神話發生的原因，便可利用雅利安系各種語言來互相參證而加以推究。但這種方法的應用範圍只限於雅利安語系，而且就其本身而言，語言學派的學者對於許多神名的意義仍未統一，縱使已然尋得神名原意者，也不能據以說明神話，因為古人對於神的觀念恐怕不同於現代人由其字所推想的意義，並且神或英雄常是箭垛的人物，附帶了許多本身以外的東西。

斯賓塞也認為語言的缺點容易引起自然物擬人化，古代的傳說失去原意後就常被誤解，古人的名字也常被誤解而產生擬人化的神話。因為古人常依其出生時的事物來取名，尤其常用時辰及天象，所以斯賓塞認為古人將宇宙萬物擬人化是由於「名字即語言」的誤解，另外還有一種誤解則起於民族來源的傳說。其實語言的誤解只是神話產生的一小部份原因，古人的普遍思想

或心態才是主因。

　　人類學派便以為神話是思想的反映，乃根據原始觀念和文化人類學的研究來探討神話的涵義。蘭格主張神話中不合理的要素其實出自一種思想，這種思想在古代是很普遍的，現在則僅存在於蠻族和小孩中，而語言問題不過是神話發展的次因罷了。蠻族的思想和文明人的最大差異在於人格觀的擴大，蠻族的人格觀推及自然界的種種事物，以為自然界便是由許多活動的、具有人格的物所組成的。蠻族還特別相信精靈（Spirits）的存在、活人與死人的交通，以及促使植物和畜產豐富的魔術，凡此都為神話的肇因。

　　泰婁提出科學的神話研究有賴於類似點的比較（Comparison of Similar Cases）。因為蠻族的神話較為簡樸，文明未開，離原始狀態不遠，所以整理各地蠻族相類似的神話，排列比較後，就可以尋出規則的想像歷程，進而發掘人類的一致心理。而神話的例子愈多，證據就愈充分。

　　二十世紀的神話研究則以人類學方法、心理學方法、語言哲學方法及結構主義方法分據重鎮，各自發揮所長。運用人類學方法研究神話的代表人物有劍橋希臘學者、傅瑞哲（James George Frazer）、馬凌諾斯基（Bronislaw Malinowski）等，運用心理學方法的著名學者有佛洛伊德（Sigmund Freud）、容格（Carl Guslay Jung），運用語言哲學方法的領袖是卡西勒（Ernst Cassirer），運用結構主義方法的翹楚為李維史陀（Claude Lēvi-Strauss）。

　　劍橋希臘學者的共同信念是儀式的發生先於神話和神學，而神話不是其他任何事物的替代，它自成一格，自有其淵源。他們應用近代人類學的發現，從神話和儀式的起源著手去探討希臘的古典作品。

　　傅瑞哲則透過古代神話中所反映的需要之共同處，揭示了各地方、各時代人類的共同需要，這些需要論名義、細節、神話與儀式都因地而異，實質上卻沒有多大差別。他所討論的一個中心題旨是釘死於十字架和復活的原始類型（archetype），特別是「弒聖天子」（the Killing of the Divine king）的神話；其次是應祭儀而生的「代罪羔羊」的原始類型，應用範圍其實有限。

　　馬凌諾斯基特別強調神話在原始社會和文化中所扮演的角色及其所發揮的功能，他認為神話是原始信仰和道德訓條的實際憑照，表現、加強、整理信仰，護衛、勵行道德，保證儀式效力，以及指示行為規則。〔註20〕

〔註20〕參看馬凌諾斯基：《巫術、科學與宗教》，朱岑樓譯（協志工業叢書，民國73年5月再版）。

運用心理學方法的佛洛伊德認為觀念的形成不在於文化史，而是建立於生理觀念，所以始終偏執一個主題——伊底帕斯情結或性的罪惡心理觀念，而且從意識壓抑來解釋神話，並假設弒父的原始類型是社會組織形成的基礎。〔註21〕

容格認為神話是內在心靈現象的投射，人類在潛意識層底下秉承了一種久遠的「集體潛意識」，正如低等動物繼承某些本能，人類也同樣地繼承了一些複雜的心理偏向叫做「種族記憶」。他認為神話形成的結構因素永遠出現於潛意識中，所以將這些因素的表現稱為「母題」或「原始類型」等。又說神話即是原始類型，是潛意識付諸意識心智狀態表現的媒介之一。所以神話是全民族希望、恐懼與價值觀的象徵投射，而神話研究正可揭櫫全民族的心智與性格。容格理論的缺點是傾向於將「原始類型」和「象徵」混淆不清，也將這兩個名詞和「超越功能」混在一起，同時在他大量引述例子時，好幾種方式都有問題，譬如他認為相似物是不證自明而無弱點的、許多例子一經引用後就不再討論它們、常常表示如果他舉出所有的例證一切都將非常清楚等。〔註22〕

運用語言哲學方法的卡西勒認為神話與語言是人類最早的象徵成就，也就是人類對於現實直覺感知的原始形式，比人類的理性和科學領悟的歷史更為久遠。神話與語言根源於相同的心智基礎，並且一樣賦有具體表現非邏輯意義或真理的力量。此外，神話的整體性在於功能的統一，而非事物的統一。

運用結構主義方法的李維史陀主張以類似語言研究的某種邏輯連貫性來探討神話彼此共通之處，因為神話是人類沈思生命情況的原始形式，而人類心智格式的表現在語言中表現得最為顯著，所以可在神話與語言中創造一個思想體系。但李維史陀分析神話時常指出「兩元對比」（dualism）的格式，往往只探討了一個體系的因素彼此間的關係樣式，卻不去討議那些因素的內容如何。〔註23〕

除了以上人類學家、心理學家、語言哲學家、結構主義者外，另有一些創造神話學者，他們的興趣不在神話的儀式，而是在於文學，主張文學為神

〔註21〕參看佛洛伊德：《圖騰與禁忌》，楊庸一、林克明譯（志文，民國72年11月再版）。
〔註22〕參看 Paula Johnson，〈原始類型的再斟酌〉，范國生譯，《中外文學》第67期（民國66年12月），頁122～135。
〔註23〕參看李維斯陀：《神話與意義》，王生蘭譯（時報，民國71年1月初版）及艾德蒙・李區（Edmund Leach）：《結構主義之父——李維史陀》，黃道琳譯（桂冠，民國73年4月，三版）。

話與儀式於藝術中的最後體現。而提到神話的文學研究，著名的學者有應用人類學方法的魏克利（John B. Vickery）、應用心理學方法的佛萊（Northrop Frye），還有從其他方法著手的蔡斯（Richard Volney Chase）、堪培爾（Joseph Campbell）、柯立芝（Coleridge）等，他們的研究成果都可增益我們對神話文學性的理解與鑑賞。

其實，任何神話研究的理論與方法都無法定於一尊而放諸四海皆準，所以前述的種種理論與方法，只要有助於本論文闡釋某一觀點或印證某一例子時，就加以擷取採用，並不分軒輊。

第三節　中國古代神話的概況

中國古代神話僅存一些零星的片段，數量不多且頗為散亂，與數量豐富又系統化的希臘、印度神話相比較顯居劣勢。但中國早期的歷史傳說跟一部份古代神話其實難以劃分，所以上古史往往就是一些遠古帝王英雄的神話。中國古代神話散見於許多古書，其中《山海經》、《穆天子傳》、《楚辭》的資料最多。《山海經》是口傳的實錄〔註24〕，資料來源甚早，但非一時一地一人記錄，亦非一人編纂，惟今日所見已非原貌，早經數次增損。《穆天子傳》六卷，前五卷記載周穆王西登崑崙會西王母之事，末卷記載周穆王寵愛的盛姬死葬之事，是戰國時人根據傳說寫成的〔註25〕。《楚辭》中的屈原作品如〈離騷〉、〈天問〉、〈九歌〉等篇包含了許多神話的斷片。此外一些史書如《左傳》、《國語》等，子書如《墨子》、《莊子》、《荀子》、《韓非子》、《呂氏春秋》、《淮南子》、《列子》等，都曾引用或轉述若干神話資料，其中《淮南子》出於西漢淮南王劉安的門客之手，《列子》係晉人掇拾舊聞的偽託之作，成書時代雖然都比較晚，但保存的神話資料卻是子書中最豐富的。還有一些成書時代很晚的野史也採輯了些樸拙的神話舊聞，如三國徐整的《三五曆記》、宋羅泌的《路史》、清馬驌的《繹史》等，資料來源可能很早，亦富參考價值。

〔註24〕依據彭毅師於「中國神話研究」課的說法。例證如〈海外北經〉云顓頊葬於「務隅之山」，〈海內東經〉作「鮒魚之山」，〈大荒北經〉作「附禺之山」，又如〈海外北經〉的「柔利之國」，一云「留利之國」，舜之妻為「登比式」，一曰「登北式」等，文字不一，顯係口傳記錄的分歧結果；還有「帝之博獸之丘」、「禹所積石之山」、「禹攻共工國之山」、「孟翼攻顓頊之池」等地以事件為名，亦類口傳的一般作風。
〔註25〕參看屈萬里：《先秦文史資料考辨》（聯經，民國72年2月初版），頁442～444。

中國古代神話為什麼亡佚甚多而殘存零星片段？魯迅以為：

> 中國神話之所以僅存零星者，說者謂有二故：一者華土之民，先居
> 黃河流域，頗乏天惠，其生也勤，故重實際而黜玄想，不更能集古
> 傳以成大文。二者孔子出，以修身齊家治國平天下等實用為教，不
> 欲言鬼神，太古荒唐之言，俱為儒者所不道，故其後不特無所光大，
> 而又有散亡。

> 然詳案之，其故殆尤在神鬼之不別。天神地祇人鬼，古者雖若有辨，
> 而人鬼亦得為神祇。人神殽雜，則原始信仰無由蛻盡；原始信仰存
> 則類於傳說之言日出而不已，而舊有者於是僵死，新出者亦更無光
> 焰也。〔註26〕

其實地形和氣候固然影響神話的成份與色彩，卻無法掩沒人們創造神話
的衝動。而且孔子的「實用為教」於戰國時代尚未能有全面性的影響力，所
以並不足解釋許多神話何以到戰國時代就已經消歇。至於神鬼不別這種普遍
的思想因素可能是較合理的解釋。玄珠說：

> 「頗乏天惠，其生也勤。」不是神話消歇的原因，已經從北歐神話
> 可得一證明；而孔子的「實用為教」在戰國時亦未有絕對的權威，
> 則又已不像是北方神話的致命傷。所以中國北部神話之早就消歇，
> 一定另有其原因。據我個人的意見，原因有二：一為神話的歷史化，
> 二為當時社會上沒有激動全民族心靈的大事件以誘引「神代詩人」
> 的產生。〔註27〕

神話歷史化後，固然也能保留相當的神話，但是已非原來面目，並且極
易僵死。中國北方神話大約在商周之際絕大部份都已經歷史化了，這是一個
顯見而合理的解釋。而所謂激動全民族心靈的大事件是指周穆王西征這類壯
舉，結果《穆天子傳》的神話應之而生；但是除了帝王英雄神話外，神話的
想像世界還有更寬廣的領域，所以此說只是一部份原因而已。神話會大量亡
佚還受一些外在的環境因素影響，譚達先便從這個角度著眼：

第一、中國古代沒有記錄神話的專書。……

第二、古代社會的思想家、歷史家把神話加以歷史化。……

第三、在先秦時代，離神話的產生時代並不遠，有的作家學者僅僅

〔註26〕同註1，頁28～29。
〔註27〕同註12，頁12。

是爲了表達自己的某種思想感情，闡述某種哲學道理，記錄某種史地知識，才在無意中引用了片段的神話。因此神話的全貌就無法被後人看見。……

第四、在印刷術沒有發明的古代，保存古代文化和神話的書籍，多靠手抄，易於丟失；加上社會和時代的動亂，秦始皇焚書，楚項羽燒咸陽，和兩漢之間、漢魏之間、兩晉之間的戰亂等等，隨著社會的大動盪，大量的古書散失乃至被焚毀，因之，有了文字記錄的神話也亡佚了。……〔註28〕

　　第二項玄珠已經提過，至於其餘三項也都屬顯見而合理的解釋，譚氏之說可謂中肯之論。

　　現存的中國古代神話既是一些散亂的零星片段，系統化或完整性的需求是很難實現的，因爲可見的資料有限，所以連分門別類也是困難重重，迄今尚無定論。

　　玄珠在〈中國神話研究〉一文中把中國古代神話分爲六類：

　　　一、天地開闢的神話
　　　二、日月風雨及其他自然現象的神話
　　　三、萬物來源的神話
　　　四、記述神
　　　五、幽冥世界的神話
　　　六、人物變形的神話

李丹陽在〈漫談古代神話〉一文中也把中國古代神話分爲六類：

　　　一、古代人民征服自然的
　　　二、人民反抗統治者的
　　　三、正義與非正義、善與惡戰鬥的
　　　四、愛情的神話
　　　五、發明創造的神話
　　　六、志怪述異的

譚達先認爲前兩人的分類法都不夠科學，他按照思想內容的不同性質將中國古代神話大體分爲四類：

　　　一、表現人類對自然進行搏鬥的神話

〔註28〕同註7，頁6～10。

二、表現原始社會中人類集團間戰爭的神話

三、解釋與說明自然現象的神話

四、表現人類創造文化的神話〔註29〕

張光直則就商周神話作一歷史性的分類：

一、自然神話

二、神仙世界及其與人間世界分裂的神話

三、天災與救世神話

四、英雄世系〔註30〕

其實神話的分類因應不同的目的，依據不同的標準，自然會有不同的結果。本論文對於中國古代神話資料分類牽就於討論魏晉志怪小說和古代神話關係的目的，因此，僅就魏晉志怪小說中所有的神話材料加以歸類，然後找出相關而對應的古代神話來一一比較，以利發現繼承與演變的痕跡。

魏晉志怪小說中所見的神話材料按其內容性質的不同可分爲四類：

一、自然神話故事

二、動植物神話故事

三、帝王名人神話故事

四、遠方異國神話故事

其中有些類別在性質上難免相當程度的疊合，但爲了實際討論時的方便只好硬性地界定，譬如動植物神話故事原應屬於廣義的自然神話故事，但因數量太多特予獨立。所以此處的自然神話故事是狹義的，專指日月星辰、風雨等自然現象及山川神祇而言；而動植物神話故事中關於變化的部份則移入思想性質的存留那一章專題討論中。

以上是中國古代神話的保存情形、亡佚原因以及分類的概述。

〔註29〕 同註7，頁19～23。

〔註30〕 張光直：〈商周神話之分類〉，《中國青銅時代》（聯經，民國72年4月初版），頁285～325。

第三章　內容取材的承續

　　魏晉志怪小說的內容取材包括陰陽五行、服食求仙、鬼神靈怪、異物變化之事及遠國奇珍、瑣聞雜事的記載，因其編纂方式或刺取前人之書，甚至文字也輾轉因襲；或採錄當世流行的傳聞，包括上古流傳至當世歷經演變的故事，所以保留了不少古代神話和早期歷史傳說的片段。至於內容取材承續古代神話和早期歷史傳說的部份，加以歸納可得四類：一、自然神話故事，二、動植物神話故事，三、帝王名人神話故事，四、遠方異國神話故事。本章重點即在尋找這些神話故事的根源，以證魏晉志怪小說的許多內容取材是繼承古代神話和早期歷史傳說，或加以演變的關係。

第一節　自然神話故事

　　自然神話在本論文中是狹義的，專指日月星辰、風雨等自然現象及山川神祇而言，動植物神話因數量太多特予獨立為一類。魏晉志怪小說中可見的自然神話故事或片段包話月中兔、日月出入之所、崑崙山、炎火之山、泰山、不周山雲川之水、沃焦、帝臺之棋、大海之神、河伯馮夷、河神巨靈、湘夫人、風伯、雨師、風穴，其中除了泰山、不周山雲川之水、大海之神、風穴外，都可以找到相對應的古代神話，在本節中將一一推溯其源。

　　一、月中兔

　　　《博物志》云：

　　　　儒者言月中兔，夫月水也，兔在水中無不死者。夫兔月氣也。〔註1〕

〔註1〕范寧：《博物志校證》（明文，民國73年7月再版），頁132，《太平御覽》卷
　　　　九百七引佚文。

　　月中有兔的傳說由來已久，戰國時代的《楚辭‧天問》早已言及：「夜光何德，死則又育？厥利維何，而顧菟在腹？」〔註2〕降至西漢，《淮南子‧精神篇》卻說月中有蟾蜍〔註3〕。湖南長沙馬王堆一號漢墓出土的帛畫左上方的月亮中間則並繪白兔和蟾蜍〔註4〕。月中有兔的傳說可能較早發生，而月中有蟾蜍的傳說是隨著嫦娥故事而產生的，所以《楚辭》僅言月中有兔，《淮南子》則說月中有蟾蜍，馬王堆漢墓帛畫且共存白兔與蟾蜍；直到晉代，《博物志》僅言月中有兔，傅玄〈擬天問〉也只說：「月中何有？白兔擣藥。」〔註5〕而《搜神記》則記載了嫦娥託身於月化為蟾蠩的故事〔註6〕，兩者又已分脈流傳。

二、日月出入之所

《博物志》云：

> 東方少陽，日月所出，山谷清，其人佼好。西方少陰，日月所入，其土窈冥，其人高鼻、深目、多毛。〔註7〕

　　日月出入之所的傳說在《山海經》裏很多，例如〈大荒東經〉說大言山、合虛山、明星山、鞠陵于天山（包括東極、離瞀二山）、猗天蘇門山、壑明俊疾山都是日月所出的地方，其中猗天蘇門山有壎民之國，壑明俊疾山有中容之國；而〈大荒西經〉說豐沮玉門山、龍山、吳姖天門、鏖鏊鉅山、常陽之山、大荒之山都是日月所入的地方，其中大荒之山有三面一臂的不死之人，是顓頊之子。〔註8〕這麼多山都是日月出入之所，可能由於許多地方各自根據觀察所得而加以推臆的不同傳聞所造成。但是日月從東邊出，至西邊入，隔天又從東邊出，進一步的聯想便是出入之所應當相通，甚至同為一個地方，於是〈大荒西經〉出現這樣的記載：「西海之外，大荒之中，有方山者，上有青樹，名曰柜格之松，日月所出入也。」〔註9〕出入之所相通或同為一個地方的實際情景，《山海經》

〔註2〕宋‧洪興祖：《楚辭補註》（藝文，民國66年9月五版），頁151。王逸註云：「言月中有菟，何所貪利，居月之腹而顧望乎？」洪興祖補曰：「菟與兔同」。
〔註3〕漢‧高誘：《淮南子注》（世界，民國67年3月七版），頁100。
〔註4〕《馬王堆漢墓》（弘文館，民國74年11月初版），頁149。
〔註5〕轉引自玄珠：《中國神話研究》，第六章，頁28～29。
〔註6〕晉‧干寶：《搜神記》（里仁，民國71年9月），頁174。
〔註7〕同註1，卷一五方人民，頁12。據校勘「清」下應補「朗」、「多毛」上　應補「面」。
〔註8〕袁珂：《山海經校注》（里仁，民國70年11月），頁340、344、346、348、356、357、396、400、402、406、409、413。
〔註9〕同上，頁394。

中的十日神話可爲註腳，〈海外東經〉說湯谷上有扶桑，九日居下枝，一日居上枝〔註10〕，而〈大荒東經〉說得更清楚：湯谷上有扶木，一日方至，一日方出〔註11〕。《楚辭·天問》提及太陽出自湯谷，次于蒙汜〔註12〕，其中湯谷爲日出之地與《山海經》所言相同；而遠遊又云：「朝濯髮於湯谷兮，夕晞余身兮九陽。」〔註13〕點出傍晚時湯谷只剩九日，也與《山海經》十日代出的神話相符。《淮南子·天文篇》中詳細地敍述了太陽的每一段行程，從暘谷出，至虞淵之汜入，而暘谷與虞淵之汜間的相通地似爲蒙谷之浦：「日出于暘谷，浴于咸池，拂于扶桑，是謂晨明。……日入于虞淵之汜，曙于蒙谷之浦，行九州七舍有五億萬七千三百九里。」〔註14〕日月出入之所的傳說，從《山海經》到《淮南子》，已經變得繁複起來，然而《博物志》所保存的那則記載卻仍非常簡單，只言方位未及地名，僅多出一點點地勢與居民樣狀的想像。

三、崑崙山、炎火之山

《博物志》云：

> 河圖括地象曰：地南北三億三萬五千五百里。地部之位起形高大者有崑崙山。廣萬里，高萬一千里，神物之所生，聖人仙人之所集也。出五色雲氣，五色流水，其泉南流入中國，名曰河也。其山中應於天，最居中，八十城布繞之，中國東南隅，居其一分，是奸城也。崑崙山北，地轉下三千六百里，有八玄幽都方二十萬里。地下有四柱，四柱廣十萬里。地有三千六百軸，犬牙相舉。〔註15〕

《博物志》言崑崙山爲神物所生的地方，可以在《山海經·西山經》中找到例證，如：「有獸焉，其狀如羊而四角，名曰土螻，是食人。有鳥焉，其狀如蠡，大如鴛鴦，名曰欽原，蠚鳥獸則死，蠚木則枯。有鳥焉，其名曰鶉鳥，是司帝之百服。有木焉，其狀如棠，黃華赤實，其味如子而無核，名曰沙棠，可以禦水，食之使人不溺。有草焉，名曰薲草，其狀如葵，其味如蔥，食之

〔註10〕同註8，頁260。
〔註11〕同註8，頁354。
〔註12〕同註2，頁150。
〔註13〕同註2，頁276～277。
〔註14〕同註3，頁44。
〔註15〕同註1，卷一，頁7，據校勘「三億三萬五千五百里」應爲「二億三萬一千五百里」，「部」應爲「坻」，「泉」應爲「白水」，「奸」應爲「好」；卷一，頁10，「北」上應有「東」，「舉」應爲「掣」。

已勞。」〔註16〕降及西漢，《淮南子‧墜形篇》說昆侖虛西有珠樹、玉樹、琁樹、不死樹，東有沙棠、瑯玕，南有絳樹，北有碧樹、瑤樹〔註17〕，俱言珍樹異木，但其中僅沙棠一物與《山海經》所言的神物相同。

而《博物志》云河水源自崑崙山，南流中國，早在《山海經‧西山經》就有這種說法：「河水出焉，而南流東注于無達。」〈北山經〉也說：「敦薨之山，其上多櫻枬，其下多茈草。敦薨之水出焉，而西流注于泑澤。出于昆侖之東北隅，實惟河原。」〔註18〕而《淮南子‧墜形篇》與《山海經‧北山經》一樣言河水出自崑崙山東北隅：「河水出昆侖東北陬，貫渤海，入禹所導積石山。」〔註19〕

此外《搜神記》也記載了崑崙山的神話材料：

> 崑崙之墟，地首也，是惟帝之下都，故其外絕以弱水之深，又環以
> 炎火之山。山上草木鳥獸，皆生育滋長於炎火之中，故有火澣布。
> 非此山草木之皮枲，則其鳥獸之毛也。〔註20〕

此處有兩個重點，一是帝之下都，一是炎火之山。關於帝之下都，《山海經‧西山經》早提及：「昆侖之丘，是實惟帝之下都，神陸吾司之。」〈海內西經〉也說：「海內昆侖之虛，在西北，帝之下都。昆侖之虛，方八百里，高萬仞。上有木禾，長五尋，大五圍。面有九井，以玉為檻。面有九門，門有開明獸守之，百神之所在。」〔註21〕《淮南子‧墜形篇》亦云崑崙山是眾帝所自上下的地方〔註22〕。至於炎火之山，《山海經‧大荒西經》也早已提及，但是火澣布的傳說尚未出現：「（昆侖之丘）其下有弱水之淵環之，其外有炎火之山，投物輒然。」〔註23〕降至晉代，火澣布的傳說又見於《十洲記》中炎洲的火林山，可謂神話傳說中的進一步發展，但不知火林山是否即為炎火之山？

> 又有火林山，山中有火光，獸大如鼠，毛長三四寸，或赤或白，山可
> 三百里許，晦夜即此山林，乃是此獸光照狀如火光相似，取其獸毛以

〔註16〕同註8，頁47。
〔註17〕同註3，頁56。《說文解字注》（藝文，民國68年6月五版）云：「虛，大丘也，昆侖丘謂之昆侖虛。」，頁390。
〔註18〕同註8，頁47、75。
〔註19〕同註3，頁57。
〔註20〕同註6，頁165。
〔註21〕同註8，頁47、294。
〔註22〕同註3，頁57。
〔註23〕同註8，頁407。

緝爲布，時人號爲火浣布是也。國人衣服垢污以灰汁浣之，終無潔淨。

唯火燒此衣服，兩盤飯間振擺，其垢自落，潔白如雪。〔註24〕

　　崑崙山的神話在《山海經》中還有更豐富的記載，至於魏晉志怪小說中則僅見《博物志》兩則、《搜神記》一則以及《拾遺記》一則，《拾遺記》所載已是一篇詳細的仙話〔註25〕。其實在《博物志》中言崑崙山是聖人仙人所集的地方，神話仙話化已露端倪，至《拾遺記》更發展到了極盛。

四、沃焦

《博物志》云：

　　東方有螗螂、沃焦。〔註26〕

　　沃焦之名在《博物志》以前的古書未見，但是佛經中卻曾出現過，《觀佛三昧海經》卷五曰：「從阿鼻地獄上衝大海水。沃焦山下貫大海底，形如車輪。」看了這些文句，沃焦之爲何物依然不能清楚，但《賢愚因緣經》卷四曰：「海何以故注入不增不減？下阿鼻火上衝大海，海水消涸，以故不增；常注入故，以故不減。」〔註27〕則可說明沃焦乃是百川東流注入大海後消涸海水的地方，然而它是阿鼻地獄之火上衝所造成，爲佛教東傳後所帶來的說法；至於中國古代的說法見於《列子‧湯問篇》：「渤海之東不知幾億萬里，有大壑焉，實惟无底之谷，其下无底，名曰歸墟，八紘九野之水、天漢之流莫不注之，而无增无減焉。」〔註28〕歸墟才是中國本有對於海水不增不減的解釋，至於沃焦則是佛教的說法，可見《博物志》此處記載已受佛教影響。

五、帝臺之棋

《博物志》云：

　　桃林在弘農湖城縣休牛之山，有石焉，曰帝臺之棋也。五色而文，

　　狀如鶉卵。〔註29〕

　　帝臺之棋早見於《山海經‧中山經》：「中次七經苦山之首，曰休與之山。其上有石焉，名曰帝臺之棋，五色而文，其狀如鶉卵，帝臺之石，所以禱百

〔註24〕藝文版《百部叢書集成》四三，古今逸史二，《十洲記》，葉三。

〔註25〕《百部叢書集成》四二，古今逸史一，《拾遺記》，卷十，葉一前～二前。

〔註26〕同註1，卷二〈異人〉，頁23。

〔註27〕轉引自王國良：《魏晉南北朝志怪小說研究》（文史哲，民國73年7月初版），頁126。

〔註28〕東晉‧張湛注：《列子》（藝文，民國60年1月再版），頁67。

〔註29〕同註1，頁123，《藝文類聚》卷六引佚文。據校勘「樓」應爲「棋」。

神者也，服之不蠱。」〔註30〕《博物志》與《山海經》兩者所言形色皆同，「休牛」也與「休與」相似，只是《博物志》所言的地點已然落實且少了帝臺之石的功能與效能，顯係神話歷史化的結果。

六、河伯馮夷

《博物志》云：

> 澹臺子羽渡河，齎千金之璧於河。河伯欲之，至陽侯波起，兩鮫挾船。子羽左摻璧，右操劍，擊鮫皆死。既渡，三投璧於河，河伯躍而歸之，子羽毀而去。〔註31〕

《搜神記》中也有這樣一則記載，除「兩鮫」作「兩龍」外，其餘內容近同〔註32〕。殷卜辭早有沈玉璧以祭河的記錄，《左傳》昭公二十四年、定公三年、襄公十八年和《穆天子傳》卷一也都提及這種祭儀，可知河伯欲璧的傳說其來有自。《博物志》還說到河伯的由來：

> 馮夷，華陰潼鄉人也，得仙道，化爲河伯，豈道同哉？仙夷乘龍虎，水神乘魚龍，其行恍惚，萬里如室。〔註33〕

《搜神記》也說：

> 弘農馮夷，華陰潼鄉隄首人也。以八月上庚日渡河，溺死。天帝署爲河伯。以五行書曰：「河伯以庚辰日死，不可治船遠行，溺沒不返。」〔註34〕

一說得道成仙，一說溺死爲神，傳聞至晉已有歧異，但得仙道之說應爲後起。而《山海經·海內北經》裏有冰夷：「從極之淵深三百仞，維冰夷恒都焉。冰夷人面，乘兩龍。一曰忠極之淵。」〔註35〕郭璞認爲冰夷即馮夷，冰夷乘兩龍又正與《搜神記》所錄的河伯使兩龍夾舟相符，可見河伯與馮夷跟冰夷都有些關係。此外《山海經·大荒東經》還記載了河伯落入王亥與有易糾葛中的故事〔註36〕。而《搜神記》中復存一則河神巨靈的傳聞：

> 二華之山，本一山也。當河，河水過之而曲行。河神巨靈，以手擘

〔註30〕同註8，頁141。
〔註31〕同註1，卷七〈異聞〉，頁85。
〔註32〕同註6，頁246，《文選》五〈吳都賦〉注引佚文。
〔註33〕同註1，卷七〈異聞〉，頁83。
〔註34〕同註6，頁46。
〔註35〕同註8，頁316。郭璞注：「冰夷，馮夷也。淮南云：『馮夷得道，以潛大川。』即河伯也。《穆天子傳》所謂『河伯無夷』者，竹書作馮夷，字或作冰也」
〔註36〕同註8，頁351。

開其上，以足蹈離其下，中分爲兩，以利河流。今觀手迹於華嶽上，
指掌之形具在。腳跡在首陽山下，至今猶存。故張衡作西京賦所稱
「巨靈贔屭，高掌遠跡，以流河曲」，是也。〔註37〕

河神巨靈似亦河伯之流，但以手擘足蹈來開離當河的大山，本事質樸，
較富原始意味。

七、湘夫人

《博物志》云：

洞庭君山，帝之二女居之，曰湘夫人。又《荊州圖經》曰：「湘君所
遊，故曰君山。」堯之二女，舜之二妃，曰湘夫人。舜崩，二妃啼，
以淚揮竹，竹盡斑。〔註38〕

關於湘夫人的傳說，《山海經・中山經》早有記載：「（洞庭之山）帝之二
女居之，是常遊于江淵。澧沅之風，交瀟湘之淵，是在九江之閒，出入必以
飄風暴雨。」〔註39〕《楚辭・九歌》也有湘夫人，但與《博物志》記載的重
點都有所不同。

八、風伯、雨師

《博物志》云：

師兩妻墨色，珥兩青蛇，蓋勾芒也。〔註40〕

此與《山海經・海外東經》的雨師妾大同小異：「雨師妾在其（湯谷）北，
其爲人黑，兩手各操一蛇，左耳有青蛇，右耳有赤蛇。一曰在十日北，爲人
黑身人面，各操一龜。」但是〈海外經〉的句芒則與雨師妾形相大殊：「東西
句芒，鳥身人面，乘兩龍。」〔註41〕不知何故流傳到晉代時《博物志》將兩
者混爲一談。《搜神記》則記載了雨師的另兩種傳聞，一種夾雜神仙家思想：

赤松子者，神農時雨師也。服冰玉散，以教神農。能入火不燒。至
崑崙山，常入西王母石室中，隨風雨上下。炎帝少女追之，亦得仙，
俱去。至高辛時，復爲雨師，遊人間。今之雨師本是焉。

〔註37〕同註6，頁159。
〔註38〕同註1，卷六〈地理考〉，頁73；卷八〈史補〉，頁93。
〔註39〕同註8，頁176。
〔註40〕同註1，卷九〈雜說〉上，頁105。據校勘「師兩妻墨色」當作「雨師妾黑
色」。
〔註41〕同註8，頁263、265。

一種託言星象，而且風伯、雨師並提：

> 風伯、雨師，星也。風伯者，箕星也；雨師者，畢星也。鄭玄謂司
> 中、司命，文昌第四、第五星也。雨師一曰屏翳，一曰號屏，一曰
> 玄冥。〔註42〕

此則本事見於《周禮》春官大宗伯「以槱燎祀司中、司命、飌師、雨師。」
鄭玄注：「鄭司農（眾）云：『司中，三能，三階也。司命，文昌宮星。風師，
箕也。雨師，畢也。』玄謂：『司中、司命，文昌第五、第四星也。』」〔註43〕
《搜神記》引鄭玄文誤倒第五、第四。以日月星辰為雪霜風雨之神，早見於
《左傳》昭公元年：「山川之神，則水旱癘疫之災，於是乎禜之；日月星辰之
神，則雪霜風雨之不時，於是乎禜之。」〔註44〕《風俗通義・祀典篇》則云：
「風師者，箕星也。」、「雨師者，畢星也。」〔註45〕與《周禮》鄭眾注相同。
蓋起先只是泛指日月星辰為雪霜風雨之神，後來才將風師、雨師定位於箕、
畢兩星，為《搜神記》所加以保存。此外，《搜神記》謂雨師另有三個名字，
其中的屏翳於舊籍當中多見，如《楚辭・天問》「萍號起雨」王逸注：「萍、
萍翳，雨師名也。」〔註46〕而《山海經》裏也有風伯、雨師，出現在〈大荒
北經〉中的黃帝與蚩尤之戰，助蚩尤縱大風雨〔註47〕，但那神話故事在魏晉
志怪小說中未見。

以上即就魏晉志怪小說中可以找到古代神話來對照比較的自然神話故事
做了一番簡要的溯源。

第二節　動植物神話故事

魏晉志怪小說中可見的動植物神話故事或片段包括吉黃之乘、女化蠶、
人化虎、虎化人、山獠、巴蛇、肥遺、鮫人、比翼鳥、精衛填海、越地冶鳥、
桃林、三珠樹、蓄草，其中除了人化虎、虎化人、山獠、鮫人、越地冶鳥外，
都可找到相對應的古代神話，在本節中將一一推溯其源。

〔註42〕同註6，頁1、43。
〔註43〕《十三經注疏》3，《周禮》（藝文，民國68年3月七版），頁270。
〔註44〕日本・竹添光鴻：《左傳會箋》（鳳凰，民國67年9月景印四版），下，頁31。
〔註45〕王利器：《風俗通義校注》（明文，民國71年4月初版），頁364、366。
〔註46〕同註2，頁171。
〔註47〕同註8，頁430。

一、吉黃之乘

《博物志》云：

> 文馬，赤鬣身白，似若黃金，名曰吉黃之乘，復薊之露犬也。能飛食虎豹。〔註48〕

早在《山海經・海內北經》已有犬戎文馬的記載：「（犬戎國）有文馬，縞身朱鬣，目若黃金，名曰吉量，乘之壽千歲。」〔註49〕《博物志》所言的形色和特徵都與之相同，但此處名曰吉量，又說乘之可壽千歲。許慎說文解字文馬作「騳」，稱爲吉皇之乘：「騳，馬赤鬣縞身，目若黃金，名曰吉皇之乘，周文王時犬戎獻之。」〔註50〕多加說明了文馬是周文王時犬戎所獻。

二、女化蠶

《博物志》云：

> 嘔絲之野，有女子方跪，據樹而嘔絲，北海外也。〔註51〕

關於嘔絲之野據樹嘔絲的女子之傳說，早見於《山海經・海外北經》，當是《博物志》所本：「歐絲之野在大踵東，一女子跪樹歐絲。」〔註52〕這些簡單的傳說可能是《搜神記》中〈太古蠶馬記〉的雛型，但〈太古蠶馬記〉言「女及馬皮，盡化爲蠶，而績於樹上。其蠶綸理厚大，異於常蠶。鄰婦取而養之，其收數倍。因名其樹曰『桑』。桑者，喪也。由斯百姓競種之，今世所養是也。言桑蠶者，是古蠶之餘類也。」〔註53〕這顯然不是講蠶起源的神話故事，因爲故事的發生背景尚有所謂常蠶，重點似在桑樹，應該是解釋以桑養蠶的起源之神話故事。《山海經》、《博物志》所載都還只是一個物象的描繪，而《搜神記》的故事則已演變至頭尾俱全、因果完備了。

三、巴蛇

《博物志》云：

〔註48〕同註1，卷三〈異獸〉，頁36。據校勘「文馬」上應補「犬戎」，「似」當作「目」。而《逸周書・王會解篇》云：「犬戎文馬，赤鬣白身，目若黃金，名曰吉黃之乘。」、「渠叟以（有）鼩犬。鼩犬者，露犬也，能飛食虎豹。」《博物志》的記載顯係兩者的合一。

〔註49〕同註8，頁309。

〔註50〕清・段玉裁：《說文解字注》（藝文，民國68年6月五版），頁468。

〔註51〕同註1，卷二〈異人〉，頁24。

〔註52〕同註8，頁242。

〔註53〕同註6，頁173。

　　巴蛇食象，三歲而出其骨，食之無心腹之疾。〔註54〕

　　巴蛇的記載出自《山海經・海內南經》：「巴蛇食象，三歲而出其骨，君子服之，無心腹之疾。其爲蛇青黃赤黑。一曰黑蛇青首，在犀牛西。」〔註55〕但《博物志》只保存了一半，巴蛇的顏色及其所在都已付之闕如。

四、肥遺

　　《博物志》云：

　　華山有蛇名曰肥遺，六足四翼，見則天下大旱。〔註56〕

肥遺怪蛇的記載出自《山海經・西山經》：「又西六十里，曰太華之山，削成而四方，其高五千仞，其廣十里，鳥獸莫居。有蛇焉，名曰肥螑，六足四翼，見則天下大旱。」殊形、異能在《博物志》、《山海經》中都完全一樣。但在渾夕之山另有一首兩身的怪蛇也叫肥遺，而肥水亦多肥遺之蛇，見於〈北山經〉：「（渾夕之山）有蛇一首兩身，名曰肥遺，見則其國大旱。」，「（肥水）其中多肥遺之蛇。」形狀或所在地都不符合，可能屬於不同的傳聞。而〈西山經〉中還有一種怪鳥也叫肥遺：「（英山）有鳥焉，其狀如鶉，黃身而赤喙，其名曰肥遺，食之已癘，可以殺蟲。」〔註57〕名稱雖然相同，卻爲判然兩物。

五、比翼鳥

　　《博物志》云：

　　比翼鳥，一赤一青，在參嵎山。〔註58〕

　　比翼鳥的記載出自《山海經・海外南經》：「比翼鳥在其（南山）東，其爲鳥青、赤，兩鳥比翼。一曰在南山東。」兩者所言相同。〈大荒西經〉亦曰：「有比翼之鳥。」〔註59〕而《博物志》又云：

　　崇丘山有鳥，一足一翼一目，相得而飛，名曰蟁，見則吉良，乘之壽千歲。〔註60〕

　　相得而飛，當亦比翼鳥之類。這種名稱「蟁」的怪鳥也出自《山海經》，〈西次三經〉云：「（崇吾之山）有鳥焉，其狀如鳧，而一翼一目，相得乃飛，名曰

〔註54〕　同註1，頁136，《太平廣記》卷四百五十六引佚文。
〔註55〕　同註8，頁281。
〔註56〕　同註1，卷三〈異蟲〉，頁38。
〔註57〕　同註8，頁22、78、90、24。
〔註58〕　同註1，卷三〈異鳥〉，頁37。
〔註59〕　同註8，頁186、407。
〔註60〕　同註1，卷三〈異鳥〉，頁37。

蠻蠻，見則天下大水。」〔註61〕「崇吾」變「崇丘」，「蠻蠻」變「蚩」，且多「一足」，而凶兆也轉爲吉良，但形狀與特性仍舊相同，可以看出演變的痕跡。

六、精衛填海

《博物志》云：

> 有鳥如鳥，文首，白喙，赤足，名曰精衛。……故精衛常取西山之木石，以填東海。〔註62〕

精衛填海是我國古代著名的神話之一，其傳說出自《山海經‧北山經》：「又北二百里，曰發鳩之山，其上多柘木。有鳥焉，其狀如鳥，文首、白喙、赤足，名曰精衛，其鳴自詨。是炎帝之少女名曰女娃，女娃游于東海，溺而不返，故爲精衛，常銜西山之木石，以堙于東海。」〔註63〕所述與《博物志》所傳相同而稍詳，惟「炎帝之少女名曰女娃」歷經流傳變成了「赤帝之女名女娃」。

七、桃林

《博物志》云：

> 桃林在弘農湖城縣休牛之山，有石焉，曰帝臺之樿也。五色而文，狀如鶉卵。〔註29〕

帝臺之棋的傳說已在上節討論過，而桃木亦早見於《山海經‧中山經》：「（夸父之山）其北有林焉。名曰桃林，是廣員三百里，其中多馬。」郭璞注：「桃林，今宏農湖縣閡鄉南谷中是也；饒野馬山羊山牛也。」〔註64〕可見桃林流傳到晉代，已落實於弘農湖城縣休牛之山或宏農湖縣閡鄉谷中，並且在《博物志》中還附增了帝臺之棋的傳說。

八、三株樹

《博物志》云：

> 三株樹生赤水之上。〔註65〕

這很明顯是《山海經‧海外南經》的三株樹流傳到晉代的片段：「三株樹

〔註61〕同註8，頁39。
〔註62〕同註1，卷三〈異鳥〉，頁37。據校勘「名曰精衛」下應補「昔赤帝之女名女娃，往遊於東海，溺死而不返，其神化爲精衛。」
〔註63〕同註8，頁92。
〔註29〕同註1，頁123，《藝文類聚》卷六引佚文。據校勘「樿」應爲「墓」。
〔註64〕同註8，頁139、140。
〔註65〕同註1，卷一〈物產〉，頁13。

在厭火北，生赤水上，其爲樹如柏，葉皆爲珠。一曰其爲樹若彗。」〔註66〕特殊的葉狀，《博物志》未存。

九、蓄草

《博物志》云：

> 右詹山，帝女化爲詹草，其葉鬱茂，其莩黃，實如豆，服者媚於人。
> 〔註67〕

《搜神記》亦有近似的記載：

> 舌埵山，帝之女死，化爲怪草，其葉鬱茂，其華黃色，其實如兔絲。
> 故服怪草者，恒媚於人焉。〔註68〕

《山海經》中關於蓄草的傳說當是《博物志》詹草、《搜神記》怪草的來源，〈中山經〉云：「又東二百里，曰姑媱之山。帝女死焉，其名曰女尸，化爲蓄草，其葉胥成，其華黃，其實如菟丘，服之媚于人。」〔註69〕三者皆爲帝女所化，服之皆可媚於人，葉皆鬱茂，花或莩也均爲黃色，重要的特性盡同；而果實或如菟丘、或如豆、或如兔絲，山名或爲姑媱、右詹、舌埵，草名或爲蓄草、詹草、怪草，都只是傳聞的分歧。因此可以證明三者是同一物。

以上即就魏晉志怪小說中可以找到古代神話來對照比較的動植物神話故事做了一番簡要的溯源。

第三節　帝王名人故事

魏晉志怪小說中可見的帝王名人神話故事或片段包括女媧、庖犧、神農、黃帝、蚩尤、堯、舜、顓頊、共工、鯀、禹、桀、契、湯、文王、武王、徐偃王、夸父、西王母、嫦娥，其中除了堯、舜、桀、文王、徐偃王外，都可找到相對應的古代神話。在本節中將一一推溯其源。

一、女媧

《博物志》云：

> 天地初不足，故女媧氏練五色石以補其闕。斷鼇足以立四極。〔註70〕

〔註66〕同註8，頁192。
〔註67〕同註1，卷三〈異草木〉，頁39。據校勘「右詹」當作「古蓄」，即姑媱。
〔註68〕同註6，頁174。
〔註69〕同註8，頁142。
〔註70〕同註1，卷一〈地〉，頁9。

關於女媧的傳說很多，但與《博物志》這則記載對應的古代神話更早只見於《淮南子·覽冥篇》：「往古之時，四極廢，九州裂，天不兼覆，地不周載，火爁炎而不滅，水浩洋而不息，猛獸食顓民，鷙鳥攫老弱，於是女媧鍊五色石以補蒼天，斷鼇足以立四極，殺黑龍以濟冀州，積蘆灰以止淫水。」〔註71〕女媧的救世功績於此比《博物志》多出了兩件。而《列子·湯問篇》的記載則與《博物志》一樣：「然則天地亦物也，物有不足，故昔者女媧氏練五色石以補其闕，斷鼇之足以立四極。」〔註72〕兩者屬於同時代的神話片段，都少了殺黑龍和止淫水的功績。

二、庖犧

《拾遺記》云：

> 春皇者，庖犧之別號也。……庖者，包也。言包含萬象以犧牲登薦于百神，民服其聖故曰庖犧。亦謂伏羲。變混沌之質文宓其教故曰宓犧。布至德於天下，元元之類莫不尊焉。以木德稱王，故曰春皇。其明叡照於八區，是謂太昊。昊者，明也。位居東方以含養蠢化。叶于木德其音附角，號曰木皇。〔註73〕

關於伏羲的神話資料也很多，但與《拾遺記》這些記載對應的則只見於《淮南子·天文篇》：「東方木也，其帝太皞，其佐句芒，執規而治春。」〔註74〕太皞位居東方、木德、治春與《拾遺記》所言的伏羲相同。而《呂氏春秋·虛春紀》高誘注便說太皞即伏羲：「太皞，伏羲氏，以木德王天下之號，死祀於東方，爲木德之帝。」〔註75〕可知太皞即爲太昊。伏羲的名號流傳到《拾遺記》已然完備且附解說之詞，真是詳盡的綜述。

三、神農

《搜神記》云：

> 神農以赭鞭鞭百草，盡知其平毒寒溫之性，臭味所主。以播百穀。故天下號神農也。〔註76〕

〔註71〕同註3，頁95。
〔註72〕同註27，頁66～67。
〔註73〕同註25，卷一，葉一後～二前。
〔註74〕同註3，頁37。
〔註75〕《呂氏春秋》（中華，民國71年4月臺五版），卷一，〈孟春紀〉，葉一前。
〔註76〕同註1，頁1。

《拾遺記》亦云：

　　（神農）炎帝始教民耒耜，躬勤畎畝之事，百穀滋阜。〔註77〕

　　這兩則記載出自《淮南子‧脩務篇》：「古者民茹草飲水，采樹木之實，食蠃蚌之肉，時多疾病毒傷之害，於是神農乃始教民播種五穀，相土地，宜燥溼肥墝高下，嘗百草之滋味、水泉之甘苦，令民知所辟就，當此之時，一日而遇七十毒。」〔註78〕《淮南子》對於神農的敘述較後代的《搜神記》、《拾遺記》更爲詳實，頗能表現初民草莽生活的概況，而親嘗百草水泉、以身試毒也比赭鞭鞭百草較富原始意味；《搜神記》、《拾遺記》所保存者僅是重要片段。《搜神記》言神農以赭鞭鞭百草且是已經演進的傳聞，因爲一日遇七十毒而無傷是神農本身的異能，至於以赭鞭鞭百草則爲方法的進步。

四、黃帝

《列異傳》云：

　　黃帝葬橋山，山崩無尸，惟劍舃存。〔註79〕

　　這傳說稍早見於《列仙傳》：「（黃帝）自擇亡日，與群臣辭。至於卒，還葬橋山，山崩，柩空無尸，唯劍舃在焉。」〔註80〕葬於橋山，山崩無尸，惟存劍舃，兩者所敘相同，但《列仙傳》尚言黃帝能自擇亡日而與群臣辭別。在《拾遺記》中也有類似的傳說：

　　薰風至，眞人集，乃厭世於昆臺之上，留其冠、劍、佩、舃焉。昆

　　臺者，鼎湖之極峻處也。〔註81〕

這已完全是仙話化的傳說，黃帝存留之物也多了冠、佩，可見是《列仙傳》、《列異傳》傳說的進一步演變、發展。至於鼎湖傳說的由來早見於《列仙傳》和《史記‧封禪書》，充滿神仙家思想，《列仙傳》云：「仙書曰：黃帝採首山之銅，鑄鼎於荊山之下。鼎成，有龍垂胡髯下迎，帝乃升天。群臣百僚悉持龍髯，從帝而升，攀帝弓；及龍髯拔而弓墜，群臣不得從，仰望帝而悲號。故後世以其處爲鼎湖，名其弓爲烏號焉。」〔註80〕魏晉志怪小說關於黃帝的種種傳說還有《博物志》的記載：

〔註77〕同註25，卷一，葉二前～三前。
〔註78〕同註3，頁331。
〔註79〕魯迅：《古小說鉤沈》，《空異傳》，頁133。
〔註80〕轉引自葉慶炳師：《漢魏六朝小說選》（弘道，民國63年10月初版），頁2。
〔註81〕同註25，卷一，葉三後。

黃帝登仙，其臣左徹者削木象黃帝，帥諸侯以朝之。七年不還，左
徹乃立顓頊。左徹亦仙去也。

黃帝治天下百年而死。民畏其神百年，以其教百年，故曰黃帝三百年。

揮造弧，牟夷造矢，倉頡造書，容成造曆，伶倫造律，穎首造數，
皆黃帝臣也。

蹴踘黃帝所作，或曰起戰國時。〔註82〕

登仙之說純屬神仙家思想，可與前述《列仙傳》的引文互相呼應。而黃
帝臣子造弧、矢、書、曆、律、數等傳說，顯示黃帝在後人的心目中是建立
文明秩序的偉大帝王，《拾遺記》也說黃帝「考定曆紀，始造書契。」、「變乘
桴以造舟楫」、「吹玉律、正璇衡，置四史以主圖籍，使九行之士以統萬國。」
〔註81〕所言雖與《博物志》有異，但它們所要顯示的意義卻是一致的。《搜
神記》也有黃帝的傳說：

黃帝有熊氏，少典之子。母曰附寶，其先即炎帝母家有蟜氏之女，
世與少典氏婚。及神農之末，少典氏又娶附寶。見大霓光繞北斗樞
星，照郊野。附寶孕二十五月，生黃帝於壽丘。〔註83〕

這種附會在帝王身上的瑞應或感生的神話源遠流長，許多例子不勝枚
舉，但是就黃帝而言，似乎未見有更早的資料言大霓光繞北斗樞星以照郊野？
《博物志》裏還提及軒轅國，當是黃帝的後裔：

夷海內西北有軒轅國，在窮山之際，其不壽者八百歲。〔註84〕

軒轅國的傳聞出自《山海經·海外西經》：「軒轅之國在此窮山之際，其
不壽者八百歲。在女子國北。人面蛇身，尾交首上。」及〈大荒西經〉：「有
軒轅之國。江山之南棲爲吉。不壽者乃八百歲。」〔註85〕《博物志》忠實地保
存了一些片段。

五、蚩尤

《博物志》云：

祝融造市，高辛臣也。蚩尤造兵，炎帝臣也。〔註86〕

〔註82〕同註1，卷八〈史補〉，頁93；卷九〈雜說〉上，頁104；頁139，曾慥《類
說》卷二十三引佚文；頁127，《說郛》卷十唐留存事始引佚文。

〔註83〕同註6，頁248，《太平御覽》一三五帝王世紀條下注：「干寶云：『二十五月
而生。』餘同。」據補。

〔註84〕同註1，卷二〈外國〉，頁21。

〔註85〕同註8，頁221、401。

〔註86〕同註1，頁139，曾慥《類說》卷二十三引佚文。

　　蚩尤造兵之說在《博物志》以前的古書似乎未見，但在《山海經》中蚩尤曾作兵攻伐黃帝因而被殺，〈大荒北經〉云：「蚩尤作兵伐黃帝，黃帝乃令應龍攻之冀州之野。應龍畜水，蚩尤請風伯雨師，縱大風雨。黃帝乃下天女曰魃，雨止，遂殺蚩尤。」蚩尤作兵攻伐黃帝或許與其造兵之說有點關係，因為作兵可解作起兵、舉兵，也可說是製作兵器；而這裏言蚩尤為天女魃所殺，在另一處蚩尤卻為應龍所殺，〈大荒東經〉云：「大荒東北隅中，有山名曰凶犁土丘。應龍處南極，殺蚩尤與夸父，不得復上。故下數旱，旱而為應龍之狀，乃得大雨。」〈大荒北經〉亦云：「應龍已殺蚩尤，又殺夸父，乃去南方處之，故南方多雨。」〔註87〕這些應屬不同的傳聞。

六、顓頊

《搜神記》云：

　　昌意正妃，謂之女樞。金天氏末，生顓頊於弱水。〔註88〕

　　關於顓頊的出身，《拾遺記》也有一些感生神話的記載附會了五行之說：

　　帝顓頊高陽氏，黃帝孫，昌意之子。昌意出河濱，遇黑龍負玄玉圖，時有一老叟謂昌意云：生子必叶水德而王。至十年顓頊生，手又文如龍，亦有玉圖之象。〔註89〕

　　《搜神記》、《拾遺記》兩處都說顓頊是昌意之子，但在更早的《山海經》卻說他是昌意之孫，〈海內經〉云：「黃帝妻雷祖，生昌意，昌意降處若水，生韓流，韓流擢首、謹耳、人面、豕喙、麟身、渠股、豚止。取淖子曰阿女，生帝顓頊。」〔註90〕《山海經》這個世系流傳到後來漏了一代，以致發生差異，而顓頊出生地也由「若水」轉為「弱水」，如《呂氏春秋・古樂篇》仍云「若水」：「帝顓頊生自若水，實處空桑，乃登為帝。」〔註91〕以上各條記載說明了顓頊的父祖及出生，《搜神記》另有一條則交代了顓頊的三個兒子：

　　昔顓頊氏有三子，死而為疫鬼：一居江水，為瘧鬼；一居若水，為魍魎鬼；一居人宮室，善驚人小兒，為小鬼。於是正歲命方相氏，帥肆儺以驅疫鬼。〔註92〕

〔註87〕同註8，頁430、359、427。
〔註88〕同註6，頁248，《太平御覽》一三五帝王世紀條下注：「《搜神記》同」。
〔註89〕同註25，卷一，葉五後。
〔註90〕同註8，頁442～443。
〔註91〕同註75，卷五，葉九前。
〔註92〕同註6，頁189。

這記載應是後起的民間傳說，與《山海經》中言「顓頊生某某」的記載大相逕庭，如〈大荒南經〉云：「有國曰顓頊，生伯服，食黍。」、〈大荒西經〉云：「顓頊生老童」、〈大荒北經〉云：「顓頊生驩頭」，都以世系的筆調來記錄顓頊所生之子。《山海經》言顓頊所生恰有三人，但缺乏證據來確定他們是否《搜神記》顓頊氏三子的來源，而且〈大荒南經〉的顓頊為國名也是問題。《山海經》還記載了許多國是「顓頊之子」，應該是指顓頊的後裔而言，如〈大荒南經〉說：「有季禺之國，顓頊之子，食黍。」、〈大荒西經〉說：「有國名曰淑士，顓頊之子。」、「大荒之中，有山名曰大荒之山，日月所入。有人焉三面，是顓頊之子，三面一臂，三面之人不死，是謂大荒之野。」、〈大荒北經〉說：「有叔歜國。顓頊之子，黍食，使四鳥：虎、豹、熊、羆。」、「西北海外，流沙之東，有國曰中輪，顓頊之子，食黍。」〔註93〕都屬於這一類。《山海經》中關於顓頊的傳說資料還有很多，但是此處的討論只取其與《搜神記》、《拾遺記》所敘相關者。

七、共工

《博物志》云：

> 其後共工氏與顓頊爭帝，而怒觸不周之山。折天柱，絕地維。故天後傾西北，日月星辰就焉。地不滿東南，故百川水注焉。〔註94〕

這一段為人所熟悉的傳說最早見於《淮南子‧天文篇》：「昔者共工與顓頊爭為帝，怒而觸不周之山，天柱折，地維絕。天傾西北，故日月星辰移焉，地不滿東南，故水潦塵埃歸焉。」〔註95〕《淮南子》的文字與《博物志》大同小異，當是《博物志》所本。而《列子‧湯問篇》也保存了近似的記載：「其後共工氏與顓頊爭為帝，怒而觸不周之山，折天柱，絕地維，故天傾西北，日月星辰就焉，地不滿東南，故百川水潦歸焉。」〔註96〕但是《淮南子》另有一些傳說卻與〈天文篇〉所敘頗有歧異，如〈兵略篇〉言：「顓頊嘗與共工爭矣。……共工為水害，故顓頊誅之。」又如〈原道篇〉言：「昔共工之力，不周之山，使地東南傾。與高辛爭為帝，遂潛于淵，宗族殘滅，繼嗣絕祀。」〔註97〕一說共工為水害，故顓頊加以討伐；一說共工是與高辛爭為帝，後來

〔註93〕同註8，頁 377、395、436、368、388、413、423、436。
〔註94〕同註1，卷一〈地〉，頁 9。
〔註95〕同註3，頁 35。
〔註96〕同註28，頁 67。
〔註97〕同註3，頁 251、7。

且潛逃於深淵，都與〈天文篇〉到《博物志》、《列子》一脈相承的神話故事不同，可見《博物志》採用了共工神話的主要形式。

八、鯀

《博物志》云：

> 昔彼高陽，是生伯鯀，布土，取帝之息壤，以填洪水。〔註98〕

鯀竊取帝之息壤以堙洪水的傳說早見於《山海經·海內經》：「洪水滔天。鯀竊帝之息壤以堙洪水，不待帝命。帝令祝融殺鯀於羽郊。鯀復生禹。帝乃命禹率布土以定九州。」〔註99〕當是《博物志》所本，但《山海經》有結局，敘述也較完整。而《拾遺記》另有不同的傳聞：

> 堯命夏鯀治水，九載無績。鯀自沈於羽淵，化為玄魚。時揚鬚振鱗，
>
> 橫脩波之上，見者謂為河精。〔註100〕

這裏說鯀治水無功所以自沈羽淵化為玄魚，與《山海經》說鯀不待帝命竊取息壤以堙洪水而被祝融殺於羽郊截然不同。而《左傳》雖亦言鯀入於羽淵，卻是化為黃熊，昭公七年云：「昔堯殛鯀于羽山，其神化為黃熊，以入于羽淵。」〔註101〕《左傳》並未交代堯殛鯀的原因。《國語·晉語》八則云：「昔者鯀違帝命，殛之于羽山，化為黃熊。以入于羽淵。」〔註102〕跟《左傳》一樣都說是化為黃熊入於羽淵，至於違背何命亦語焉不詳。可知的是在一類傳聞中，鯀被殛化為黃熊入於羽淵到了《拾遺記》變成自沈羽淵化為玄魚。關於鯀的其他傳說古書記載甚多，尤其是《楚辭·天問》，但那些傳說在魏晉志怪小說中未見，只好從略。

九、禹

《拾遺記》云：

> 禹盡力溝洫，導川夷岳。黃龍曳尾於前，玄龜負青泥於後。玄龜，
> 河精之使者也。龜頷下有印，文皆古篆字，作九州山川之字。禹所
> 穿鑿之處，皆以青泥封記其所，使玄龜印其上。今人聚土為界，此
> 之遺象也。〔註103〕

〔註98〕同註1，卷六〈人名考〉，頁71。
〔註99〕同註8，頁472。
〔註100〕同註25，卷二，葉一前。
〔註101〕同註44，下，頁61。
〔註102〕春秋·左丘明：《國語》（中華，民國72年9月臺五版），卷十四，葉十一後。
〔註103〕同註25，卷二，葉二前後。

　　《楚辭·天問》「應龍何畫」王逸注：「禹治洪水時，有神龍以尾畫地，導水所注當決者，因而治之也。」〔註104〕這很可能是《拾遺記》「黃龍曳尾於前」的由來，同時也反映出禹是用疏導的方式來治理洪水。其實《山海經》、《淮南子》另有傳說言帝命禹以息壤堙塞洪水，但是魏晉志怪小說未存此說。相反的，《博物志》、《拾遺記》也有許多關於禹的其他傳說找不到根據，如《博物志》云：

> 處士東鬼塊責禹亂天下事，禹退作三章。彊者攻，弱者守，敵戰，城郭蓋禹始也。
>
> 稽山之陰，禹葬焉。聖人化感鳥獸，故象為民佃。春耕銜拔草根，秋喙除其穢。故縣官禁民不得殺傷此鳥，犯者刑之無赦。
>
> 地有蓼名則禹餘糧生，亦有蓼名無者矣。今藥中有禹餘糧者，世傳昔禹治水棄其所餘於江中而為藥也。〔註105〕

又如《拾遺記》云：

> 禹鑿龍關之山，亦謂之龍門。至一空巖，深數十里，幽暗不可復行。禹乃負火而進。有獸狀如豕，銜夜明之珠；其光如燭。又有青犬，行吠於前。禹計可十里，迷於晝夜。既覺漸明，見向來豕犬變為人形，皆著玄衣。又見一神，蛇身人面。禹因與語，神即示禹八卦之圖，列於金版之上。又有八神侍側。禹曰：「華胥生聖子是汝耶？」答曰：「華胥是九河神女，以生余也。」乃探玉簡授禹；長一尺二寸，以合十二時之數，使量度天地。禹即執持此簡，以平定水土。蛇身之神，即羲皇也。〔註106〕

這些傳說找不到可以對應的源頭，只好略而不論。

十、契

《拾遺記》云：

> 商之始也，有神女簡狄遊於桑野，見黑鳥遺卵于地，有五色文作八百字，簡狄拾之，貯以至筐，覆以朱紱，夜夢神母謂之曰：「爾懷此卵，即生聖子，以繼金德。」狄乃懷卵一年而有娠，經十四月而生

〔註104〕同註2，頁154。
〔註105〕同註1，卷八〈史補〉，頁93，據校勘「敵戰」中間應補「者」字；頁133，《太平御覽》卷九百十四引佚文；頁134，《太平御覽》卷九百八十八引佚文。
〔註106〕同註25，卷二，葉二後～三前。

契，祚以八百，叶卯之文也。雖遭旱厄，後嗣興焉。〔註107〕

商、周始祖的感生神話最早都見於《詩經》，其中〈玄鳥篇〉說契的誕生是：「天命玄鳥，降而生商。」〔註108〕《楚辭‧天問》也說：「簡狄在臺嚳何宜？玄鳥致貽女何喜？」〔註109〕兩者都講得非常簡要。詳細一點的記載要到《史記‧殷本紀》才出現：「殷契母曰簡狄，有娀氏之女，爲帝嚳次妃，三人行浴，見玄鳥墮其卵，簡狄取吞之，因孕生契。契長而佐禹治水有功，帝舜乃命契曰：『百姓不親，五品不訓，汝爲司徒而敬敷五教，五教在寬。』封於商，賜姓子氏。契興於唐、虞、大禹之際，功業著於百姓，百姓以平。」〔註110〕但這神話流傳到《拾遺記》便改變了面貌，吞卵孕契變成懷卵一年而有娠又孕十四月乃生契，且已摻揉了五行之說與瑞應的觀念，只有玄鳥遺卵一事始終一致。

十一、湯

《搜神記》云：

湯既克夏，大旱七年。洛川竭。湯乃以身禱於桑林，剪其爪髮，自以爲犧牲，祈福于上帝。於是大雨即至，洽于四海。〔註111〕

湯以身爲犧牲禱于桑林，大雨神奇即至，解除了多年大旱，這傳說在《墨子‧兼愛下》早已提及：「湯曰：『惟予小子履，敢用玄牡，告於上天后，曰今天大旱，即當朕身履，未知得罪于上下，有善不敢蔽，有罪不敢赦，簡在帝心，萬方有罪，即當朕身，朕身有罪，無及萬方。』即此言湯貴爲天子，富有天下，然且不憚以身爲犧牲，以祠說于上帝鬼神。」〔註112〕《墨子》的記載以禱詞爲重點，而關於這傳說完整的敘述則見於《呂氏春秋‧順民篇》：「昔者湯克夏而正天下，天下旱五年不收，湯乃以身禱於桑林，曰：『余一人有罪，無及萬夫；萬夫有罪，在余一人。無以一人之不敏，使上帝鬼神傷民之命。』於是翦其髮，酈其手，以身爲犧牲，用祈福於上帝，民乃甚說，雨乃大至，則湯達乎鬼神之化、人事之傳也。」〔註113〕《搜神記》少了禱詞，而所言大旱年數也與《呂氏春秋》有異。其實《淮南子》也提及此事，未載禱詞，言大旱七年，〈主術篇〉

〔註107〕同註25，卷二，葉三後。
〔註108〕屈萬里：《詩經釋義》（文化大學，民國69年9月新一版），頁432。
〔註109〕同註2，頁178。
〔註110〕《新校本史記三家注》（鼎文，民國69年3月三版），頁91。
〔註111〕同註6，頁110。
〔註112〕清‧孫詒讓：《墨子閒詁》（河洛），頁26～27。
〔註113〕同註75，卷九，葉三後～四後。

云：「湯之時，七年旱，以身禱於桑林之際，而四海之雲湊，千里之雨至，抱質效誠，感動天地，神諭方外，令行禁止，豈足爲哉？」〈脩務篇〉亦云：「湯旱，以身禱於桑山之林。」〔註114〕可見在《淮南子》以前的記載言五年旱，有禱詞；《淮南子》以後則言七年旱，省略了禱詞。

十二、武王

《博物志》云：

> 武王伐紂至盟津，渡河，大風波。武王操戈秉麾麾之，風波立霽。
>
> 〔註115〕

武王奇妙地平息風波的事，《搜神記》也有記載：

> 武王伐紂，至河上。雨甚，疾雷，晦冥，揚波於河。眾甚懼，武王
> 曰：「余在，天下誰敢干余者！」風波立濟。〔註116〕

但是《博物志》云操戈秉麾麾之以平息風波，《搜神記》卻云喝令以平息風波，行爲不一樣；其實原來是既操戈秉麾以麾之又喝令，兩處記載各取其一端而已。這傳說源自《淮南子·覽冥篇》，原貌是：「武王伐紂，渡于孟津，陽侯之波，逆流而擊，疾風晦冥，人馬不相見，於是武王左操黃鉞，右秉白旄，瞋目而撝之曰：『余任天下，誰敢害吾意者！』於是風齊而波罷。」〔註117〕而武王伐紂渡河的過程中，還有一件傳聞見於《拾遺記》：

> 周武王東伐紂，夜濟河，時雲明如晝，八百之族皆齊而歌。有大蜂，
> 狀如丹鳥，飛集王舟，因以鳥畫其幡旗。翌日而梟紂，名其舟曰蜂
> 舟。〔註118〕

此事似本墨子非攻下「天賜武王黃鳥之旗」〔註119〕之說加以擴充而成的。

十三、夸父

《博物志》云：

> 海水西，夸父與日相逐走，渴，飲水河謂，不足。北飲大澤，未至，
> 渴而死。棄其策杖，化爲鄧林。〔註120〕

〔註114〕同註3，頁130、332。
〔註115〕同註1，卷七〈異聞〉，頁83。
〔註116〕同註1，頁111。
〔註117〕同註3，頁89。
〔註118〕同註25，卷二，葉五後。
〔註119〕同註110，頁26。
〔註120〕同註1，卷七〈異聞〉，頁85。據校勘「河謂」當作「河渭」。

　　夸父逐日是我國古代著名的神話之一，最早見於《山海經‧海外北經》云：「夸父與日逐走，入日。渴欲得飲，飲于河渭；河渭不足，北飲大澤。未至，道渴而死。棄其杖，化爲鄧林。」《博物志》所保存的記載幾乎與之相同，但〈大荒北經〉還有一段異文：「大荒之中，有山名曰成都載天。有人珥兩黃蛇，把兩黃蛇，名曰夸父。后土生信，信生夸父。夸父不量力，欲追日景，逮之于禺谷。將飲河而不足也，將走大澤，未至，死于此。應龍已殺蚩尤，又殺夸父，乃去南方處之，故南方多雨。」此處前面言夸父逐日渴死，後面又言夸父爲應龍所殺，應該分屬不同的神話，而爲《山海經》的編纂者所並收共存。夸父爲應龍所殺的傳聞又見於〈大荒東經〉：「大荒東北隅中，有山名曰凶犂土丘。應龍處南極，殺蚩尤與夸父，不得復上。故下數旱，旱而爲應龍之狀，乃得大雨。」〔註121〕可見別有傳說與〈大荒北經〉中黃帝與蚩尤的戰爭關連。而與《博物志》同屬晉代作品的《列子》，也保存了夸父逐日的神話，〈湯問篇〉云：「夸父不量力，欲追日影，逐之於隅谷之際，渴欲得飲，赴飲河渭，河渭不足，將走北飲大澤，未至，道渴而死，棄其杖，尸膏肉所浸，生鄧林，鄧林彌廣數千里焉。」〔註122〕《列子》的大部份文字與〈大荒北經〉相近，棄其杖生鄧林云云又來自海外北經而稍加鋪陳，它們之間的傳承關係非常明顯。

十四、西王母

　　《博物志》裏有一段西王母會見漢武帝的故事，敘述西王母降臨贈漢武帝仙桃食用及東方朔竊窺之事，充滿神仙家言，全無古代神話的色彩，但是其中言「有三青鳥，如烏大，使侍母旁。」〔註123〕則尙爲古代神話的遺跡，因爲《山海經‧海內北經》說：「西王母梯几而戴勝杖，其南有三青鳥，爲西王母取食。在昆侖虛北。」〔註124〕

　　而《漢武帝內傳》對於西王母會見漢武帝的敘述則大事鋪張，從迎候、降臨、設天廚、贈仙桃、酒觴樂歌、傳道授笈到昇天而去，無不詳細形容，篇幅較《博物志》所載長了數倍，也比《穆天子傳》更爲明細，但已純屬神仙家言。其中值得注意的是關於西王母容顏儀妝的敘述：

　　　　王母上殿東向坐，著黃金褡襇，頭上太華髻，戴太眞晨嬰之冠，履

〔註121〕同註8，頁238、427、359。
〔註122〕同註28，頁71。
〔註123〕同註1，卷八〈史補〉，頁97。
〔註124〕同註8，頁306。

玄璚鳳文之舄。視之可年三十許，脩短得中，天姿掩藹，容顏絕世，

真靈人也。〔註125〕

這雍容華貴的西王母顯然是後代文人潤色的結果，但西王母由類人的怪物轉變為容顏絕世的貴婦也正是神話傳說隨時代文明的進展而演化的具體表現。因為《山海經》中對於西王母的記載是非常原始、質樸的，〈西山經〉云：「又西三百五十里，曰玉山，是西王母所居也。西王母其狀如人，豹尾虎齒而善嘯，蓬髮戴勝，是司天之屬及五殘。」〈大荒西經〉亦云：「（昆侖之丘）有人，戴勝，虎齒，有豹尾，穴處，名曰西王母。」〔註126〕神話傳說由原始步向文明的變化在西王母這一個典型的例子裏相當顯明。

十五、嫦娥

《搜神記》云：

羿請無死之藥於西王母，嫦娥竊之以奔月。將往，枚筮之於有黃。

有黃占之曰：「吉。翩翩歸妹，獨將西行。迎天晦芒，毋恐毋驚，後

且大昌。」嫦娥遂託身於月，是為蟾蜍。〔註6〕

嫦娥奔月也是我國古代著名的神話之一，早在戰國初年的《歸藏》便記載了這件事：「昔常娥以西王母不死之藥服之，遂奔月為月精。」〔註127〕言簡意賅。降及《淮南子·覽冥篇》也保存了此則神話：「羿請不死之藥於西王母，姮娥竊以奔月，悵然有喪，無以續之。」高誘注：「姮娥，羿妻。羿請不死之藥於西王母，未及服之，姮娥盜食之，得仙，奔入月中為月精。」〔註128〕此處交代了不死之藥乃羿請於西王母而得，卻被嫦娥所竊。而張衡的《靈憲》也說：「嫦娥，羿妻也，竊西王母不死藥服之，奔月。將往，枚占於有黃，有黃占之曰：『吉，翩翩歸妹，獨將西行，逢天晦芒，毋驚毋恐，後且大昌。』嫦娥遂託身於月，是為蟾蜍。」〔註129〕又增加了枚占於有黃的情節。而《搜神記》所載幾與《靈憲》相同。從《歸藏》到《淮南子》，再到《靈憲》、《搜

〔註125〕同註80，頁47。

〔註126〕同註8，頁50、407。

〔註 6〕晉·干寶：《搜神記》（里仁，民國71年9月），頁174。

〔註127〕《文選》（藝文，民國68年3月，九版），〈祭顏光祿文〉注引文，頁854。

〔註128〕同註3，頁98。《初學記》卷一引《淮南子》於「姮娥竊之奔月」之下尚有「託身於月，是為蟾蜍，而為月精。」十二字，今本並脫去。

〔註129〕轉引自《古神話選釋》（長安，民國71年8月再版）引《全上古三代秦漢三國六朝文》輯《靈憲》，頁279。

神記》，可以看出嫦娥奔月由簡要到完備的發展脈絡。

以上即就魏晉志怪小說中可以找到古代神話來對照比較的帝王名人神話故事做了一番簡要的溯源。

第四節　遠方異國神話故事

魏晉志怪小說中可見的遠方異國神話故事或片段包括大人國、小人國、三身國、白民國、黑齒國、羽民國、交趾民、奇肱民、柔利國、結胸國、無啓民、穿胸國、儋耳國、驩兜國、犬封國、厭火國、蒙雙民、君子國、諸夭之野、雕題國、三苗國，其中除了蒙雙民外，都可找到相對應的神話，在本節中將一一推溯其源。

一、大人國：

《博物志》云：

> 大人國，其人孕三十六年，生白頭，其兒則長大能乘雲而不能走，蓋龍類，去會稽四萬六千里。

關於大人或巨大的傳說，《博物志》還有多則記載：

> 禹致群臣於會稽，防風氏後至，戮而殺之，其骨專車。
>
> 防風氏長三丈。
>
> 河圖玉板云：龍伯國人長三十丈，生萬八千歲而死。大秦國人長十丈，中秦國人長一丈，臨洮人長三丈五尺。
>
> 秦始皇二十六年，有大人十二見于臨洮，長五丈，足迹六尺。東海之外，大荒之中，有大人國僬僥氏，長三丈。時含神霧曰：東北極人長九丈。〔註130〕

禹殺防風氏的傳說最早見於《國語·魯語》：「吳伐越，墮會稽，獲骨焉，節專車。吳子使來好聘，且問之仲尼，仲尼曰：『昔禹會群神於會稽之山，防風氏後至，禹殺而戮之，其骨節專車。』」而《博物志》中各地所傳聞的大人或巨人身長不一，只有防風氏與僬僥氏巧合，但在《國語·魯語》中提及僬僥氏的身長又與《博物志》所記歧異：「客曰：『防風何守也？』仲尼曰：『汪

〔註130〕同註1，卷二〈外國〉，頁22，據校勘「生」上應有「而」，「生」下應有「兒生兒」，「則」是衍文，「大」應作「丈」；卷二〈異人〉，頁23，末則引文「時」當作「詩」。

芒氏之君也，守封嵎之山者也，爲漆姓，在虞夏商爲汪芒氏，於周爲長狄，今爲大人。』客曰：『人長之極幾何？』仲尼曰：『僬僥氏長三尺，短之至也，長者不過十數之極也。』」〔註131〕《山海經》中屢言大人國、大人之市，卻無一記錄身長，〈海外東經〉云：「大人國在其北，爲人大，坐而削船。一曰在瑳丘北。」〈海內北經〉云：「大人之市在海中。」〈大荒東經〉云：「有波谷山者，有大人之國。有大人之市，名曰大人之堂。有一大人踆其上，張其兩耳。」〈大荒北經〉云：「有人名曰大人。有大人之國，釐姓，黍食。有大青蛇，黃頭，食麈。」〔註132〕《淮南子・墜形篇》僅言：「凡海外三十六國，⋯⋯自東南至東北方，有大人國、⋯⋯」〔註133〕點到而已，未稍說明。至於《列子》記載的龍伯國大人傳說，雖已參雜仙話，卻仍富涵原始神話的意味，來源可能很早，而且可能是大人的鼻祖，〈湯問篇〉云：「而龍伯國有大人，舉足不盈數千而暨五山（岱輿、員嶠、方壺、瀛洲、蓬萊）之所，一釣而連六鼇（舉首戴山的巨鼇），合負而趣，歸其國，灼其骨以數焉。於是岱輿、員嶠二山流於北極，沈於大海，仙聖之播遷者巨億計。帝憑怒，侵減龍伯之國使阨，侵小龍伯之民使短，至伏羲神農時，其國人猶數十丈。」五山位於渤海之東不知幾億萬里的歸墟中，「其山高下周旋三萬里，其頂平處九千里，山之中間相去七萬里，以爲鄰居焉。」〔註134〕可見龍伯國大人的巨大實在無與倫比。而龍伯國的名稱與《博物志》云大人國蓋龍類或許有些關係。

二、小人國

《博物志》云：

短人處九寸。

齊桓公獵得一鳴鵠，宰之，嗉中得一人，長三寸三分，著白圭之袍，帶劍持車罵詈瞋目。後又得一折齒，方圓三尺，問群臣曰：「天下有此一小兒否？」陳章答曰：「昔秦胡充一舉渡海，與齊、魯交戰，傷折版齒。昔李子教於鳴嗉中遊，長三寸三分。

西北荒小人中有長一寸，其君朱衣玄冠，乘輅車馬，引爲威儀居處，人遇其乘車，抵而食之，其味辛，終年不爲物所咋。并識萬物名字。

〔註131〕同註102，卷五，葉十一前後。
〔註132〕同註8，頁252、325、341、422。
〔註133〕同註3，頁63。
〔註134〕同註28，頁67～68。

又殺腹中三蟲。三蟲死，便可食仙藥也。〔註135〕

《博物志》中短人或小人的傳說，從九寸、三寸三分到一寸，有越來越小的趨勢。而《搜神記》也記載了小人的事情，其中已加入災異徵兆的思想：

王莽建國四年，池陽有小人景，長一尺餘，或乘車，或步行，操持萬物，大小各自相稱，三日乃止。莽甚惡之。自後盜賊日甚，莽竟被殺。管子曰：「涸澤數百歲，谷之不徙，水之不絕者，生慶忌。慶忌者，其狀若人，其長四寸，衣黃衣，冠黃冠，戴黃蓋，乘小馬，好疾馳。以其名呼之，可使千里外一日反報。」然池陽之景者，或慶忌也乎？〔註136〕

其實早在《山海經》中已有多處關於小人的記載，〈海外南經〉云：「周饒國在其東，其為人短小，冠帶。一曰焦僥國三首東。」〈大荒東經〉云：「有小人國，名靖人。」〈大荒南經〉云：「有小人名曰焦僥之國，幾姓，嘉穀是食。」、「有小人名曰菌人。」〔註137〕跟《山海經》中的大人一樣，小人亦無一記錄身長；但是後來的傳說卻變得多采多姿，非但尺寸不一，而且各擅異能。而《山海經》中的焦僥國，亦見於《國語‧魯語》：「僬僥氏長三尺，短之至也」〔註131〕，降及晉代，《列子‧湯問篇》也說：「從中州以東四十萬里，得僬僥國人，長一尺五寸。」〔註138〕流傳愈晚，身長愈短。

三、三身國

《博物志》云：

三身國，一頭三身三手。昔容成氏有季子好淫，白日淫於市。帝放之西南，季子妻馬，生子人身有尾蹄。〔註139〕

三身國的傳說早已見於《山海經‧海外西經》：「三身國在夏后啟北，一首而三身。」一首三身的特性至《博物志》仍未改變，但多出了「三手」的細節。〈大荒南經〉還交代三身國是帝俊的後裔：「大荒之中，有不庭之山，榮水窮焉。有人三身，帝俊妻娥皇，生此三身之國，姚姓，黍食，使四鳥。」

〔註135〕同註1，卷二〈異人〉，頁23；頁131，《太平御覽》卷三百七十八引佚文；頁136，《太平廣記》卷四百八十二引佚文。

〔註136〕同註6，頁150。

〔註137〕同註8，頁200、342、376、384。

〔註131〕同註102，卷五，葉十一前後。

〔註138〕同註28，頁68。

〔註139〕同註1，頁123，《藝文類聚》卷三十五引佚文。

而〈海內經〉則說明了三身之子是巧倕的始祖：「帝俊生三身，三身生義均，義均是始爲巧倕，是始作下民百巧。」〔註140〕《淮南子・墜形篇》也提及三身民：「凡海外三十六國，自西北至西南方，有……三身民……。」〔註141〕至於《博物志》「昔谷成氏有季子好淫」以下文字雖可能是交代三身國由來的另一種傳聞，但已經殘佚，文義未盡；也可能是不相干的故事與上文誤連，因爲「生子人身有尾蹄」和三身國「一頭三身三手」的特徵實在不類。

四、白民國

《博物志》云：

> 白民國，有乘黃，狀如狐，背上有角，乘之壽三千歲。〔註142〕

白民國及其奇獸乘黃的傳說在《山海經・海外西經》中早已出現：「白民之國在龍魚北，白身被髮。有乘黃，其狀如狐，其背上有角，乘之壽二千歲。」此處言白民之國的人白身被髮，《博物志》未傳；又言乘乘黃可壽二千歲，《博物志》則增爲三千歲。〈大荒東經〉又說白民是帝俊的後裔：「有白民之國，帝俊生帝鴻，帝鴻生白民，白民銷姓，黍食，使四鳥：虎、豹、熊、羆。」〔註143〕而《淮南子・墜形篇》也提及白民：「凡海外三十六國，自西北至西南方，有……白民……。」〔註141〕降及《博物志》，以乘黃爲重點，其餘傳說則付之闕如。但《博物志》另有一處明言：「白民國，今白州。」〔註144〕則未知所據。

五、黑齒國

《博物志》云：

> 遠夷之名雕題、黑齒……。〔註145〕

黑齒國的傳說早見於《山海經》，但很奇怪他們的特徵是爲人黑或黑首，而不是齒黑，〈海外東經〉云：「黑齒國在其北，爲人黑，食稻啖蛇，一赤一青，在其旁。一曰：在豎亥北，爲人黑首，食稻使蛇，其一蛇赤。」此外，〈大荒東經〉還交代黑齒是帝俊的後嗣：「有黑齒之國。帝俊生黑齒，姜姓，黍食，

〔註140〕同註8，頁211、367、469。
〔註141〕同註3，頁62。
〔註142〕同註1，卷二〈外國〉，頁21。
〔註143〕同註8，頁225、347。
〔註141〕同註3，頁62。
〔註144〕同註1，頁140，吳任臣《山海經廣注》引佚文。
〔註145〕同註1，卷二〈異人〉，頁23。

使四鳥。」〔註146〕《淮南子‧墜形篇》也提及黑齒民：「凡海外三十六國，……自東南方至東北方，有……黑齒民……。」〔註147〕而在《三國志‧魏書‧東夷傳》中尚有黑齒國的記載：「又有裸國、黑齒國復在其（女王國）東南，船行一年可至。」〔註148〕降及《博物志》，僅存其名。

六、羽民國

《博物志》云：

> 羽民國民，有翼，飛不遠，多鸞鳥，民食其卵。去九疑四萬三千里。
>
> 〔註149〕

羽民國的傳說出自《山海經‧海外南經》云：「羽民國在其（比翼鳥）東南，其爲人長頭；身生羽。一曰在比翼鳥東南，其爲人長頰。」此處記載與《博物志》的重點不一，只能配合來看，無法對照比較。倒是郭璞《山海經圖贊》所言有一點與《博物志》的敘述「有翼，飛不遠」相同，應屬同時代的傳說：「鳥喙長頰，羽生則卵；矯翼而翔，能飛不遠；人維俔屬，何狀之反。」而〈大荒南經〉又云：「（成山）有羽民之國，其民皆生毛羽。」〔註150〕亦點出了《博物志》未加說明的名義。《淮南子‧墜形篇》亦記載羽民：「凡海外三十六國，……自西南至東南方，……羽民……。」〔註141〕《拾遺記》中言及一國之人皆衣羽毛無翼而飛，也彷彿是羽民國之流：

> 溟海之北有勃鞮之國，人皆衣羽毛，無翼而飛，日中無影，壽千歲，
>
> 食以黑河水藻，飲以陰山桂脂，憑風而翔，乘波而至。〔註151〕

其實《拾遺記》的勃鞮國之人衣羽毛，非生羽毛，所述也已仙話化，與《山海經》、《博物志》的羽民國不類，實屬仙人之族。

七、交趾民

《博物志》云：

> 交趾民在穿胸東。〔註152〕

〔註146〕同註8，頁259、348。

〔註147〕同註3，頁62～63。

〔註148〕《三國志》（鼎文，民國72年9月二版），頁227。

〔註149〕同註1，卷二〈外國〉，頁22。

〔註150〕同註8，頁187、368。

〔註141〕同註3，頁62。

〔註151〕同註25，卷一，葉六前。

〔註152〕同註1，卷二〈外國〉，頁22。

《山海經‧海外南經》有交脛國：「交脛國在其東，其爲人交脛，一曰在穿匈東。」〔註153〕交趾民、交脛國同在穿胸（匈）東，大體皆言其人雙腳相交，而《淮南子‧墜形篇》提及交股民：「凡海外三十六國，……自西南至東南方，……交股民……。」〔註141〕交脛國、交股民、交趾民大同而小異，可能指陳的是同一傳聞。

八、奇肱民

《博物志》云：

> 奇肱民善爲拭扛，以殺百禽，能爲飛車，從風遠行。湯時西風至，吹其車至豫州。湯破其車，不以視民，十年東風至，乃復作車遣反，而其國去玉門關四萬里。〔註154〕

《山海經‧海外西經》有奇肱之國：「奇肱之國在其（一臂國）北，其人一臂三目。有陰有陽，乘文馬。有鳥焉，兩頭，赤黃色，在其旁。」與《博物志》所述重點不同，但郭璞注：「其人善爲機巧，以取百禽；以作飛車，從風遠行。湯時得之豫州界中，即壞之，不以示人。後十年西風至，復作遣之。」〔註155〕所言則與《博物志》類似，並屬同時代的傳說。

九、柔利國

《博物志》云：

> 子利國，人一手二足，拳反曲。〔註156〕

柔利國的傳說自《山海經‧海外北經》：「柔利國在一目東，爲人一手一足，反剢，曲足居上。一云留利之國，人足反折。」同是一手一足，但《山海經》云剢足反曲，《博物志》則云拳反曲，文字的訛誤或傳聞的演變不得而知。另外在〈大荒北經〉有牛黎之國：「有牛黎之國。有人無骨，儋耳之子。」〔註157〕無骨則剢足或拳手自能反曲，且牛黎與柔利音近，故牛黎之國應即柔利之國。而《淮南子‧墜形篇》也提到柔利民：「凡海外三十六國，……自東北至西北，有……柔利民……。」〔註141〕直到《博物志》柔利國仍然流傳。

〔註153〕同註8，頁195。
〔註154〕同註1，卷二〈外國〉，頁22。據校勘「拭扛」當作「機巧」、「視」當作「眎」、「民」下應補「後」。
〔註155〕同註8，頁212。
〔註156〕同註1，卷二〈異人〉，頁23。據校勘「子利」當作「柔利」、「二足」當作「一足」。
〔註157〕同註8，頁232、438。
〔註141〕同註3，頁62。

十、結胸國

《博物志》云：

> 結胸國，有滅蒙鳥。〔註158〕

《山海經‧海外南經》有結匈國：「結匈國在其西南，其為人結匈。」結胸國當即結匈國，因為海外西經又云：「滅蒙鳥在結匈國北，為鳥青，赤尾。」〔註159〕也有滅蒙鳥。可見《博物志》的結胸國出自《山海經》。而《淮南子‧墜形篇》也記載了結胷民：「凡海外三十六國，……自西南至東南方，結胷民……。」〔註141〕亦是《博物志》結胸國的根據。

十一、無啟民

《博物志》云：

> 無啟民，居穴食土，無男女。死埋之，其心不朽，百年還化為人。
>
> 細民，其肝不朽，百年而化為人。皆穴居處，二國同類也。〔註160〕

《山海經‧海外北經》有無臂之國：「無臂之國在長股東，為人無臂。」無啟與無臂看似沒有關聯，但郭璞注：「臂，肥腸也。其人穴居，食土，無男女，死即薶之，其心不朽，死百廿歲乃復更生。」〔註161〕則《博物志》原本郭注為說，啟與臂同音借用，又增細民。而無啟民既無男女，又能死而復生，便無後嗣，所以《淮南子‧墜形篇》的無繼民〔註147〕也可能就是無啟民。

十二、穿胸國

《博物志》云：

> 遠夷之名雕題、黑齒、穿胸……。〔註145〕
>
> 穿胸國，昔禹平天下，會諸侯會稽之野，防風氏後至，殺之。夏德之盛，二龍降之，禹使范成光御之，行域外。既周而還至南海，經房風，房風之神二臣以塗山之戮，見禹使，怒而射之，迅風雷雨，二龍升去。二臣恐，以刃自貫其心而死。禹哀之，乃拔其刃療以不死之草，是為穿胸民。〔註162〕

〔註158〕同註1，卷二〈外國〉，頁22。
〔註159〕同註8，頁74、207。
〔註141〕同註3，頁62。
〔註160〕同註1，卷二〈異人〉，頁23。
〔註161〕同註8，頁229～230。
〔註147〕同註3，頁62～63。
〔註145〕同註1，卷二〈異人〉，頁23。
〔註162〕同註1，卷二〈外國〉，頁22。

《博物志》的記載說明了穿胸國的由來,但在《山海經》中未見此說,〈海外南經〉僅云:「貫胸國在其東,其為人匈有竅。一曰在載國東。」〔註163〕穿胸國即貫匈國,而其傳說復有衍義。《淮南子‧墜形篇》亦提及穿胷民:「凡海外三十六國,……,自西南至東南方,……穿胷民……。」〔註141〕也是《博物志》穿胸民的根據。

十三、檐耳國

《博物志》云:

> 遠夷之名雕題、黑齒、穿胸、檐耳……。〔註145〕

《山海經‧大荒北經》云:「有儋耳之國,任姓,禺號子,食穀。」又云牛黎之國是儋耳之子,儋耳之國應即檐耳國。而〈海外北經〉還提到聶耳之國:「聶耳之國在無腸國東,使兩文虎,為人兩手聶其耳。縣居海水中,及水所出入奇物。兩虎在其東。」可能也是儋耳國之流,因郭璞注儋耳之國「其人耳大下儋,垂在肩上」,故行路時需以兩手攝持其耳。〔註164〕而《淮南子‧墜形篇》言:「夸父、耽耳在其北方。」〔註165〕耽耳與儋耳音近,應指同一國。

十四、驩兜國

《博物志》云:

> 驩兜國,其民盡似仙。帝堯司徒。驩兜氏。常捕海島中,人面鳥口,
> 去南國萬六千里,盡似仙人也。〔註166〕

驩兜國的傳說出自《山海經》,作讙頭國或驩頭之國,〈海外南經〉云:「讙頭國在其(畢方鳥)南,其為人人面有翼、鳥喙、方捕魚。一曰在畢方東。或曰讙朱國。」《博物志》所載已仙話化,但其言人面、鳥口、捕(魚)海島中,則仍與《山海經》近同。〈大荒南經〉又云:「有人焉,鳥喙,有翼,方捕魚于海。大荒之中,有人名曰驩頭。鯀妻士敬,士敬子曰炎融,生驩頭。驩頭人面鳥喙,有翼,食海中魚,杖翼而行。維宜苣苜,穋楊是食。有驩頭之國。」除了一些基本特徵外,此處另外提起驩頭的世系,說驩頭是鯀的後

〔註163〕同註8,頁194。
〔註141〕同註3,頁62。
〔註145〕同註1,卷二〈異人〉,頁23。
〔註164〕同註8,頁425、438、237。
〔註165〕同註3,頁63。
〔註166〕同註1,卷二〈外國〉,頁21。

裔、爲炎融所生，但〈大荒北經〉卻云：「西北海外，黑水之北，有人有翼，名曰苗民。顓頊生驩頭，驩頭生苗民，苗民釐姓，食肉。」〔註167〕又說驩頭是顓頊所生，莫衷一是。而《淮南子‧墜形篇》作驩頭國民；「凡海外三十六國，……自西南至東南方，……驩頭國民……。」〔註141〕名字與《山海經》同，降及《博物志》則變成了驩兜國。

十五、犬封國

《搜神記》有一則盤瓠故事的詳細記載〔註168〕，是今之梁、漢、巴、蜀、武陵、長沙、廬江郡「蠻夷」的起源神話。《漢魏叢書》八卷本《搜神記》的記載略有不同，如盈瓠銜得「戎吳將軍」首級作「房王」，賜以「少女」作「美女五人」並封會稽侯，「蓋經三年，產六男六女」作「後生三男六女。其男當生之時，雖似人形，猶有犬尾。」，號爲「蠻夷」作「犬戎之國」等〔註169〕。八卷本所敘較爲質樸。

《山海經‧內海北經》有犬封國：「有人曰大行伯，把戈。其東有犬封國。」郭璞注：「昔盤瓠殺戎王，高辛以美女妻之，不可以訓，乃浮之會稽東海中，得三百里地封之，生男爲狗，女爲美人，是爲狗封之國也。」除了「戎王」、「生男爲狗，女爲美人」、「狗封之國」略有不同外，《搜神記》所言大致與它相合。可知犬戎之國即犬封國。而〈海內北經〉即言：「犬封國曰犬戎國，狀如犬。」〈大荒北經〉另有傳聞說明犬戎的世系，是黃帝的後裔：「大荒之中，有山名曰融父山，順水入焉。有人名曰犬戎。黃帝生苗龍，苗龍生融吾，融吾生弄明，弄明生白犬，白犬有牝牡，是爲犬戎，肉食。」〈大荒北經〉又云：「有犬戎國。有神，人面獸身，名曰犬戎。」〔註170〕都是《搜神記》犬戎之國的源頭。

《山海經》以後，《後漢書‧南蠻、西南夷列傳》也有「槃瓠」故事的詳細記載，言槃瓠得犬戎之將吳將軍首級，賜以少女，經三年生六男六女、號爲蠻夷（今長沙、武陵蠻）云云。八卷本《搜神記》說盤瓠子孫號爲犬戎之國，《後漢書》卻說槃瓠得犬戎之將首級，傳聞已大有歧異。而《後漢書》注云：「此已上並見風俗通。」《風俗通》爲漢末應劭所撰，可知此一神話故事

〔註167〕同註8，頁189、378、436。

〔註141〕同註3，頁62。

〔註168〕同註6，頁168～169。

〔註169〕轉引自《山海經》袁珂注，同註8，頁307～308。

〔註170〕同註8，頁307、309、434、436。

在漢代也曾流傳。李賢注則引三國魚豢的《魏略》說明了槃瓠名字的由來：「高辛氏有老婦，居王室，得耳疾，挑之，得物大如繭。婦女盛瓠中，覆之以槃，俄頃化為犬，其文五色，因名槃瓠。」〔註171〕當為二十卷本《搜神記》盤瓠故事首段所本。

楊寬云：「槃瓠本為犬戎推原論故事，後一變而為南蠻推原論故事，終則推演而成全人類之推原論故事，而又融合燭龍燭陰之神話與說易家之理論也。」〔註172〕楊氏認為三國吳徐整《三五曆記》和《五運歷年記》的盤古及苗、瑤等族崇奉的盤王都是由槃瓠演變而成，其說可資參考。

十六、厭火國

《博物志》云：

> 厭光國民，光出口中，形盡似猨猴，黑色。〔註173〕

《山海經・海外南經》有厭火國：「厭火國在其國（讙頭國）南，獸身黑色，生火出其口中。一曰在讙朱東。」〔註174〕兩者特性相同，厭光國應即厭火國，源自《山海經》。

十七、君子國

《博物志》云：

> 君子國，人衣冠帶劍，使兩虎。民衣野絲，好禮讓，不爭。土千里，
> 多薰華之草。民多疾風氣，故人不番息。好讓，故為君子國。〔註175〕

君子國的傳說出自《山海經・海外東經》：「君子國在其（奢比之尸）北，衣冠帶劍，食獸，使二大虎在旁，其人好讓不爭。有薰華草，朝生夕死。一曰在肝榆之尸北。」《博物志》文字與之近同。〈大荒東經〉亦曰；「有東口之山。有君子之國，其人衣冠帶劍。」〔註176〕而《淮南子・墜形篇》也提及君子國：「凡海外三十六國，……自東南至東北方，有……君子國……。」〔註147〕亦是君子國的根據。

〔註171〕《後漢書》（鼎文，民國72年9月二版），頁759。
〔註172〕《古史辨》（開明，民國30年6月初版），第七冊，上編，〈中國上古史導論〉，頁168。
〔註173〕同註1，卷二〈外國〉，頁22。
〔註174〕同註8，頁191。
〔註175〕同註1，卷二〈外國〉，頁21。
〔註176〕同註8，頁345。
〔註147〕同註3，頁62～63。

十八、諸夭之野

《博物志》云：

> 渚沃之野，鸞自舞，民食鳳卵，飲甘露。〔註177〕

《山海經・海外西經》有諸夭之野，應即渚沃之野所本，而「諸夭」訛傳爲「渚沃」：「此諸夭之野，鸞鳥自歌，鳳鳥自舞；鳳皇卵，民食之；甘露，民飲之，所欲自從也。百獸相與群居。在四蛇北。其人兩手操卵食之，兩鳥居前導之。」所載較爲詳細。〈大荒西經〉還有沃之野：「有沃之國，沃民是處。沃之野，鳳鳥之卵是食，甘露是飲。凡其所欲，其味盡存。……鸞鳳自歌，鳳鳥自舞，爰有百獸，相群是處，是謂沃之野。」〔註178〕所述之事相同，沃之野即諸夭之野。而《呂氏春秋・本味篇》言：「流沙之西，丹山之南，有鳳之丸，沃民所食。」〔註179〕也就是沃之野中有沃之國的沃民。

十九、雕題

《博物志》云：

> 遠夷之名雕題……。〔註145〕

雕題最早見於《山海經・海內南經》：「伯慮國、離耳國、雕題國、北朐國皆在鬱水南。鬱水出湘陵南海。」〔註180〕

二十、三苗國

《博物志》云：

> 三苗國，昔唐堯以天下讓於虞，三苗之民非之。帝殺，有苗之民叛，
> 浮入南海爲三苗國。〔註181〕

三苗國早見於《山海經・海外南經》：「三苗國在赤水東，其爲人相隨。一曰三毛國。」而郭璞注：「昔堯以天下讓舜，三苗之君非之，帝殺之，有苗之民，叛入南海，爲三苗國。」當爲《博物志》所本。〈大荒北經〉有苗民是顓頊的後裔、爲驩頭所生：「西北海外，黑水之北，有人有翼，名曰苗民。顓頊生驩頭，驩頭生苗民，苗民釐姓，食肉。」〈海內經〉亦云：「有人曰苗民。」

〔註177〕同註1，卷二〈外國〉，頁21。
〔註178〕同註8，頁222、397。
〔註179〕同註75，卷14，葉四後。
〔註145〕同註1，卷二〈異人〉，頁23。
〔註180〕同註8，頁269。
〔註181〕同註1，卷二〈外國〉，頁21。

〔註 182〕苗民與三苗國不知是否相同？至於《淮南子・墜形篇》也記載了三苗民：「凡海外三十六國，……自西南至東南方，……三苗民……。」〔註 141〕亦是《博物志》三苗國的根據。

以上即就魏晉志怪小說中可以找到古代神話來對照比較的遠方異國神話故事做了一番簡要的溯源。

對於魏晉志怪小說的內容取材於神話故事部份，經由本章加以分類、溯源的繁瑣過程，終於呈現出繼承與演變的全貌，雖然有一些神話故事不知出處，但有很多神話故事完全因襲古代神話和早期歷史傳說，也有很多神話故事大體繼承古代神話，內容卻已歷經演變，不過演進的強弱或變化的輕重，又各自不同，不一而足。最後可以證實的是：魏晉志怪小說中許多內容取材，的確是繼承了古代神話和早期歷史傳說而加以演變的結果。〔註 183〕

〔註 182〕同註 8，頁 183、436、456。

〔註 141〕同註 3，頁 62。

〔註 183〕魏晉志怪小說中找不到古代神話資料來對照比較的神話故事，它們的出處列舉如下，引文從略：

泰山——《博物志校證》，卷一〈地〉，頁 10；〈山水總論〉，頁 12。

不周山雲川之水——同上，頁 125，《初學記》卷七引佚文。

大海之神——同上，頁 125，《初學記》卷六引佚文。

風穴——同上，卷九〈雜說〉上，頁 106。

人化虎、虎化人——同上，卷二〈異人〉，頁 24。《搜神記》，頁 152。

山獛——《搜神後記》（木鐸，民國 71 年 2 月初版），頁 48～49。

鮫人——《博物志校證》，卷二〈異人〉，頁 24；頁 31，《太平御覽》卷八百三引佚文。《搜神記》，頁 154。

越地冶鳥——《博物志校證》，卷三〈異鳥〉，頁 37。《搜神記》，頁 154。

堯——《博物志校證》，卷一，頁八；卷三〈異草木〉，頁 39；頁 124，《藝文類聚》卷七十四引佚文；頁 129，《太平御覽》卷百五十五引佚文。《搜神記》，頁 249。《拾遺記》，葉八後～十前。

舜——《拾遺記》，葉十前～十三前。

桀——《博物志校證》，卷七〈異聞〉，頁 83。

文王——同上，卷七〈異聞〉，頁 84；卷八〈史補〉，頁 93。《搜神記》，頁 44。

徐偃王——《博物志校證》，卷七〈異聞〉，頁 84。

蒙雙民——同上，卷二〈異人〉，頁 23。《搜神記》，頁 168。

第四章　形式結構的比較

第一節　篇幅體製

　　古代神話是魏晉志怪小說的先驅，由於古代神話的流傳與啓示產生了魏晉志怪小說，因此古代神話的形式結構對魏晉志怪小說的影響必定非常重大，本章將以古代神話、魏晉志怪小說中神話故事部份和其他部份三者做爲比較的對象，分點來逐一析論。

　　就篇幅而言，魏晉志怪小說大抵簡短，每則文字的長度以兩、三百字者居多，百字以內或五、六百字以上者較少。《搜神記》宋定伯賣鬼一則約有兩百五十字〔註1〕，是常見的篇幅，而極端的例子如《博物志》言「犬四尺爲獒」〔註2〕只有五個字，《搜神記》言盧充與崔少府墓女鬼成婚之事則長達八百餘字〔註3〕。至於古書中的古代神話資料更爲簡短，以數十字者居多，百字以上者很少。耳熟能詳的故事如《山海經》的精衛塡海七十餘字、帝女化爲蓄草約四十字、夸父逐日三十餘字〔註4〕，《淮南子》的共工怒觸不周之山四十餘字〔註5〕，而語多零星的片斷甚至僅存三言兩語而已。魏晉志怪小說中神話故事部份的篇幅則與古代神話資料的情形非常類似。

　　可見在篇幅方面，魏晉志怪小說的神話故事部份依舊繼承著古代神話，

〔註1〕晉・干寶：《搜神記》（里仁，民國71年9月），頁199。
〔註2〕范寧：《博物志校證》（明文，民國73年7月再版），頁76。
〔註3〕同註1，頁203～205。
〔註4〕袁珂：《山海經校注》（里仁，民國70年11月），頁92、142、238。
〔註5〕漢・高誘：《淮南子注》（世界，民國67年3月七版），頁35。

而魏晉志怪小說的其他部份卻已然擴充。所以由古代神話進到魏晉志怪小說，篇幅逐漸加長；由魏晉、南北朝再進到唐人傳奇，篇幅越發擴大，甚至接近短篇小說的形態，篇幅的演進由簡入繁，趨勢顯明。

就體製而言，魏晉志怪小說採逐條筆記的形式，什九僅是粗陳梗概的故事而已，罕見鋪敘和描繪。如《搜神記》云：

> 豫章有一家，婢在竈下，忽有人長數寸，來竈間壁，婢誤以履踐之，殺一人。須臾，遂有數百人，著衰麻服，持棺迎喪，凶儀皆備。出東門，入園中覆船下。就視之，皆鼠婦。婢作湯灌殺，遂絕。〔註6〕

此則敘述質樸無華，讀來平淺自然。而魏晉志怪小說往往用史傳之筆點明主角的身分及故事發生的年代、地點和見聞的出處，以取信於人。如《搜神後記》云：

> 天竺人佛圖澄，永嘉四年來洛陽，善誦神咒，役使鬼神。腹傍有一孔，常以絮塞之。每夜讀書，則拔絮，孔中出光，照於一室。平旦，至流水側，從孔中引出五臟五腑洗之，訖，還內腹中。〔註7〕

此則開頭便交代了主角的身分以及事情發生的年代和地點。又如《博物志》云：

> 近魏明帝時，河東有焦生者，裸而不衣，處火不燋，入水不凍。杜恕爲太守，親所呼見，皆有實事。〔註8〕

除了起首點明事情發生的年代、地點外，此則結尾還以太守親見來證實聽聞不虛。此外，魏晉志怪小說的文句多採散文，如遇情節需要——酬答、歌吟等才偶而夾雜時賦、謠諺等駢句。如《搜神記》言神女來從弦超爲夫婦後，復且賦詩相酬：

> ……贈詩一篇，其文曰：「飄浮勃逢，敖曹雲石滋。芝一英不須潤，至德與時期。神仙豈虛感，應運來相之，納我榮五族，逆我致禍菑。」此其詩之大較。其文二百餘言，不能悉錄。……〔註9〕

又如《搜神記》敘述吳王夫差小女紫玉的鬼魂從墓中出來，與相愛的韓重會面時，紫玉悲憤地歌吟：

〔註6〕同註1，頁234～235。

〔註7〕《搜神後記》（木鐸，民國71年2月初版），頁12。

〔註8〕同註2，頁63。

〔註9〕同註1，頁17。據校注「飄浮勃逢」應作「飄颻浮勃述」，「芝一英不須潤」衍「一」字。

……玉乃左顧宛頸而歌曰：「南山爲鳥，北山張羅。鳥旣高飛，羅將
奈何！意欲從君，讒言孔多。悲當生疾，沒命黃壚。命之不造，冤
如之何！羽族之長，名爲鳳凰。一日失雄，三年感傷。雖有眾鳥，
不爲匹雙。故見鄙姿，逢若輝光。身遠心近，何當暫忘。」歌畢，
歔欷流涕，要重還冢。……〔註10〕

在此則中駢句的悲歌和散文的描寫相互搭配，輔助了人物情感的表達，
頗爲哀婉動人。而古書中的古代神話資料，《山海經》即採逐條筆記的形式，
《楚辭》中屈原作品如〈離騷〉、〈天問〉、〈九歌〉等篇包含了許多神話的斷
片，一些史書如《左傳》、《國語》等，子書如《墨子》、《莊子》、《荀子》、《韓
非子》、《呂氏春秋》、《淮南子》、《列子》等都曾引用或轉述若干神話資料，
它們的體製也大都是粗陳梗概的故事甚或零星的片段而已，罕見鋪敘和描
繪，它們的句型或散或駢皆隨古書形式的差異而各有不同。魏晉志怪小說體
製方面的其他特點，在古代神話中則尚未顯露。至於魏晉志怪小說中而神話
故事部份的體製與古代神話資料的情形類似，但大都採用散文。

可見在體製方面，魏晉志怪小說的神話故事部份仍很近似古代神話，而
魏晉志怪小說的其他部份則已開始演進發展，建立自己的特色，成爲唐人傳
奇的先河。

第二節　結構型態

結構，簡單地說，是指人物、事件的組織安排，它具體地呈現在敘述的
方式之中。長篇小說通常寫許多人、許多事，所以謀篇布局、組織安排便十
分重要，結構也就比較複雜、巧妙。至於魏晉志怪小說和古代神話雖然非常
簡短，但只要涉及人物、事件的敘述，不論有意或無心都得經過一番組織安
排，以呈現相當程度的秩序，因此必有脈絡可尋，也就是說它們也有結構可
言，只是相當單純而已。

魏晉志怪小說結構單純，布局緊湊，大多平鋪直敘，從故事發生到結束
呈直線發展，絕少倒敘。如《搜神記》云：

宋康王舍人韓憑，娶妻何氏，美，康王奪之，憑怨，王囚之，論爲
城旦。妻密遺憑書，繆其辭曰：「其雨淫淫。河大水深，日出當心。」

〔註10〕同註 1，頁 200。

既而王得其書，以示左右，左右莫解其意。臣蘇賀對曰：「其雨淫淫，言愁且思也；河大水深，不得往來也；日出當心，心有死志也。」俄而憑乃自殺。其妻乃陰腐其衣。王與之登臺，妻遂自投臺，左右攬之，衣不中手而死。遺書於帶曰：「王利其生，妾利其死。願以屍骨，賜憑合葬。」王怒，弗聽。使里人埋之，冢相望也。王曰：「爾夫婦相愛不已，若能使冢合，則吾弗阻也。」宿昔之間，便有大梓木生於二冢之端，旬日而大盈抱，屈體相就，根交於下，枝錯於上。又有鴛鴦，雌雄各一，恒棲樹上。晨夕不去，交頸悲鳴，音聲感人。宋人哀之遂號其木曰「相思樹」。相思之名，起于此也。南人謂此禽即韓憑夫婦之精魂。今睢陽有韓憑城，其歌謠至今猶存。〔註11〕

這故事寫宋康王奪韓妻、韓憑妻投臺自殺、冢木交錯鴛鴦恒棲，從開頭、發展到結尾結構完整，平鋪直敘地推進情節，中間沒有穿插，正敘到底，一氣呵成，可謂典型的代表。而《拾遺記》偶有出現類似插敘的情形，其實是作者的自注經後世傳寫誤連正文所造成：

（燕）昭王坐握日之臺，參雲，上可捫日。時有黑鳥白頭，集王之所，銜洞光之珠，圓徑一尺。此珠色黑如漆，懸照於室內，百神不能隱其精靈。此珠出於陰泉之底。陰泉在寒山之北。員水之中。言水波常圓轉而流也。有黑蚌，飛翔來去於五岳之上。昔黃帝時，務成子遊寒山之嶺，得黑蚌在高崖之上，故知黑蚌能飛矣。〔註12〕

其中彷彿插敘的「陰泉在寒山之北」、「言水波常圓專而流也」、「昔黃帝時，務成子遊寒山之嶺，得黑蚌在高崖之上，故知黑蚌能飛矣。」應當都是注文，所以《拾遺記》仍屬平鋪直敘的簡易結構。至於古書中古代神話資料的結構大多也是平鋪直敘，如《山海經・大荒北經》云：「蚩尤作兵伐黃帝，黃帝乃令應龍攻之冀州之野。應龍畜水，蚩尤請風伯雨師，縱大風雨。黃帝乃下天女魃，雨止，遂殺蚩尤。」〔註13〕《淮南子・天文篇》云：「昔者共工與顓頊爭爲帝，怒而觸不周之山，天柱折，地維絕。天傾西北，故日月星辰移焉，地不滿東南，故水潦塵埃歸焉。」〔註5〕都是直線發展的簡短正敘。但

〔註11〕同註1，頁141～142。

〔註12〕藝文版《百部叢書集成》四二，古今逸史一，《拾遺記》，卷四，葉一前。

〔註13〕同註4，頁430。

〔註5〕漢・高誘：《淮南子注》（世界，民國67年3月七版），頁35。

古書中的古代神話資料另有一些倒敘的例子，如《山海經‧北山經》云：「又北二百里，曰發鳩之山，其上多柘木。有鳥焉，其狀如烏，文首、白喙、赤足，名曰精衛，其鳴自詨。是炎帝之少女名曰女娃，女娃游于東海，溺而不反，故爲精衛，常銜西山之木石，以堙于東海。」〈海內北經〉云：「從極之淵深三百仞，維冰夷恒都焉。冰夷人面，乘兩龍。一曰忠極之淵。」〔註14〕都是記述一件事時，先寫結果，後寫原因，或先點明，後形容。而魏晉志小說中神話故事部份的結構大都平鋪直敘，絕少倒敘，如上一章內容取材的承續所討論的許多例子。

可見就結構而言，古代神話平鋪直敘的基本性質流傳到魏晉志怪小說依舊位居強勢，因爲這種順乎時間發展的結構是最傳統、最簡單、最自然、最原始的表達方式。而古代神話中偶然出現的倒敘情形，在魏晉志怪小說中則未見繼承，更別論發展了。

第三節　風格技巧

就風格而言，魏晉志怪小說以最簡短的字句作最完整的敘述，質樸平淺，簡勁明快。如《搜神後記》云：

> 晉太元中，有士人嫁女於近村者。至時，夫家遣人來迎，女家好遣發，又令女乳母送之。既至，重門累閣，擬於王侯。廊柱下有燈火，一婢子嚴粧直守。後房帷帳甚美。至夜，女抱乳母涕泣，而口不得言。乳母密于帳中以手潛摸之，得一蛇，如數圍柱，纏其女，從足至頭。乳母驚走出外，柱下守燈婢子，悉是小蛇，燈火乃是蛇眼。
>
> 〔註15〕

全文共一百二十餘字，但高潮迭起，出人意外，可謂簡潔有力。但簡鍊運用不善或類似情節一再重覆時，也容易給人枯燥單調的感覺。而古書中的古代神話資料，篇幅比魏晉志怪小說更爲簡，文字風格也更形古樸直質，且充滿活潑的超現實想像。如《山海經‧中山經》記帝女化爲䔄草：「又東二百里，曰姑媱之山。帝女死焉。其名曰女尸，化爲䔄草，其葉胥成，其華黃，其實如菟丘，服之媚于人。」〈海外北經〉記夸父逐日：「夸父與日逐走，入

〔註14〕同註4，頁92、316。
〔註15〕同註7，頁68。

日。渴欲得飲，飲于河渭；河渭不足，北飲大澤。未至，道渴而死。棄其杖，化爲鄧林。」〔註 16〕帝女死後化爲䔄草及夸父所棄之杖化爲鄧林，都寫得非常直接、簡單而自然；夸父飲河渭不足且欲北飲大澤也極盡誇張之能事。至於魏晉志怪小說中的神話故事部份，因爲內容乃至文字大多傳承古代神話，所以風格也與古代神話近似，擷取《博物志》中關於帝女化爲䔄草、夸父與日逐走的記載〔註 17〕與《山海經》引文比較便可一目瞭然。

可見從古代神話到魏晉志怪小說的神話故事部份，並擴及魏晉志怪小說的其他部份，質樸平淺、簡勁明快、充滿超現實想像的風格是一脈相傳的。

就技巧而言，魏晉志怪小說已能初步地注意細節的描寫。故事中的人物通過細節更能具體、形象、切實而有力地表現出來，換句話說，細節有助於塑造人物的性格並增強作品的藝術性。如《搜神記》言李寄在英勇無畏地斬蛇後，於蛇穴中她對於吃女孩的髑髏說：「汝曹怯弱，爲蛇所食，甚可哀愍。」然後「緩步而歸」，多了這一細節更能襯託出李寄的勇敢、善良和從容，性格更加突出。又如韓憑的妻子何氏在投臺自殺前「陰腐其衣」，以致宋康王的左右攬她時衣不中手，多了這一細節更能點明何氏的細心、機智與必死的決心，形象更加豐富。〔註 18〕此外，魏晉志怪小說也能運用懸疑的敘述手法，大大地增強了作品的吸引力。如《搜神後記》中白水素女的故事言謝端每早至田野回家後，但見家中已有飯飲湯火，卻不明所以云云，一開頭便勾起了讀者欲探究竟的好奇之心。〔註 19〕而古書中的古代神話資料，因爲缺乏藝術表現的需要並且篇幅過於簡短，只要完整地交代故事的始末或點明主要動作便已自足，所以不見細節的描寫和懸疑的敘述手法。又古代神話不需刻意經營便爲初民所堅信，魏晉人士卻不一定相信志怪小說，所以志怪作者不免用些技巧以吸引注意力並強調眞實感。至於魏晉志怪小說中的神話故事部份與古代神話的情形近似，僅偶事添補而已。

可見從簡單敘述故事的古代神話，降及出現細節描寫的魏晉志怪小說，再到運用鋪敘和描繪的唐人傳奇，寫作技巧是越來越進步了。

總而言之，比較魏晉志怪小說與古代神話的形式結構，可以發現它們之

〔註 16〕同註 4，頁 142、238。
〔註 17〕同註 2，頁 39、85。
〔註 18〕同註 1，頁 231～232、141～142。
〔註 19〕同註 7，頁 30～31。

間傳承的關係與進化的情形。始終不變而一脈相傳的是質樸平淺、簡勁明快、充滿超現實想像的風格以及平鋪直敘、布局緊湊的結構；但古代神話中偶然出現的倒敘情形，魏晉志怪小說未傳。而篇幅、體製、技巧三方面，魏晉志怪小說中的神話故事部份是繼承古代神話而來，面貌依舊；至於魏晉志怪小說中的其他部份則已朝著演變進化的方向邁步，擴充篇幅，建立獨特的體製，並且注意細節、懸疑的技巧。可知魏晉志怪小說的形式結構是繼承古代神話而加以演變的。

第五章　思想性質的存留

　　魏晉志怪小說的思想性質紛然雜陳，其中存留古代神話和原始宗教之普遍思想者，大約有三：變化思想、鬼魂信仰和圖騰現象，本章將逐一分析魏晉志怪小說中的這些思想，並取之與古代神話和原始宗教比較，藉以觀察它繼承和演變的痕迹。

第一節　變化思想

　　《搜神記》中有一篇鋪陳變化理論的文章，它根據陰陽五行的氣化論解釋來自生物觀察及民間傳說的種種變化現象，其主旨是「應變而動，是爲順常；苟錯其方，則爲妖眚。」因此《搜神記》中所記載的反常變化多被附會爲人事休咎、國運祥災的異徵，如：「周宣王三十三年，幽王生。是歲有馬化爲狐。」又如：「晉獻公二年，周惠王居於鄭。鄭人入王府，多脫化爲蜮，射人。」〔註1〕這一類瞬息變化的簡單描述還有卷六的女子化男、男子化女、雌雞化雄、稗草化稻，卷七的蟒蚑和蟹化爲鼠，卷十二的貙虎化人，卷十四的人化黿、人化鱉等。此外也常見人或動物生產異物的記載，如卷六的豕生人、人產龍、馬生人、燕生雀、牛生雞、燕生巨鷇，卷七的人生怪物、人產鵝等。另有一些部份軀體發生異常變化的現象，如卷六的龜生毛、兔生角、馬生角、狗生角、人生角、木生人狀、草作人狀、狗三足、鳥三足、牛五足、牛足出背、人兩頭共身，卷七的一身而男女二體、虎兩足、牛一足三尾、狗兩頭等，其中有些是今人已見多不怪的畸型事實，有些則仍屬虛實不知的傳說。

〔註1〕晉・干寶：《搜神記》（里仁，民國71年9月），頁147、69。

除了以上的許多反常變化，《搜神記》又記載了一些老壽的動植物也會變易形體，甚至化為人形，成為妖魅作怪。如卷十八云：

> 司空南陽來季德，停喪在殯，忽然見形，坐祭床上，顏色服飾聲氣，
> 熟是也。孫兒婦女，以次教戒，事有條貫。鞭朴奴婢，皆得其過。
> 飲食既絕，辭訣而去。家人大小，哀割斷絕。如是數年，家益厭苦。
> 其後飲酒過多，醉而形露，但得老狗，便共打殺。因推問之，則里
> 中沽酒家狗也。〔註2〕

這是老狗化人作祟的有趣故事，至於無生物如枕頭、飯臿都變成了精怪則令人感到可怖：

> 魏景初中，咸陽縣吏五臣家，有怪，無故聞拍手相呼，伺無所見。
> 其母夜作劵，就枕寢息，有頃，復聞竈下有呼聲曰：「文約，何以不
> 來？」頭下枕應曰：「我見枕，不能往。汝可來就我飲。」至明，乃
> 飯臿也。即聚燒之，其怪遂絕。〔註3〕

除了以上一些妖魅精怪的變化，《搜神記》還記載了一些修道服藥而成仙的人也擁有變化甚至隱形的神通，如卷一云：

> 崔文子者，泰山人也。學仙于王子喬。子喬化為白蜺，而持藥與文子。
> 文子驚怪。引戈擊蜺，中之，因墮其藥。俯而視之，王子喬之尸也。
> 置之室中，覆以敝筐。須臾，化為大鳥。開而視之，翻然飛去。
> 介琰者，不知何許人也。住建安方山。從其師白羊公。杜受玄一無
> 為之道，能變化隱形。嘗往來東海，暫過秣陵，與吳主相聞。吳主
> 留琰，乃為琰架宮廟。一日之中，數遣人往問起居。琰或為童子，
> 或為老翁；無所食啗，不受餉遺。吳主欲學其術，琰以吳主多內御，
> 積月不教。吳主怒，敕縛琰，著甲士引弩射之。弩發，而繩縛猶存，
> 不知琰之所之。〔註4〕

但是這些都屬後世神仙家的思想，超出純粹物體變化的觀念已遠。

《搜神後記》中也有不少關於變化的記載，如卷三的蕨莖化蛇，卷四的人化虎，卷七的虹化丈夫、山獠化材、狗變形如人，卷八的烏鴉化人、蝴蝶化人，卷九的白鷺化女子、虎化人、鹿化女人，獼猴化少年、老黃狗化人、

〔註2〕 同上，頁226～227。
〔註3〕 同上，頁215。
〔註4〕 同上，頁4、11。

群犬化人，卷十的大蛟化人、蛇化人，以及人化鼈、貍化人的佚文〔註5〕等，當中除了卷四的人化虎是蠻人法術造成外，其餘大都屬於精怪變化。而《搜神後記》卷七有一則人產一蛇一獸的記載，屬於國禍災咎的異兆；卷一有一則言及丁令威學道成仙化鶴歸鄉之事，則純爲神仙家言。

　　其他的魏晉志怪小說也有一些關於變化的記載，如《博物志》言人化虎、虎化人以及蜻蜓頭化青眞珠：

> 江陵有猛人，能化爲虎，俗又曰虎化爲人，好著紫葛人，足無踵。
> 五月五日埋蜻蜓頭於西向戶下，埋至三日不食則化成青眞珠。又云埋於正中門。〔註6〕

　　又如《列異傳》言鯉魚化爲婦人迷惑男子以及金、銀、錢、杵化人作怪爲害：

> 彭城有男子娶婦，不悅之，在外宿。月餘日，婦曰：「何故不復入？」男曰：「汝夜輒出，我故不入。」婦曰：「我初不出。」婿驚，婦云：「君自有異志；當爲他所惑耳！後有至者，君便抱留之；索火照視之爲何物。」後所願還至，故作其婦前卻未入，有一人從後推令前。既上床，婿捉之曰：「夜夜出何爲？」婦曰：「君與東舍女往來，而驚欲託鬼魅以前約相掩耳！」婿放之，與共臥。夜半心悟，乃計曰：「魅迷人，非是我婦也。」乃向前攬捉，大呼求火，稍稍縮小，發而視之，得一鯉魚，長二尺。
>
> 魏郡張奮者，家巨富。後暴衰，遂賣宅與黎陽程家。程入居，死病相繼；轉賣與鄰人何文。文日暮，乃持刀上北堂中梁上坐。至二更，忽見一人，長丈餘，高冠黃衣，升堂呼問：「細腰！舍中何以有生人氣也？」答曰：「無之。」須臾，有一高冠青衣者，次之，又有高冠白衣者，問答並如前。及將曙，文乃下堂中，如向法呼之。問曰：「黃衣者誰也？」曰：「金也！在堂西壁下。」「青衣者誰也？」曰：「錢也！在堂前井邊五步。」「白衣者誰也？」曰：「銀也！在牆東北角柱下。」「汝誰也？」曰：「我杵也！在竈下。」及曉，文按次掘之，

〔註5〕王國良：《搜神後記研究》（文史哲，民國67年6月初版），下篇（校釋），補遺，《法苑珠林》卷四三、《太平御覽》卷三十二引佚文。

〔註6〕范寧：《博物志校證》（明文，民國73年7月再版），卷二〈異人〉，頁24，據校證「紫葛人」應作「紫葛衣」；卷四〈戲術〉，頁50。

得金銀各五百斤，錢千餘萬。仍取杵焚之，宅遂清安。〔註7〕

還有祖台之《志怪》言母豬化為女子以及道東廟樹化為男子：

> 吳中有一士大夫，於都假還，行至曲阿塘上，見一女子，容貌端正，便呼即來，便留住宿。士解臂上金鈴繫其臂，令暮更來，遂不至。明日，更使尋求，都無此色。忽過一豬圈邊，見母豬臂上繫金鈴。

> 騫保至壇丘鴞上北樓宿，暮鼓二中，有人著黃練單衣白帢，將人持炬上樓。保懼，藏壁中。須臾，有三婢上帳，使迎一女子上，與白帢人入帳中宿。未明，白帢人輒先去。如此四五宿。後向晨，白帢人纔去，保因入帳中，問侍女子：「向去者誰？」答曰：「桐郎，道東廟樹是。」至暮鼓二中，桐郎復來，保乃斫取之，縛著樓柱。明日視之，形如人長，三尺餘。檻送詣丞相，渡江未半，風浪起；桐郎得投入水，風波乃息。〔註8〕

魏晉志怪小說中物體變化的觀念起源甚早，古代即有許多變形神話，如盤古垂死化身、女媧之腸化為神、鯀死化為黃熊、炎帝少女溺死化為精衛、帝女死化為蓄草、夸父渴死所棄之杖化為鄧林、刑天斷首以乳為目以臍為口等，都是透過變形來取代死亡而再生，變得非常簡易，化得非常自然，充分表露了初民企盼超越現實時間、征服有限生命的熱切願望，換句話說，由死亡到再生的過渡通常是要憑藉形體的變化才能完成的。而變形神話同時表露了初民對於自然界各種生命齊等對待、互相融通的觀念，因為形體雖歷經變化，生命卻仍一樣，卡西勒便以「變化律則」（Law of Metamorphosis）做為神話的主要原則之一，認為初民的生命觀乃視生命為一不斷而連續的整體，不同的生命並無固定不變的形狀，經由突然的變化，一切事物都可能互相轉化。〔註9〕魏晉志怪小說中的變形神話故事部份，大都還保存著古代變形神話的內容與精神。至於魏晉志怪小說中附會禍徵咎兆的種種變化、生產，妖魅精怪的作祟患害，和修道成仙的諸端變化，則已然淪為消極的迷信，雖仍保留變化的思想，但死而再生的意義與精神卻已不復存在。

〔註7〕 魯迅：《古小說鉤沈》，上冊，頁146～147、141。

〔註8〕 同上，頁210、211。

〔註9〕 參看卡西勒：《論人》，劉述先譯（東海大學，民國48年11月）。

第二節 鬼魂信仰

　　魏晉志怪小說向以鬼故事的記敘爲其大宗，干寶且在《搜神記‧序》中明言：「及其著述，亦足以發明神道之不誣也。」〔註10〕表明他直欲積極地肯定鬼神的存在及其作爲。而鬼故事要讓人相信首先必得肯定鬼的存在，所以魏晉志怪小說中有許多篇章目的即在肯定鬼的存在。如《搜神記》云：

　　　　阮瞻字千里，素執無鬼論，物莫能難。每自謂此理足以辨正幽明。
　　　　忽有客通名詣瞻，寒溫畢，聊談名理。客甚有才辨。瞻與之言良久，
　　　　及鬼神之事，反復甚苦。客遂屈。乃作色曰：「鬼神古今聖賢所共傳，
　　　　君何得獨言無。即僕便是鬼。」於是變爲異形，須臾消滅。瞻默然，
　　　　意色太惡。歲餘，病卒。〔註11〕

　　這裏以鬼的實際現身來破除無鬼之論，頗具恐嚇的力量。又如《搜神後記》云：

　　　　宋襄城李頤，其父爲人不信妖邪。有一宅，由來凶不可居，居者輒死。
　　　　父便買居之。多年安吉，子孫昌熾。爲二千石，當徙家之官，臨去，
　　　　請會內外親戚。酒食既行，父乃言曰：「天下竟有吉凶否？此宅由來
　　　　言凶，自吾居之，多年安吉，乃得遷官，鬼爲何在？自今已後，便爲
　　　　吉宅。居者住止，心無所嫌也。」語訖如廁。須臾，見壁中有一物，
　　　　如卷席大，高五尺許，正白。便還，取刀中之，中斷，化爲兩人。復
　　　　橫斫之，又成四人。便奪取刀，反斫殺李。持至坐上，斫殺其子弟。
　　　　凡姓李者必死，惟異姓無他。頤尚幼，在抱抱。家內知變，乳母抱出
　　　　後門，藏他家。止其一身獲免。頤字景眞，位至湘東太守。〔註12〕

　　此處的鬼不但懲罰無鬼論者本人，連其家屬、宗親也一併斬盡殺絕，惟有李頤倖存，威逼之力令人畏懼。還有《列異傳》云：

　　　　北海營陵有道人，能使人與死人相見。同郡人婦死已數年，聞而往
　　　　見之曰：「願令我一見死人，不恨。」遂教其見之，於是與婦人相見，
　　　　言語悲喜，恩情如生。良久時乃聞鼓聲恨恨，不能出戶，掩門乃走；
　　　　其裾爲戶所閉，掣絕而去。後歲餘，此人死。家葬之，開見婦棺，
　　　　蓋下有衣裾。〔註13〕

〔註10〕 同註1，頁2。
〔註11〕 同註1，頁189～190。
〔註12〕 晉‧陶潛：《搜神後記》（木鐸，民71年2月初版），頁51～52。
〔註13〕 同註7，頁143。

　　這裏以衣裾爲物證，證明某人曾進入亡妻之棺與她相會，亡妻的鬼魂確是存在的。《搜神記》又云：

> 夏侯弘自云見鬼，與其言語。鎮西謝尚所乘馬忽死，憂惱甚至。謝曰：「卿若能令此馬生者，卿眞爲見鬼也。」弘去，良久還，曰：「廟神樂君馬，故取之。今當活。」尚對死馬坐。須臾，馬忽自門外走還，至馬尸間便滅，應時能動，起行。謝曰：「我無嗣，是我一身之罰。」弘經時無所告。曰：「頃所見，小鬼耳，必不能辨此源由。」後忽逢一鬼，乘新車，從十許人。著青絲布袍。弘前提牛鼻。車中人謂弘曰：「何以見阻？」弘曰：「欲有所問。鎮西將軍謝尚無兒。此君風流令望，不可使之絕祀。」車中人動容曰：「君所道，正是僕兒。年少時，與家中婢通，誓約不再婚，而違約。今此婢死，在天訴之。是故無兒。」弘見以告。謝曰：「吾少時誠有此事。」……〔註14〕

　　這裏以謝尚年少時的一段秘密爲事證，證明夏侯弘確曾遇見謝尚父親的鬼魂。《搜神後記》亦云：

> 干寶字令升，其先新蔡人。父瑩，有嬖妾。母至妒，寶父葬時，因生推婢著藏中。寶兄弟年小，不之審也。經十年而母喪，開墓，見其妾伏棺上，衣服如生。就視猶煖，漸漸有氣息。輿還家，終日而蘇。云寶父常致飲食，與之寢接，恩情如生。家中吉凶，輒語之，校之悉驗。平復數年後方卒。寶兄嘗病氣絕，積日不冷。後遂寤，云見天地間鬼神事，如夢覺，不自知死。〔註15〕

　　在此處志怪作者親身的見聞爲依據肯定鬼魂的存在，非常具有說服力。而肯定了鬼的存在後，魏晉志怪小說另有許多篇章描寫鬼的種種特性，如《甄異傳》云：

> 廣陵華逸，寓居江陵，亡後七年來還。初聞語聲，不見其形，家人苦請，求得見之。答云：「我困瘁未忍見汝。」問其所由，云：「我本命雖不長，猶應未盡，坐平生時罰撻失道，又殺卒及奴，以此減算，去受使到長沙，還當復過。」如期果至，教其二子云：「我既早亡，汝等當勤自勗勵，門戶淪沒，豈是人子！」又責其兄不垂教誨，

〔註14〕同註1，頁27。
〔註15〕同註12，頁25。

色甚不平，乃曰：「孟禺已名配死錄，正餘有日限耳。」爾時禺氣強

力壯，後到所期暴亡。〔註16〕

可見鬼能隱形，也能先知，預言了其兄將死，《甄異傳》又云：

譙郡夏侯文規居京，亡後一年，見形還家，乘犢車，賓從數人，自

云北海太守。家設饌，見所飲食，當時皆盡，去後器滿如故。家人

號泣，文規曰：「勿哭，尋便來。」或一月或四五十日輒來，或停半

日，其所將赤衣騶導，形皆短小，坐息籬間及廄屋中，不知。文規

當去時，家人每呼令起。翫習不爲異物。文規有數歲孫，念之，抱

來，左右鬼神抱取以進，此兒不堪鬼氣，便絕，不復識人；文規索

水噀之，乃醒。見庭中桃樹，乃曰：「此桃我昔所種，子甚美好。」

其婦曰：「人言亡者畏桃，君何爲不畏？」答曰：「桃東南枝長二尺

八寸向日者憎之，或亦不畏。」見地有蒜殼，令拾去之，觀其意似

憎蒜而畏桃也。〔註17〕

可見鬼也能顯形，似乎憎蒜畏桃，且有當差做鬼吏的，如華逸受使到長

沙、夏侯文規任北海太守。又《靈鬼志》云：

平原陳鼻於義熙中從廣陵樊梁後乘船出，忽有一赤鬼，長可丈許，

首戴絳冠，形如鹿角，就鼻求載，倏爾上船。鼻素能禁氣，因歌俗

家南地之曲；鬼乃吐舌張眼，以杖竿擲之，即四散成火，照於野。鼻

無幾而死。〔註18〕

可見鬼高大的長可丈許，且能變化。又《搜神後記》云：

李子豫少善醫方，當代稱其通靈。許永爲豫州刺史，鎮歷陽。其弟

得病，心腹疼痛十餘年，殆死。忽一夜，聞屏風後有鬼謂腹中鬼曰：

「何不速殺之？不然，李子豫當從此過，以朱丸打汝。汝其死矣。」

腹中鬼對曰：「吾不畏之。」及旦，許永遂使人候子豫。果來。未入

門，病者自聞中有呻吟聲。及子豫入視，曰：「鬼病也。」遂於巾箱

中出八毒赤丸子與服之。須臾，腹中雷鳴鼓轉，大利數行，遂差。

今八毒丸方是也。〔註19〕

〔註16〕同註7，頁 159～160。

〔註17〕同註7，頁 160。

〔註18〕同註7，頁 202。

〔註19〕同註12，頁 42～43。

可見鬼短小的可藏在人腹中，能先知，預言了李子豫當從此過。《列異傳》亦云：

> 南陽宋定伯，年少時，夜行逢鬼。問曰：「誰？」鬼曰：「鬼也。」
> 鬼曰：「卿復誰？」定伯欺之，言：「我亦鬼也。」鬼問：「欲至何所？」
> 答曰：「欲至宛市。」鬼言：「我亦欲至宛市。」共行數里。鬼言：「步
> 行大亟；可共迭相擔也。」定伯曰：「大善。」鬼便先擔定伯數里。
> 鬼言：「卿大重！將非鬼也？」定伯道：「我新死，故重耳。」定伯
> 因復擔鬼，鬼略無重。如其再三。定伯復言：「我新死，不知鬼悉何
> 所畏忌？」鬼曰：「唯不喜人唾。」於是共道遇水，定伯因命鬼先渡，
> 聽之了無聲。定伯自渡，漕漼作聲。鬼復言：「何以作聲？」定伯曰：
> 「新死不習渡水耳。勿怪！」行欲至宛市，定伯便擔鬼至頭上，急
> 持之，鬼大呼，聲咋咋，索下不復聽之。徑至宛市中，著地化爲一
> 羊。便賣之，恐其便化，乃唾之，得錢千五百，乃至。於時言：「定
> 伯賣鬼，得錢千五百。」〔註20〕

可見鬼無重量，或者新鬼重老鬼越輕，不喜人唾，能變化。而人生在世
不免要爲妻兒操心勞苦，即使做了鬼也還是牽掛擔憂，如前面引文提及華逸
亡後七年來還訓勉二子，夏侯文規亡後一年或一月或四五十日輒回家探望。
又如《甄異傳》云：

> 金吾司馬義妾碧玉，善絃歌。義以太元中病篤，謂碧玉曰：「吾死，
> 汝不當別嫁，嫁當殺汝。」曰：「謹奉命。」葬後，其鄰家欲取之，
> 碧玉當去，見義乘馬入門，引弓射之，正中其喉，喉便痛亟，姿態
> 失常，奄忽便絕。十餘日乃甦，不能語，四肢如被撾損，周歲始能
> 言，猶不分明。碧玉色甚不美，本以聲見取，既被患，遂不得嫁。
> 〔註21〕

於此鬼魂能以懲治威迫的手段禁絕其妾別嫁，令人驚駭。魏晉志怪小說
中還有許多人鬼相戀的愛情故事，男主角必爲人，女主角必爲鬼，而且總是
女鬼主動自來，兩相情好後，又必得分離。如《異林》云：

> 鍾繇嘗數月不朝會，意性異常。或問其故。云：「常有好婦來，美麗
> 非凡。」問者曰：「必是鬼物，可殺之。」婦人後往，不即前，止戶
> 外。繇問何以，曰：「公有相殺意。」繇曰：「無此。」乃勤勤呼之，
> 乃入。繇意恨恨，有不忍之心，然猶斫之，傷髀。婦人即出，以新綿

〔註20〕同註7，頁141～142。
〔註21〕同註7，頁157。

　　拭血竟路。明日，使人尋迹之，至一大冢，木中有好婦人，形體如
　　生人，著白練衫，丹繡兩當，傷左髀，以兩當中絮拭血。叔父清河
　　太守説如此。〔註22〕

人鬼相戀總無圓滿結局的。又如《列異傳》云：

　　談生者，年四十，無婦。常感激讀《詩經》，夜半有女子可年十五六，
　　姿顏服飾，天下無雙，來就生爲夫婦之言：「我與人不同，勿以火照
　　我也。三年之後，方可照。」爲夫婦，生一兒，已二歲；不能忍，
　　夜伺其寢後，盜照視之，其腰已上生肉如人，腰下但有枯骨。婦覺，
　　遂言曰：「君負我，我垂生矣，何不能忍一歲而竟相照也？」生辭謝，
　　涕泣不可復止。云：「與君雖大義永離，然顧念我兒，若貧不能自偕
　　活者，暫隨我去，方遺君物。」生隨之去，入華堂，室宇器物不凡。
　　以一珠袍與之曰：「可以自給。」裂取生衣裾，留之而去。後生持袍
　　詣睢陽王家買之，得錢千萬。王識之曰：「是我女袍，此必發墓。」
　　乃取考之，生具以實對。王猶不信，乃視女冢，冢完如故。發視之，
　　果棺蓋下得衣裾。呼其兒，正類王女，王乃信之。即召談生，復賜
　　遺衣，以爲主壻。表其兒以爲侍中。〔註23〕

　　幽明雖然殊途，陰陽卻能相通，甚至生子，但終必分離。又根據前舉諸
文，可知鬼魂或棲息在墓冢中，或遊蕩在人世間，此外，也有到陰間他界去
擔任差吏的，如《搜神記》云：

　　蔣濟字子通，楚國平阿人也。仕魏，爲領軍將軍。其婦夢見亡兒，
　　涕泣曰：「死生異路。我生時爲卿相子孫，今在地下爲泰山伍伯，憔
　　悴困苦，不可復言。今太廟西謳士孫阿，見召爲泰山令，願母爲白
　　侯，屬阿，令轉我得樂處。」言訖，母忽然驚寤。明日以白濟。濟
　　曰：「夢爲虛耳，不足怪也。」日暮，復夢曰：「我來迎新君，止在
　　廟下。未發之頃，暫得來歸。新君明日日中當發，臨發多事，不復
　　得歸。永辭於此，侯氣彊，難感悟，故自訴於母。願重啓侯，何惜
　　不一試驗之。」遂道阿之形狀，言甚備悉。天明，母重啓濟：「雖云
　　夢不足怪，此何太適適。亦何惜不一驗之。」濟乃遣人詣太廟下，
　　推問孫阿，果得之，形狀證驗，悉如兒言。濟涕泣曰：「幾負吾兒。」
　　於是乃見孫阿，具語其事，阿不懼當死，而喜得爲泰山令，惟恐濟
　　言不信也，曰：「若如節下言，阿之願也。不知賢子欲得何職？」濟

〔註22〕同註7，下冊，頁385。
〔註23〕同註7，頁144～145。

曰：「隨地下樂者與之。」阿曰：「輒當奉敎。」乃厚賞之。言訖，遣還。濟欲速知其驗，從領軍門至廟下，十步安一人，以傳消息。辰時傳阿心痛，巳時傳阿劇，日中傳阿亡。濟曰：「雖哀吾兒之不幸。且喜亡者有知。」後月餘，兒復來，語母曰：「已得轉爲錄事矣。」〔註24〕

　　死生雖然異路，可是鬼魂世界和陰間組織顯然是人世陽間的翻版，而人死爲鬼，鬼的賢愚善惡、塵念嗜欲、稟性行事也大都如同生人，因此鬼魂的思想可能是人類根據現實經驗加以想像再架構而成的。

　　甲骨文鬼字作 𠙴（拾4‧10）、𠙴（前4‧18‧2）、𩲡（甲2914）、𩲡（乙424）、𩲡（乙865）、𩲡（前4‧18‧6）諸形，金文作 𩲡（鬼壺）、𩲡（陳肪簋）等，李孝定說：「鬼字古文作 𩲡，當是全體象形，鬼神之爲物，雖曰視之而弗見，聽之而弗聞，然人死爲鬼，蓋先民既有之觀念，其製字也，遂仿人字爲之，『人』字古作『𠂉』，其上圓者顱也，鬼字仿人，又必欲有以別之，則惟變異其頭部之形狀，蓋古文動物象形字，如虎象馬諸字，其別惟在頭部，牛羊則全爲頭部象形，鬼之與人，其形相類，欲於頭部示其區別，亦覺不易，古文虛實無別，則鬼字不得作 𠂉，於是就 𠂉 字而變化之，遂作 𩲡 耳，非謂先民果見鬼之作此形也。」〔註25〕先民是否見過鬼，虛實難辯，但古今中外傳說鬼的猙獰變化常在頭部臉孔，竊意以爲初民對於鬼的原始觀念重點亦在頭部臉孔，如同今日原始部落祭祀、歌舞時的鬼面扮相；鬼的面目既然異常醜惡難以形容，故畫×以爲象徵而成 𩲡 字，其後遂訛傳爲 𩲡 形。

　　先秦對於鬼的說法見於《墨子‧明鬼下》云：「古之今之爲鬼，非他也。有天鬼，亦有山水鬼神者，亦有人死而爲鬼者。」〔註26〕此說備具泛靈論的色彩。而《禮記‧祭法》云：「人死曰鬼」、〈祭義〉云：「眾生必死，死必歸土，此之謂鬼。」〔註27〕則已縮小範圍僅謂人死爲鬼。降及魏晉志怪小說通稱物靈作怪者爲妖怪，與人鬼自是有別。

　　鬼魂的想像與信仰是廣義神話的一環，它的發生極早，與原始宗教息息相關，但源遠而流長，至於今日社會，不拘民族，仍然盛行不衰。鬼魂觀念

〔註24〕同註1，頁190～191。
〔註25〕李孝定：《金文詁林讀後記》（《中研院史語所專刊》八十，民國71年6月初版），頁348。
〔註26〕清‧孫詒讓：《墨子閒詁》（河洛），卷八，頁28。
〔註27〕《十三經注疏》5，《禮記》（藝文，民國68年3月七版），頁698、813。

發生的原因，據斯賓塞（H.Spencer）等人研究，認為它大抵由於相信物體（包括人身）會變化的觀念加上「複身」（the double）的觀念所造成。例如陰影和映像是複身的表現，夢的經歷是複身的活動，暈厥而甦醒是複身離開本體再回原處，死亡則是複身不再回歸本體。這複身後來被稱作「靈魂」（soul），人死後的靈魂則別稱作「鬼魂」（ghost）。鬼魂的去處有兩種觀念：一是轉附於另一物體，如輪迴或轉生的思想；一是獨立存在不轉附，這種情形也有兩種去處，一是雜居人世，一是到陰間他界去。〔註28〕魏晉志怪小說中所表現的鬼魂信仰，乃至我國古代的鬼魂觀念，它們發生的原因可用上說來解釋，而它們的去處也合乎第二種觀念的兩種情形，例見前舉。當然時代越晚後，鬼故事越加豐富，鬼的稟性行事也更形多樣化，這是受到許多附加思想的影響，也是自然衍進的結果。

第三節　圖騰現象

圖騰是什麼？佛累則（H.G.Frazer）說：

> 圖騰（totem）便是一種類的自然物，野蠻人以為其物的每一個都與他有密切而特殊的關係，因而加以迷信的崇敬。〔註29〕

此處說明了圖騰是蠻族崇敬的某種自然物，那種自然物與蠻族有密切而特殊的關係，至於什麼關係則未加解釋。杜爾幹（E.Durkheim）說：

> 圖騰是一種生物或非生物，大多數是植物或動物，這團體自信出自牠，牠并作為團體的徽幟及他們共有的姓。〔註30〕

這定義點出了圖騰與團體密切而特殊的關係——某團體自信出自某自然物，並以之作為他們的標幟，又以之作為他們共有的姓。然則圖騰的其他性質與特別作用是什麼？佛洛依德（S.Freud）說：

> 它多半是一種動物，也許是可食或無害的，也可能危險且可怖；較少見的圖騰，可以是一種植物，或一種自然力量（雨、水），它與整個宗族有著某種奇特的關係。大抵說來，圖騰總是宗族的祖先，同時也是其守護者；它發佈神諭，雖然令人敬畏，但圖騰能識得且眷憐它的

〔註28〕參看林惠祥：《文化人類學》（商務，民國70年9月臺七版），頁302～307。
〔註29〕轉引自林惠祥：《文化人類學》（商務，民國70年9月臺七版），頁292。
〔註30〕轉引自李宗侗：《中國古代社會史》（華岡，民國66年9月三版），頁2～3。

子民。同一圖騰的人有著不得殺害（或毀壞）其圖騰神聖義務，不可以吃它的肉或用任何方法來取樂。任何對於這些禁令的違背者，都會自取禍應。圖騰的特徵並非僅只於某隻動物或某種東西，而是遍及同種類的每一個體。在時常舉行的慶典裏同一圖騰的人跳著正式的舞蹈，模仿且表現著象徵自己的圖騰動物的動作和特徵。〔註31〕

對於圖騰的特殊性質與作用，以及圖騰和宗族間各種微妙的關係，這定義交代得相當詳盡。

魏晉志小說中保留了一則商之始祖契的感生神話故事，尚存古代圖騰演變後的痕迹，《拾遺記》云：

> 商之始也，有神女簡狄遊於桑野，見黑鳥遺卵于地，有五色文作八百字，簡狄拾之，貯以至筐，覆以失絨，夜夢神母謂之曰：「爾懷此卵，即生聖子，以繼金德。」狄乃懷卵一年而有娠，經十四月而生契，祚以八百，叶卵之文。雖遭早厄，後嗣興焉。〔註32〕

此則傳說已經摻揉了五行之說與瑞應的觀念。商之始祖契的感生神話最早的形式見於《詩經・玄鳥》：「天命玄鳥，降而生商。」〔註33〕《楚辭・天問》也說：「簡狄在臺嚳何宜？玄鳥致貽女何喜？」〔註34〕兩者都講得非常簡要。詳細一點的記載要到《史記・殷本紀》才出現：「殷契母曰簡狄，有娀氏之女，爲帝嚳次妃，三人行浴，見玄鳥墮其卵，簡狄取吞之，因孕生契。契長而佐禹治水有功，帝舜乃命契曰：『百姓不親，五品不訓，汝爲司徒而敬敷五教，五教在寬。』封於商，賜姓子氏。契興於唐、虞、大禹之際，功業著於百姓，百姓以平。」〔註35〕從《詩經》的「天命玄鳥，降而生商」到《史記》的簡狄吞卵孕契，再到《拾遺記》的簡狄懷卵一年而有娠又孕十四月乃生契，傳說逐漸在演變。《詩經》直言「生商」，所生者非專指契，頗合圖騰現象最早的形式；而《史記》、《拾遺記》言所生者爲始祖契，已非所有的商人，則屬後起的形式。

玄鳥即燕，即乙。《說文解字》云：「燕，玄鳥也，籥口，布狄，枝尾，

〔註31〕佛洛依德：《圖騰與禁忌》，楊庸一、林克明譯（志文，民國72年11月二版），頁14～15。
〔註32〕《百部叢書集成》四二，古今逸史一，《拾遺記》，卷二，葉三後。
〔註33〕屈萬里：《詩經釋義》（文化大學，民國69年9月新一版），頁432。
〔註34〕宋・港興祖：《楚辭補註》（藝文，民國66年9月五版），頁178。
〔註35〕《新校本史記三家注》（鼎文，民國69年3月三版），頁91。

象形。」、「乙，燕燕乙鳥也。齊魯謂之乙，取其鳴自謼，象形也。」〔註36〕
商人姓子與其圖騰玄鳥也有密切的關係，李宗侗說明這種關係是因為：「圖騰
所生的商人乃燕或乙之子，所以姓子。子包括一切玄鳥所生的商人而言，既
無男女之分，亦無行輩之區別，最初圖騰團的平等社會觀念當然如此。因為
玄鳥所生日子，於是引申凡人所生的亦曰子。第二義必較第一義為晚，因為
最初商只信他們皆玄鳥所生必是只有圖騰生人，尚無人生人的觀念。但子用
為子孫意義亦必始自商人，而漸由傳播作用，通行及他族者。」〔註37〕依據
圖騰制度，商人應當姓燕或乙，但商人姓子，雖然多了一波曲折，畢竟也合
乎圖騰的特殊性質。

　　魏晉志怪小說中除了契的感生神話故事尚存古代圖騰的痕迹外，《搜神
記》的盤瓠故事講蠻夷的起源神話，以犬為其始祖，後嗣「織績木皮，染以
草實，好五色衣服，裁制皆有尾形。」、又「用糝雜魚肉，叩槽而號，以祭盤
瓠，其俗至今。」〔註38〕也是一種類似圖騰的現象，但性質還不夠完備，因
為犬並未成為他們的徽幟及共有的姓，可能已是圖騰現象蛻變後的面貌。

　　分析魏晉志怪小說的思想性質，可以發現它們仍舊存留了一些遠古而原
始的東西。如魏晉志怪小說的變形神話故事部份，依然保持著古代變形神話
的內容與精神，而魏晉志怪小說中附會禍徵咎兆種種變化、生產，妖魅精怪
的作祟患害，和修道成仙的諸端變化，雖已喪失古代變形神話的精神與意義，
變化思想本身倒仍盛行不衰，甚至越演越熾。又如魏晉志怪小說中所表現的
鬼魂信仰，上承我國古代的傳統觀念，並與原始宗教息息相關，可謂源遠而
流長。還有魏晉志怪小說中碩果僅存的感生神話故事，承續《詩經》、《楚辭》、
《史記》的傳聞而來，正與圖騰現象及制度相符，可知起源甚早。

〔註36〕清‧段玉裁：《說文解字注》（藝文，民國68年6月五版），頁587、590。
〔註37〕李宗侗：《中國古代社會史》（華岡，民國66年9月三版），頁30。
〔註38〕同註1，頁169。

第六章　社會功能的衰退

　　本章關於神話社會功能的探討，在觀念上受到馬凌諾斯基（Bronislaw Malinowski）的啓示，這位建立人類學功能派（functional school）的學者特別強調神話在原始社會和文化中所扮演的角色及其所發揮功的能，他說：

> 研究活的神話，我們就知道，神話不是象徵的，而是將其主題作直接的表現。神話不是一種滿足科學興趣的解釋，而是一個太古事實的故事式復活，說來說去，以滿足宗教切望、道德渴求、社會順從、明確主張，甚或實際條件。神話在原始文化中發揮不可缺少的功能：表現、加強和整理信仰，護衛和勵行道德，保證儀式效力，容納指示行爲的實際規則。因此，神話乃人類文明的重要成份，非爲無稽閒談，而是一股苦幹實幹的積極力量。神話不是聰明的賣弄或藝術的想像，而是原始信仰和道德訓條的實際憑照。〔註1〕

　　而在方法上，本章所要討論的重點則受權威的神話學家坎貝爾（Joseph Campbell）的影響，茲矅括其說如下：

> 神話的功用是甚麼？照坎貝爾的觀點，一則具有「適當作用」的神話，有下列四個重要的功用：
>
> ——首先，透過它的儀式和意象，神話使個人對宇宙以及生存的神秘，不但沒有恐懼的感覺，而且產生且保持一種敬畏，感激甚至欣喜之情。
>
> ——其次，神話使人對他週圍的世界有一種相當完整而且清楚的意

〔註1〕馬凌諾斯基：《巫術、科學與宗教》，朱岑樓譯（協志，民國73年5月再版），第貳篇〈原始心理中的神話〉，頁80。

象，此一意象且與同時代最好的科學智識相諧和。神話以象徵
的方式，告訴他宇宙的形象，以及他在其中的地位。

——神話第三功用是，透過它的祭禮和儀式來影響和陶鑄年輕的一
代，使他們支持社會秩序。……

——第四個功用，也是在坎貝爾看來是最重要的功用，是在一個人
在有用之年所遭遇到的、不可避免的心理危機中，它能在每一
個階段都能予人指引。由孩童時的依賴狀態，到青年期的驚悸，
到中年期的憂患，以至最後的靈床。〔註2〕

坎貝爾所提的四個重要功用，第一個與第二個可概括在滿足內心慾望的
範疇內，第三個包含教育的價值，第四個可謂是穩定的力量。因此，本章擬
就滿足內心慾望、穩定力量、教育價值三方面做爲討論的重點，以證實古代
神話到魏晉志怪小説社會功能不斷地在衰退。

第一節　滿足內心欲望

由於初民無法對顯著的客觀世界作客觀的說明，因此在神話中所表現的常
是主觀的解釋，那些主觀的解釋正好反映了初民的心靈世界，而神話的創造與
傳述也直接地滿足了初民的內心慾望。例如古代有許多變形神話如盤古垂死化
身、女媧之腸化爲神、鯀死化爲黃熊、炎帝女少溺死化爲精衛、帝女死化爲蓄草、
夸父渴死所棄之杖化爲鄧林、刑天斷首以乳爲目以臍爲口等，都是透過變形來
取代死亡而再生，藉以滿足人們意欲超越現實時間、突破有限生命的熱切願望。
其中盤古的神話又能滿足人們追求世界起源等根本答案的心理需求，《五運歷年
記》云：

> 元氣濛鴻，萌芽茲始，遂分天地，肇立乾坤，啓陰感陽，分布元氣，
> 乃孕中和，是爲人也。首生盤古，垂死化身，氣成風雲，聲爲雷霆，
> 左眼爲日，右眼爲月，四肢五體爲四極五嶽，血液爲江河，筋脈爲
> 地里，肌肉爲田土，髮髭爲星辰，皮毛爲草木，齒骨爲金石，精髓
> 爲珠玉，汗流爲雨澤，身之諸蟲，因風所感，化爲黎甿。〔註3〕

〔註2〕 Gerald Clarke：〈新神話，新需要〉，冶冶譯，《中外文學》第一期（民國61年
6月），頁191～192。

〔註3〕 轉引自《古神話選釋》（長安，民國71年8月再版）錄《繹史》卷一所引，
頁8。

　　而夸父的故事則能滿足人們企盼征服自然不屈不撓的悲劇情懷，《山海經・海外北經》云：

　　　　夸父與日逐走，入日。渴欲得飲，飲于河渭；河渭不足，北飲大澤。

　　　　未至，道渴而死，棄其杖，化爲鄧林。〔註4〕

　　在現實世界無法實現的，在神話世界中皆得以一一完成，古代神話能滿足人們內心慾望的社會功能極其顯著。

　　至於魏晉志怪小說中的神話故事部份，大致仍保存著古代神話的內容與精神，但滿足人們內心慾望的社會功能已然衰退，因爲魏晉時代的人們已不再相信古代神話，轉而迷信禍徵咎兆、鬼神靈異、妖魅精怪、修道成仙等說，古代神話對他們而言只是遠古流傳至今的故事，再也無法滿足他們內心的慾望。他們內心慾望的滿足變成寄託在當世流行的思想與傳說，如魏晉志怪小說中非古代神話部份的其他記載便帶有這種功能。

第二節　穩定力量

　　當人們透過神話對世界甚至宇宙有所認識、對生存的意義有所肯定後，自然能夠化解許多不可避免的心理困惑和恐懼，鼓舞奮鬥的勇氣和生活的信心，在人生歷程上和團體生活中產生一股穩定的力量，天地開闢神話以及一些自然神話就特別賦有這種社會功能。就神話在原始文化中所發揮的各種功能而言，馬凌諾斯基歸納爲「表現、加強和整理信仰，護衛和勵行道德，保證儀式效力，容納指示行爲的實際規則。」〔註5〕幾項，正表示神話是維繫原始社會秩序的穩定量力。此外，民族起源神話或始祖感生神話以及一些早期歷史傳說也明顯地具有加強民族團結、提高民族自信的穩定力量，如《詩經・玄鳥》曰：「天命玄鳥，降而生商。」〔註6〕《史記・殷本紀》云：

　　　　殷契母曰簡狄，有娀氏之女，爲帝嚳次妃，三人行浴，見玄鳥墮其卵，

　　　　簡狄取吞之，因孕生契。契長而佐禹治水有功，帝舜乃命契曰：「百

　　　　姓不親，五品不訓，汝爲司徒而敬敷五教，五教在寬。」封於商，賜

　　　　姓子氏。契興於唐、虞、大禹之際，功業著於百姓，百姓以平。〔註7〕

〔註4〕　袁珂：《山海經校注》（里仁，民國70年11月），頁238。

〔註5〕　馬凌諾斯基：《巫術、科學與宗教》，朱岑樓譯（協志，民國73年5月再版），
　　　　第貳篇〈原始心理中的神話〉，頁80。

〔註6〕　屈萬里：《詩經釋義》（文化大學，民國69年9月新一版），頁432。

〔註7〕　《新校本史記三家注》（鼎文，民國69年3月三版），頁91。

這便是古代許多始祖感生神話的例子之一，它應是有助商人團結的穩定力量。而《淮南子‧覽冥篇》云：

> 武王伐紂，渡于孟津，陽侯之波，逆流而擊，疾風晦冥，人馬不相
> 見，於是武王左操黃鉞，右秉白旄，瞋目而撝之曰：「余任天下，誰
> 敢害吾意者！」於是風濟而波罷。〔註8〕

此處的早期歷史傳說應是周人引以爲傲的帝王事蹟之一，自有它提高自信的穩定功能。

至於魏晉志怪小說中的神話故事部份，一些自然神話雖然在內容取材方面仍舊承續古代神話，在思想性質方面卻已參雜後代思想，如《博物志》言崑崙山是聖人仙人所集的地方，仙話化已露端倪，到了《拾遺記》更發展至極盛，幾乎通篇全是仙話。雖然神仙家思想對魏晉社會也具有若干穩定的力量，但總不及古代神話對原始社會的全面性影響，因此從古代神話到魏晉志怪小說，做爲穩定力量的社會功能顯已衰退。又如契的感生神話以及武王渡河定風波的傳說，魏晉志怪小說也有記載，但面貌略有改變，而且它們原有的加強商人團結、提高周人自信的穩定力量早已宣告消失，對於魏晉時代的人們而言，它們只是一些有趣的古代故事罷了。

第三節　教育價值

有些神話記載了有益的知識，可藉以教育無知的群眾；有些神話包含了道德的規範，可因此陶鑄年輕的一代。前者如《山海經》所記載的許多動植物神話和遠方異國神話，往往提及它們的異能奇事，不論其虛實與否，都帶有教育初民知所避就和增廣見聞的意味；後者如許多言及善惡賞罰的神話，便顯示了某種道德取向，反面的例子如《山海經‧海內經》云：

> 洪水滔天。鯀竊帝之息壤以堙洪水，不待帝命。帝令祝融殺鯀於羽
> 郊。鯀復生禹。帝乃命禹率布土以定九州。〔註9〕

正面的例子如《呂氏春秋‧順民篇》云：

> 昔者湯克夏而正天下，天下旱五年不收，湯乃以身禱於桑林，曰：「余
> 一人有罪，無及萬夫；萬夫有罪，在余一人。無以一人之不敏，使

〔註8〕漢‧高誘：《淮南子注》（世界，民國67年3月七版），頁89。
〔註9〕同註4，頁472。

上帝鬼神傷民之命。」於是翦其髮，䶢其手，以身爲犧牲，用祈福

於上帝，民乃甚說，雨乃大至，則湯達乎鬼神之化、人事之傳也。

〔註10〕

遇洪水，一逢人旱，兩者皆欲改變天帝的成命，但採用的行爲不同，結局也大相逕庭──竊取息壤者橫遭殺戮，以身爲犧牲者精誠感天。對於夏、商兩代的人們而言，這兩則神話各富教育價值，因爲它們都指出了一些道德標準。

至於魏晉志怪小說中的神話故事部份，雖然還保留了一些附言異能奇事的動植物神話和遠方異國神話，但文明逐漸演進，社會已經開化，它們不復具有在原始社會中教育初民知所避就的功能，大抵僅存增廣見聞的用處，在魏晉時代的人們看來，它們可能只是一些特殊的傳聞而已。對於魏晉時代的人們具有影響力的記載，變成了禍徵咎兆、妖魅精怪、鬼神靈異、服食求仙等事，所以古代神話原有積極作用的教育價值面臨沒落後，代之而起的是尚存幾分賞善罰惡教育意味的迷信散播。而鯀竊帝之息壤以堙洪水及湯以身爲犧牲禱於桑林的神話故事，魏晉志怪小說也有記載，但所述已較簡略，如《博物志》云：「昔彼高陽，是生伯鯀，布土，取帝之息壤，以填洪水。」〔註11〕不著「竊」字，也未交代下場，原本隱含的道德規範顯然已被忽視或者道德角度已有改變。可見從古代神話到魏晉志怪小說，賦有教育價值的社會功能也已然跌落。

經由以上的探討，可以得知古代神話在原始社會中確實發揮了不可缺少的功能──滿足內心慾望、穩定力量、教育價值。但降及魏晉志怪小說，其中的神話故事部份，雖然還大致保存著古代神話的內容，原有的社會功卻已然衰退、沒落甚至消失了；而其中的禍徵咎兆、鬼神靈異、妖魅精怪、修道服食等部份，對於魏晉時代的人們而言，猶如古代神話之於初民，發揮了類似而有限的社會功能，但也已不若古代神話在原始社會中的全面性影響。

〔註10〕《呂氏春秋》（中華，民國71年4月臺五版），卷九，葉三後～四後。

〔註11〕范寧：《博物志校證》（明文，民國73年7月再版），卷六〈人名考〉，頁71。

結　論

　　魏晉志怪小說與古代神話的關係可以總結如下：

　　內容取材方面，魏晉志怪小說中有很多神話故事完全因襲古代神話和早期歷史傳說，也有很多神話故事雖遺繼承痕跡卻已歷經演變，至於演進的強弱或變化的輕重，各自不同，不一而足。

　　形式結構方面，兩者之間始終不變而一脈相傳的是質樸平淺、簡勁明快、超現實想像的風格以及平鋪直敘、布局緊湊的結構；但古代神話中偶爾出現的倒敘情形，魏晉志怪小說未見。而篇幅、體製、技巧各點，魏晉志怪小說中的神話故事部份是繼承古代神話而來，面貌依舊；至於魏晉志怪小說的其他部份則已朝著演進化的方向邁步，擴充篇幅，建立獨特的體製，並且注意細節和懸疑等其他小說技巧。

　　思想性質方面，魏晉志怪小說的變形神話故事部份，依然保持著古代變形神話的內容與精神；而附會禍徵咎兆的種種反常變化、異產，妖魅精怪的作祟患害，和修道成仙的神通本領等部份，雖已喪失古代變形神話的精神與意義，但變化思想本身仍流行不衰，甚至越演越盛。又魏晉志怪小說中所表現的鬼魂信仰，上承我國古代傳統觀念，直與原始宗教聲息相通，但已趨繁複，可謂源遠而流長。還有魏晉志怪小說中碩果僅存的感生神話故事，承續《詩經》、《楚辭》、《史記》的傳聞而來，正與圖騰現象及制度相符，可知起源更早。

　　社會功能方面，魏晉志怪小說中的神話故事部份對於魏晉時代的人們而言，已不復如古代神話之於初民存在著滿足內心慾望、穩定力量、教育價值等功能，代之而起的是禍徵咎兆、鬼魂靈異、妖魅精怪、修道服食等部份，發揮著類似而有限的功能。

　　因此，我們可以證實魏晉志怪小說和古代神話之間的關係，篤定地宣稱魏晉志怪小說是繼承古代神話而加以演變的。

主要參考書目

一、專　著

1. 《十三經注疏》，藝文印書館。
2. 《詩經釋義》，屈萬里，中國文化大學出版部。
3. 《左傳會箋》，竹添光鴻，鳳凰出版社。
4. 《國語》，春秋・左丘明，臺灣中華書局。
5. 《莊子集釋》，清・郭慶藩，河洛圖書出版社。
6. 《墨子閒詁》，清・孫詒讓，河洛圖書出版社。
7. 《呂氏春秋》，秦・呂不韋，臺灣中華書局。
8. 《淮南子注》，漢・高誘，世界書局。
9. 《列子》，晉・張湛注，藝文印書館。
10. 《新校本史記三家注》，鼎文書局。
11. 《漢書》，鼎文書局。
12. 《後漢書》，鼎文書局。
13. 《三國志》，鼎文書局。
14. 《晉書》，鼎文書局。
15. 《文選》，梁・昭明太子，藝文印書館。
16. 《風俗通義校注》，王利器，明文書局。
17. 《四庫全書總目》，漢京文化事業有限公司。
18. 《說文解字注》，清・段玉裁，藝文印書館。
19. 《山海經箋疏》，郝懿行，藝文印書館。
20. 《山海經校注》，袁珂，里仁書局。

21. 《楚辭補註》，宋‧洪興祖，藝文印書館。

22. 《穆天子傳》，臺灣中華書局。

23. 《百部叢書集成》，藝文印書館。

24. 《太平廣記》，宋‧李昉編，文史哲出版社。

25. 《博物志》，晉‧張華，臺灣中華書局。

26. 《博物志校證》，范寧，明文書局。

27. 《搜神記》，晉‧干寶，里仁書局。

28. 《搜神記校注》，許建新，師大碩士論文（民國63年）。

29. 《搜神後記》，汪紹楹校注，木鐸出版社。

30. 《古小說鉤沈》，魯迅。

31. 《漢魏六朝小說選》，葉慶炳，弘道文化事業有限公司。

32. 《偽書通考》，宏業書局。

33. 《中國文學發展史》，劉大杰，華正書局。

34. 《中國文學史》，葉慶炳，弘道文化事業有限公司。

35. 《中國文學史參考資料》，里仁書局。

36. 《中國文學研究》，國泰文化事業有限公司。

37. 《中古文學史論》，王瑤，長安出版社。

38. 《中國小說史略》，魯迅。

39. 《中國小說史》，范煙橋，漢京文化事業有限公司。

40. 《中國小說史》，孟瑤，傳記文學出版社。

41. 《中國古典小說藝術欣賞》，賈文昭‧徐召勛，里仁書局。

42. 《中國古典小說研究專集（第一～六冊）》，聯經出版事業公司。

43. 《古典小說散論》，樂蘅軍，純文學出版社。

44. 《古典小說論評》，葉慶炳，幼獅文化事業公司。

45. 《魏晉南北朝小說》，劉葉秋，木鐸出版社。

46. 《魏晉南北朝志怪小說研究》，王國良，文史哲出版社。

47. 《六朝小說之研究》，全寅初，臺大碩士論文（民國60年度）。

48. 《六朝志怪小說研究》，周次吉，政大碩士論文（民國60年）。

49. 《搜神後記研究》，王國良，文史哲出版社。

50. 《古小說簡目》，程毅中，龍田出版社。

51. 《管錐編》，錢鍾書，香港太平圖書公司。

52. 《中國古典文學論叢——神話與小說之部》，中外文學月刊社。

53. 《中國神話研究》，玄珠。

54. 《中國古代神話（甲編三種)》，里仁書局。

55. 《中國古代神話研究》，森安太郎（王孝廉譯），地平線出版社。

56. 《中國神話》，白川靜（王孝廉譯），長安出版社。

57. 《中國的神話與傳說》，王孝廉，聯經出版事業公司。

58. 《神話與詩》，聞一多。

59. 《古神話選釋》，長安出版社。

60. 《從比較神話到文學》，古添洪・陳慧樺編著，東大圖書公司。

61. 《神話的故鄉——山海經》，李豐楙，時報文化出版事業有限公司。

62. 《花與花神——中國的神話與人文》，王孝廉，洪範書店。

63. 《師徒・神話及其他》，李亦園，正中書局。

64. 《漢鏡所反映的神話傳說與神仙思想》，張金儀，國立故宮博物院。

65. 《神話・禮儀・文學》，陳炳良，聯經出版事業公司。

66. 《關於桑樹的神話與傳說》，鄭清茂，臺大碩士論文（民國 47 年）。

67. 《楚辭神話之分類及其相關神話研究》，宣釘奎，臺大碩士論文（民國 71 年度）。

68. 《中國古代神話中的悲劇英雄》，金善子，臺大碩士論文（民國 73 年度）。

69. 《山海經神話系統》，杜而未，學生書局。

70. 《神話論》，林惠祥，臺灣商務印書館。

71. 《神話與意義》，李維斯陀（王維蘭譯），時報文化出版事業有限公司。

72. 《神話與文學》，William Righter（何文敬譯），成文出版社有限公司。

73. 《國家的神話》，卡西勒（黃漢青・陳衛平譯），成均出版社。

74. 《結構主義之父——李維史陀》，艾德蒙・李區（黃道琳譯），桂冠圖書公司。

75. 《圖騰與禁忌》，佛洛依德（楊庸一・林克明譯），志文出版社。

76. 《巫術、科學與宗教》，馬凌諾斯基（朱岑樓譯），協志工業叢書出版股份有限公司。

77. 《文化人類學》，林惠祥，臺灣商務印書館。

78. 《文學論》，韋勒克、華倫（王夢鷗、許國衡譯），志文出版社。

79. 《迷信》，費鴻年編，臺灣商務印書館。

80. 《社會學》，柯尼格博士（朱岑樓譯），協志工業叢書出版股份有限公司。

81. 《中國古代社會史》，李宗桐，華岡出版有限公司。

82. 《中國古代社會研究》，郭鼎堂。

83. 《中國文明的開始》，李濟（萬家保譯），臺灣商務印書館。

84. 《中國青銅時代》，張光直，聯經出版事業公司。

85. 《中國歷史紀年表》，華世出版社。

86. 《國史大綱》，錢穆，國立編譯館。

87. 《中國通史》，傅樂成，大中國圖書公司。

88. 《古史辨》，開明書店。

89. 《中國上古史綱》，張蔭麟，里仁書局。

90. 《中國上古論文選集》，杜正勝編，華世出版社。

91. 《先秦文史資料考辨》，屈萬里，聯經出版事業公司。

92. 《先秦所述上古史料研究》，李偉泰，臺大博士論文（民國 65 年度）。

93. 《馬王堆漢墓》，弘文館出版社。

94. 《卜辭綜述》，陳夢家。

95. 《金文詁林》，周法高主編，香港中文大學。

96. 《金文詁林讀後記》，李孝定，中央研究院歷史語言研究所。

97. 《魏晉思想（甲編五種）》，里仁書局。

98. *Mythology*, Edith Hamilton，書林出版有限公司。

99. *Myth and Literature*, William Righter，成文出版社有限公司。

100. *Myth and Meaning*, Claude Lēvi-Strauss，書林出版有限公司。

101. *An Essay On Man*, Ernst Cassirer，雙葉書店。

102. *Myth and Reality*, Mircea Eliade, Harper Colophon Books.

103. *Myth：A Symposium*, Edited by Thomas A. Sebeok, Indiana University Press.

104. *Quest For Myth*, Richard Chase, Louisiana State University Press.

二、期刊論文

1. 〈六朝志怪與小說的誕生〉，Kenneth J. De Woskin（賴瑞和譯），《中外文學》第九十九期。

2. 〈談有關六朝小說的幾個問題——《六朝志怪與小說的誕生》讀後〉，王國良，《中外文學》第一○三期。

3. 〈六朝鬼神怪異小說與時代背景的關係〉，吳宏一，《現代文學》第四十四期

4. 〈評《古小說鉤沈》——兼論有關六朝小說的資料〉，前野直彬（前田一惠譯），《中外文學》第九十三期。

5. 〈閱微草堂筆記和六朝志怪的關係及比較〉，賴芳伶，《中外文學》第四

十九期。

6. 〈山海經新證〉，史景成，《書目季刊》第三卷第一、二期。

7. 〈商代的神話與巫術〉，陳夢家，燕京學報第二十期。

8. 〈中國創世神話之分析與古史研究〉，張光直，《中央研究院民族學研究所集刊》第八期。

9. 〈商周神話之分類〉，張光直，《中央研究院民族學研究所集利》第十四期。

10. 〈商周神話與美術中所見人與動物關係之演變〉，張光直，《中央研究院民族學研究所集刊》第十六期。

11. 〈由困境到紓解——中國神話簡臆〉，林保淳，《中外文學》第一五八期。

12. 〈死與再生——原型回歸的神話主題與古代時間信仰〉，王孝廉，《古典文學》第七集。

13. 〈中國神話與希臘神話中道德觀之差異〉，湯雄飛，《中外文學》第九十一期。

14. 〈中西文學裏的火神研究〉，陳鵬翔，《中外文學》第五十期。

15. 〈臺灣土著民族射日神話之分析——兼論中國射日神話羿所射為月說〉，林衡立，《中央研究院民族學研究所集刊》第十三期。

16. 〈九歌山鬼考〉，孫作雲，清華學報第十一卷第四期。

17. 〈聖與俗——「九歌」新研〉，陳炳良，《中外文學》第一五三期。

18. 〈陶淵明「讀《山海經》十三首」的神話世界初探〉，林明德，《中外文學》第五十期。

19. 〈中國遠古時代儀式生活的若干資料〉，張光直，《中央研究院民族學研究所集刊》第九期。

20. 〈公元前五千年到一萬年前中國遠古文化資料〉，林衡立，《中央研究院民族學研究所集刊》第四十六期。

21. 〈創世神話之行為學的研究——神話病原學創議〉，林衡立，《中央研究院民族學研究所集刊》第十四期。

22. 〈新神話‧新需要〉，Gerald Clarke（冶冶譯），《中外文學》第一期。

23. 〈文學的原型〉，Northrop Frye（高錦雪譯），《中外文學》第七十期。

24. 〈原始類型的再斟酌〉，Paula Johnson（范國生譯），《中外文學》第六十七期。

25. 〈他山之石：比較文學、方法、批評與中國文學研究〉，袁鶴翔，《中外文學》第五十六期。

26. The Place of The Sun Myth In The Evaluation of Chinese Mytholog, Inez de Beauclair，《中央研究院民族學研究所集刊》第十三期。

27. Symbolism of Evil In China：The K'ung-Chia Myth Analyzed, Whalen Lai, History of Religions, 1984.

28. Deviation of Mythical Symbols,Hen-Li Lin，《中央研究院民族學研究所集刊》第十八期。

中國神話傳說中的兩性社會地位之演進研究

康靜宜　著

作者簡介

康靜宜，高雄市人，淡江大學中文系學士、碩士，高雄師範大學國文所博士，現任國立高雄大學及高雄市立空中大學兼任講師。著有《中國神話傳說中的兩性社會地位之演進研究》及〈論《肉蒲團》的兩性性心理描寫〉、〈專情與負情的拉鋸　論漢樂府詩中女性的愛情表現〉、〈孔子仕隱思想與士人仕隱行為析探　以諸葛亮、阮籍、陶淵明為例〉、〈元代以前的童謠語文形式析論〉等論文數十篇，近年致力於中國古代神話傳說、小說及童謠的研究。

提　　要

　　本篇論文的研究主旨，在於探討兩性社會地位之演變情形。本文以中國典籍所載之神話故事及少數民族之口頭傳說為研究文本，由神話傳說所反映之婚姻型態的演進，勾畫兩性社會地位之演進軌跡，進而析論影響兩性社會地位變化的因素。

　　本文以母系社會演變至父系社會的過程，作為章節安排之順序；以中國神話傳說所反映之婚姻制度，以及析論圖騰神話之演變，作為二大論述主軸；第一章將論文研究做一前導式的說明，第二章至第四章由神話傳說所呈現之婚姻制度，探討兩性社會地位的演進情形，第五章至第六章藉由析論圖騰神話之演變，探索兩性社會地位之演變過程。

　　論文研究成果及結論：

　　一、兩性婚姻關係：由男女群居雜游的狀態，演變為一群男子和一女子之群婚關係，初為家族血緣群婚，後演變為族外群婚；進而逐漸減少配偶數目，形成二夫二妻之對偶婚，再進而為一夫一妻之專偶婚。

　　二、社會型態：由母系社會演變為父系社會。感生類型神話及女神神話，反映出以女性崇拜及群婚制度為特點之母系社會，而圖騰神話之男祖觀念的萌芽，以及棄子類型神話之張顯，說明了父系社會之形成與其特質。

　　三、兩性社會地位之演進形成消長之勢：由母系社會演變為父系社會的過程中，男女兩性社會地位呈現一長一消之勢。以唯物觀點而言，生活物質生產與人類自身的生產是促進兩性社會地位演變的二大因素，而中國早熟的人倫禮教思想，亦是影響兩性社會地位的重要因素。

目

次

第一章　緒　論 ……………………………………………… 1

第一節　論文的命題 ………………………………………… 1

　一、兩性社會地位界說 …………………………………… 1

　二、以中國神話傳說爲研究文本之意義 ……………… 1

第二節　研究動機與文獻探究 …………………………… 3

　一、研究動機 ……………………………………………… 3

　二、文獻探究 ……………………………………………… 4

第三節　研究進路與本文論述結構 ……………………… 6

　一、研究進路 ……………………………………………… 6

　二、本文論述結構 ………………………………………… 6

第二章　母系社會之形成 ………………………………… 9

第一節　群婚制 ……………………………………………… 10

　一、典籍上的雜游記載 …………………………………… 11

　二、感生神話的投射 ……………………………………… 12

第二節　女性地位崇高 …………………………………… 18

　一、初民的願望──多產與多殖 ……………………… 18

　二、生殖與女性崇拜之聯結 …………………………… 19

第三節　女性崇拜概況 …………………………………… 20

一、民知其母，不知其父 ……………………… 20

二、女神神話的意涵 ……………………………… 20

第四節　小　結 …………………………………… 28

第三章　母系社會的血緣內婚制 ……………… 29

第一節　兄妹婚神話對血緣內婚制的呈現 …… 29

第二節　洪水兄妹婚類型神話析論 …………… 49

一、非血緣婚觀念的呈現 ………………………… 49

二、非血緣婚觀念的產生原因 …………………… 51

第三節　小　結 …………………………………… 55

第四章　從內婚制到外婚制 …………………… 57

第一節　婚姻制度的轉化 ………………………… 58

第二節　圖騰文化在婚制轉化中的作用 ……… 62

一、圖騰名稱具有識別族群的作用 ……………… 64

二、圖騰外婚具有制裁族內婚的效力 …………… 64

三、圖騰禁忌的心理作用 ………………………… 66

第三節　小　結 …………………………………… 67

第五章　由圖騰神話析論兩性社會地位的演變 … 69

第一節　始祖由圖騰物所生或所變的神話 …… 70

第二節　始祖由女子感圖騰物而生的神話 …… 74

一、女子接觸動植物或無生命物而孕 …………… 74

二、女子吞食卵或果實而孕 ……………………… 76

第三節　女子與雄性圖騰物婚配的神話 ……… 79

第四節　男子與雌性圖騰物婚配的神話 ……… 85

第五節　小　結 …………………………………… 88

第六章　父系社會的兩性婚姻關係 …………… 91

第一節　父系社會之形成與其特質 …………… 92

一、婚嫁制度的轉變 ……………………………… 92

二、棄子神話的意涵 ……………………………… 97

第二節　父系社會之婚姻制度 ………………… 102

第三節　小　結 ………………………………… 104

第七章　結　論 ………………………………… 105

參考書目 ………………………………………… 113

第一章　緒　論

第一節　論文的命題

一、兩性社會地位界說

　　本文所要探討的兩性社會地位，是指在社會的風俗或法律所認可的婚姻制度中，其具有婚姻關係的兩性之社會地位。

　　根據文化人類學的理論，婚姻乃是人類社會成立的最重要的條件，而婚姻制度的轉變也會影響社會形態的變化，所以婚姻與社會組織具有密不可分的關係。又魏士特馬克（Edward Westermarck）在《人類婚姻史》（The History of Human Marriage）中說：「所謂婚姻，是一個或一個以上的男人與一個或一個以上的女人發生的關係，這種關係是風俗或法律所承認者，並含有某種權利與義務於兩方，以及由此而生的小孩之間。」〔註1〕所以，婚姻可視為個人獲得某種社會合法地位的手段，而由婚姻關係所生的每一個小孩，也能取得社會組織中的地位。基於婚姻制度與社會形態具有相互作用的特性，因此，透過婚姻制度之演進研究，可探究具有婚姻關係的兩性，其社會地位演進的情形。

二、以中國神話傳說為研究文本之意義

　　男女兩性的關係是極為密切的，且其發生具有悠久的歷史，如《易‧序卦》曰：「有天地然後有萬物，有萬物然後有男女。」《易‧繫辭》亦云：「天

〔註1〕引自陳國鈞著，《文化人類學》（台北：三民書局出版社，1992年），頁129。

地絪縕，萬物化醇；男女構精，萬物化生。」兩性關係發生的時空是如此的
緲遠，那是尚未有文字的時代，所以我們不可能找到當時的史料文獻；在沒
有可供探究的史料之情況下，加上目前考古挖掘的資料也相當有限，要研究
遠古之兩性關係的演變，大概只能從古代流傳下來的神話傳說入手了，而現
代即使是在極為封閉、原始的部落中，我們也難以找到像遠古男女雜居群婚
的例子，唯有從神話保留的遠古記憶中，去探究原始社會的兩性關係。

　　筆者選擇神話傳說作為論文之研究文本，乃基於以下三個神話學派之神
話界說：

（一）人類學派

　　主要以未開化或半開化的民族作考察、研究的對象。以英國 E. B.泰勒
（Edward Burnett Tylor 1832～1917）為代表，他在《原始文化》中提出神話是
現實生活的反映。他說：「外部事情對於內在心靈的作用，不僅導致事實的陳
述，而且導致神話的形成。」〔註 2〕又說：「神話是其作者的歷史，而不是其
自身內容的歷史。神話記錄的不是超人英雄的生活，而是富於想像力的民族
的生活。」〔註 3〕

　　我國神話研究者茅盾亦服膺於人類學派，他說：「所謂『神話』者，原來
是初民的知識的積累，其中有初民的宇宙觀，宗教思想，道德標準，民族歷
史最初期的傳說，並對於自然界的認識等等。」〔註 4〕後來進一步又說：「各
民族的神話是各民族在上古時代（或原始時代）的生活和思想的產物。神話
所述者，是『神們的行事』，但是這些『神們』不是憑空跳出來的，而是原始
人民的生活狀況和心理狀況之必然的產物。」〔註 5〕

　　筆者採用中國境內許多未開化與半開化之民族口頭傳說，即是基於人類
學派所提出「神話是現實生活的反映」的觀點。

（二）心理分析學派

　　筆者採用此派瑞士學者 C. G. 榮格（1875～1961）之「集體無意識」觀
點，他認為集體無意識的內容是「原型」，即是「原始意象」，「原型無論是神
怪，是人，還是一個過程，都是人類永遠重複著的經驗的沈澱物，都總是在

〔註 2〕見《原始文化》卷二（北京：三聯書店，1962 年版），頁 404。
〔註 3〕同上書，卷一，頁 306。
〔註 4〕見茅盾著，《中國神話研究 ABC》，上海書店出版，頁 4。
〔註 5〕見同上書，頁 5。

歷史進程中反覆出現的一個形象，它基本上是神話的形象。」〔註6〕

　　此學派對神話的本質進行心理學研究，可以幫助我們理解神話所涉及之人類思維活動的普遍規律，同時，也說明了神話具有蘊含人類集體思維的特質，因此，筆者能籍由統計神話傳說中具有普遍規律的情節，進行初民意識形態之探討。

（三）社會學派

　　此派代表者法國 D. 埃米爾（1858～1917），他提出：「神話的基本主題是人類社會生活的投影，而非自然界的投影，其中的自然界也是社會化世界的反映。」〔註7〕他強調「神話是人類集體的產物，爲整個社會集體所擁有，在整個社會集體中流傳，而非個人的東西」。〔註8〕

　　德國恩斯特・卡西爾（Ernst Cassirer 1874～1945）也認爲：「在神話的思想和想像中，我們不可能與個人的自述相遇，神話是人類社會經驗的反射。」〔註9〕

　　社會學派認爲神話是人類社會生活的反射，及人類集體精神的體現，在沒有任何遠古時期的史料之下，具有社會學派所言特質的神話傳說，正可以做爲研究遠古社會生活的材料。

　　作爲本論文之研究文本的中國神話傳說，並不限於漢族古籍所載之神話故事，還包括流傳於各少數民族之傳說故事。筆者鑑於古籍之神話記載乃出自封建社會，難免有文明社會色彩附著其上，因而湮滅質樸的遠古事跡，故此，亦大量採用流傳於少數民族口頭中的傳說，因爲有些部落目前尚處於原始狀態，其口頭傳說反較文明社會之記載，更接近遠古事實。

第二節　研究動機與文獻探究

一、研究動機

　　在九〇年代的今天，兩性關係仍是眾所爭論的話題。因爲男女關係是人人不能避免的人生基本現象，所以一切人生問題和社會制度都會影響到兩性

〔註6〕引自劉城淮著，《中國上古神話通論》（雲南人民出版社，1992 年），頁 17。
〔註7〕引自劉城淮著，《中國上古神話通論》（雲南人民出版社，1992 年），頁 18。
〔註8〕引自同上書，頁 18。
〔註9〕見《國家的神話》（台北：桂冠圖書公司出版，1994 年），頁 55。

關係；而分析兩性關係，也會發現蘊含其中的社會風俗及民族性格。

在現代高度競爭的工業社會中，現實社會的環境已與往日大不相同，女性接受高等教育的比例增高，女性也走出家庭，參與勞動生產及公共事務的決策，故此，兩性角色必須重新定位以適應社會潮流；然而，面對當前社會急遽的發展，以及傳統社會價值觀的延續，往往兩性在新關係的體認上產生差距，出現溝通不良的現象，為了促進社進步及人類和諧；於是探討兩性關係，並且溝通兩性以達成共識，乃是當今重要的課題。

面對當今社會的兩性衝突，筆者深感疑惑與遺憾，天地間的二類人——男人與女人，應當如《山海經·西山經》所載之比翼鳥，其云：「有鳥焉，其狀如鳧，而一翼一目，相得乃飛，名曰蠻蠻。」〔註10〕世間男女恰似比翼鳥，兩性各自擁有的特質，正是對方所缺乏的另一半，應該彼此相輔相成，促進人類生活美滿。

筆者鑑於當今兩性問題之爭議甚囂塵上、莫衷一是，尋思由歷史的發展軌跡中，發現兩性關係的演變因素，提供作為兩性問題的思考點；但是，有文字記載的歷史，均已步入文明的封建社會，欲探究沒有史料記錄的遠古時代之兩性關係，筆者擬以具有反映現實生活特質的神話傳說做為研究文本，以研究兩性關係之演變。

二、文獻探究

本論文的研究主旨是在探究兩性社會地位的演進。

在神話傳說之文本資料方面，有袁珂撰述《中國神話傳話》〔註11〕，他用夾敘夾議的筆法，將先前原各不相干、散落在大量古籍裡的神話連綴起來，編寫成有一定系統性、形象性的故事；另外，袁珂著《古神話選釋》〔註12〕，匯編《中國神話傳說辭典》〔註13〕、《中國神話資料萃編》等著述，便利筆者搜尋古籍記載之神話。關於各民族的口頭傳說資料，雲南人民出版社曾採集各民族之神話傳說，按民族分類，分別編輯成冊；近年上海文藝出版社也組織田野調查小組，擴大採訪、記錄各民族之傳說，編纂成《中華民族故事大

〔註10〕蠻蠻：郭璞云：「比翼鳥也，色青赤，不比不能飛，《爾雅》作鶼鶼鳥也。」
　　　　《山海經·海外南經》亦云：「比翼鳥在其東，其為鳥青、赤，兩鳥比翼。」
〔註11〕台北：里仁書局出版，1995年版。
〔註12〕台北：長安出版社，1982年版。
〔註13〕台北：華世出版社，1987年版。

系》（凡十六冊，1995 年 12 月版）；另外陶陽和鍾秀節錄刊登於各雜誌叢刊之傳說，按主題分類，編成《中國神話》一書〔註 14〕；又東方出版社按神話主題分類編卷，出版《中國神話大觀》（1997 年版）。本論文所採用之少數民族傳說，多出白上述叢書。

前人在兩性社會關係議題的論述方面，多著重於討論洪水兄妹婚神話之內婚制，在馬昌儀編輯的《中國神話學文論選萃》〔註 15〕中，有數篇精闢的論述；關於感生神話及棄子神話之論述，則有蕭兵所著《太陽英雄神話的奇蹟》之壹、貳冊〔註 16〕；關於圖騰文化之論述，則有何星亮著《圖騰文化與人類諸文化的起源》〔註 17〕、高明強著《神祕的圖騰》〔註 18〕。以上這些論述都有其獨到之處，但都著重於單一類型神話的探討，僅論及兩性社會關係演進過程中的某一現象，難以完整呈現兩性關係的演進情形。

外國學者對兩性關係的演進，有一些令人激賞的論著，如：法國魯妥努（Charles Letourneau 1831～1902）著《男女關係的進化》〔註 19〕；美國路易斯・亨利・摩爾根（Lewis H. Morgan 1818～1881）著《古代社會》〔註 20〕；德國恩格斯著《家庭、私有制和國家的起源》〔註 21〕。上述論著提供筆者許多思考路徑，然而他們都以外國原始部落之觀察作為理論依據，與我國之情形，恐怕有些出入；另外，我國有許多關於婚俗、婚制演變之論著，大多用民俗學資料，缺乏神話傳說的論證；宋兆麟於 1997 年出版新著《中國生育、性、巫術》〔註 22〕，與本論文之研究內容頗為相契，然而其旨非在探討兩性關係，其中夾議許多宗教上的民俗研究。

前人在類型神話之研究上，卓然有成；在婚姻制度及婚俗之探究上，成果豐碩，然而，目前我國尚無以一系列類型神話傳說，探究兩性婚姻及社會地位之演進情形之作，筆者有鑑於此，站在前人研究之基礎上，試圖朝此一方向努力。

〔註14〕上海文藝出版社，1994 年版。
〔註15〕北京：中國廣播電視出版社，1995 年版。
〔註16〕台北：桂冠圖書公司出版，1992 年版。
〔註17〕北京：中國文聯出版公司，1991 年版。
〔註18〕江蘇人民出版社，1989 年版。
〔註19〕上海文化出版社，1989 年版。
〔註20〕北京：商務印書館，1995 年版。
〔註21〕台北：谷風出版社，1989 年版。
〔註22〕台北：漢忠文化出版，1997 年 9 月版。

第三節　研究進路與本文論述結構

一、研究進路

　　筆者首先擬出審核兩性社會關係的元素——婚姻形態、子女與兩性之關係、母權、父權；再分析、整理中國神話傳說，抽出具有上述元素之神話類型——感生神話、兄妹婚神話、搶奪婚神話、棄子神話、女神神話、男神神話、圖騰神話，以作為本論文之文本類型神話。

　　蒐籮上述之文本類型神話，再分析每一類型神話之情節，運用統計分析法，找出每一類型神話所具有的情節特徵，再由各類型神話之情節特徵，推論該類型神話之男女關係。

　　最後，涉獵原始社會史知識，以社會文化史觀切入文本資料，從而安排文本型類型神話之順序，由文本類型神話之析論順序，進而探究遠古兩性社會地位之演進情形。

二、本文論述結構

　　本文以母系社會演變至父系社會的過程，作為章節安排之順序；以中國神話傳說所反映之婚姻制度，以及圖騰神話作為二大論述主軸，為一章將論文研究做一前導式的說明，第二章至第四章由神話傳說所呈現之婚姻制度，探討兩性社會地位的演進情形，第五章及第六章藉由圖騰神話之演變析論，探索兩性社會地位之演變過程。

　　本文各章節之論述內容，簡述如下：

　　（一）第一章緒論，解釋以中國神話傳說為研究文本之意義，同時將本論文之研究動機、研究方法及論述結構作一前導式的說明。

　　（二）第二章母系社會之形成，藉由感生神話及女神神話之析論，以說明女性之生殖天職及對群體生活資源之貢獻，是女性為初民所崇拜的重要原因，而女性崇拜及群婚制度是母系社會形成的基礎。

　　（三）第三章母系社會的血緣內婚制，筆者蒐集中國境內各民族之兄妹婚神話共七十一則（另附錄聞一多〈伏羲考〉之兄妹婚神話表格，共四十九則），將其故事情節以表格形式呈現，並運用統計的方法，析論兄妹婚神話所呈現之婚姻制度；另由洪水兄妹婚類型神話討論非血緣婚觀念之產生原因；藉由正反二方面加以論述血緣內婚制，以剖析血緣內婚制施行下之兩性社會

地位。

　　（四）第四章從內婚制到外婚制，本章著重於探索促成內、外婚制轉化的原因；並且析論圖騰文化在婚制轉換中的作用。

　　（五）第五章由圖騰神話析論兩性社會地位的演變，本章首先將圖騰神話加以分類，藉由剖析各類型圖騰神話之情節及其演變，以推論兩性社會地位之演進情形。

　　（六）第六章父系社會的兩性婚姻關係，首先闡述圖騰崇拜過渡到人祖崇拜之轉變，以及人祖崇拜與父系制之關聯；其次，藉由析論婚嫁制度的轉變，以及棄子神話之情節剖析，以說明父系社會之形成與其特質，並論述父系社會之兩性關係。

　　（七）第七章結論，將第二至六章所探討之兩性社會地位的演進情形，作一綜論；並針對促成兩性社會地位演變的原因，提出檢討與省視。

第二章　母系社會之形成

　　遠古之時，大約相當於傳說中的有巢氏、燧人氏時期，人類尚處於漁獵、採集的生活階段，亦即美國社會學家路易斯・亨利・摩爾根（Lewis H. Morgan）在《古代社會》〔註1〕一書中所揭示的——蒙昧時代。當時，初民未有堅實之屋舍可避風雨，未有精良的武器與野獸對抗，更沒有充裕的糧食滿足口腹之欲，所謂「含哺而熙（嬉），鼓腹而遊」〔註2〕，「其臥徐徐，其覺于于」〔註3〕，這恐怕只是後人想像之臆測而已，事實上應如《禮記・禮運篇》所說：「昔者先王未有宮室，冬則居營窟，夏則居橧巢。未有火化，食草木之實，鳥獸之肉；飲其血，茹其毛。未有麻絲，衣其羽皮。」又如《韓非子・五蠹篇》說：「上古之世，人民少而禽獸眾，人民不勝禽獸蟲蛇，……民食果蓏蚌蛤，腥臊惡臭，而傷害腹胃；民多疾病。」又《莊子・盜跖篇》說：「古者禽獸多而人民少，於是民皆巢居以避之。晝拾橡栗，暮栖木上；故名之曰有巢氏之民。」關於初民茹毛飲血，與惡劣的自然環境、兇猛的野獸搏鬥的記載，古書上比比皆是。〔註4〕

〔註1〕楊東純、馬雍、馬巨譯，《Ancient Society》，北京商務印書館出版，1995年版。
〔註2〕《莊子・馬蹄篇》描述赫胥氏之民語。而赫胥乃上古帝王。
〔註3〕《莊子・應帝王篇》。
〔註4〕關於初民生活的記載尚有：
　　　（1）《淮南子・脩務訓》說：「古者民茹草飲水，采樹木之實，食蠃蚌之肉；時多疾病毒傷之害。」
　　　（2）《墨子・節用・中篇》說：「古者人之始生，未有宮室時，因陵丘掘穴而處焉。」
　　　　　又〈辭過篇〉說：「上古之民，未知宮室時，就陵阜而居穴而處」

在原始時代，大抵是個鬥爭的世界，人和自然界的風雨雷電鬥爭，和野獸鬥爭，和同類鬥爭，如《呂氏春秋・恃君覽》說：「其民糜鹿禽獸，少有使長，長者畏壯；有力者賢，暴傲者尊；日夜相殘，無時休息，以盡其類。」即可做為這時代的投影。在這個「弱肉強食」的生活環境中，初民的壽命很短而死亡率很高，如偽《三墳》所謂「太古之人，皆壽盈易」並不符合事實，據研究，尼安德塔人平均壽命不到二十歲，山頂洞人的成年人沒有超過三十歲的，而死亡率可能高達 50%。自然的災害，意外的事故，野獸的傷害，敵人的攻擊，疾病的侵襲，這種種因素隨時隨地都有可能奪去人的生命，彼時的人類時時面臨死亡的威脅，必須結群而居，靠群體增強個體的戰鬥力，離群索居乃勢所難能。

在初民群居的生活樣貌下，首先形成母系社會形態，筆者就以下章節，由神話傳說之情節探討母系社會形成的原因。

第一節　群婚制

在原始社會早期，初民生活於草木蔽野、野獸蟲蛇的環伺之中，居洞窟巢穴，食果蓏生肉，個人想要單獨生存是不可能的，必須結成群以增加力量。比如《呂氏春秋・恃君覽》說：「凡人之性，爪牙不足以自衛，肌膚不足以捍寒暑，筋骨不足以從利辟害，勇敢不足以卻猛禁悍；然且欲裁萬物，制禽獸，服狡蟲，寒暑燥濕弗能害，不唯光有其備，而以群眾耶？群之可聚也，相與利之也。」說明為「相與利之」的需要，群居乃情勢所趨。但是原始人的群體組織尚處於幼稚階段，群體為了生存資源而經常流徙各地，其內部組織是非常渙散的。當然，對於男女兩性的關係也沒有任何限制，這時代根本談不上什麼婚姻形態，而是存在著一種隨意而雜亂的性交關係，亦即恩格斯所說的：「曾經存在過一種原始的狀態，那時部落內部盛行毫無限制的性交關係，因此每個女子屬於每個男子，同樣，每個男子屬於每個女子。」〔註5〕

據近代社會學家巴霍芬及美國摩爾根的研究，乃至於更晚的馬克思及恩

---

(3) 譙周註《墨子・節用・中篇》謂：「太古之初，人吮露精，食草木實，穴居野處。山居則食鳥獸，衣其羽皮，飲血茹毛。近水則食魚鱉螺蛤，未有火化，腥臊多害腸胃。」

〔註5〕見《家庭、私有制和國家的起源》（台北：谷風出版社，1989 年），頁30。

格斯等人的歸納推論，提出最古老、最原始的家庭形式是群婚，所謂群婚，即「整個一群男子與整個一群女子互為所有，很少有嫉妒餘地的婚姻形式。」〔註6〕在我國的上古時代，也曾經存在著群婚的事實，本文擬由典籍上的記載及感生神話的投射做為探討的場域。

一、典籍上的雜游記載

《管子・君臣下》記載：「古者未有夫婦匹配之合，野處群居，以力相征。」又《呂氏春秋・恃君覽》也說：「昔太古嘗無君矣，其民聚生群處，知母不知父，無親戚兄弟夫妻男女之別，無上下長幼之道，無進退揖讓之禮。」又《列子・湯問篇》說：「長幼儕居，不君不臣；男女雜游，不媒不娉。」《淮南子・本經訓》說：「男女群居雜處而無別。」由典籍的記載，可以為我們勾勒出一幅上古人民群居、男女雜游的圖畫，因為「未有夫婦匹配之合」，更遑論「親戚兄弟夫妻男女之別」了，在這種情形之下，男女兩性關係是極為鬆散的，彼此之間無限制的權力，男女的交遊享有極高的自由度，「男女雜遊，不媒不娉」也說明彼時無所謂婚姻的形式。

遠古男女有雜交的事實，但我們也不宜將其想像成毫無限制的雜交，試想初民在生存環境惡劣、茹毛飲血，與獸相征的情形下，人所組成的群體是很難龐大起來的，充其量是一個個為自然環境隔絕的小團體罷了，男女雜交的範圍也只能局限於所處的小團體。

在男女雜游的小團體中，要識別生父當然不容易，但對於生身之母，大概較能辨識出來，《莊子・盜拓篇》就描述此時為「民知其母，不知其父，與麋鹿共處。」而《白虎通・三綱六紀》也說：「古之時未有三綱六紀，民人但知有母，不知有父。」；「知母不知父」正是遠古男女雜游必然的現象。

《莊子・盜拓篇》記載：「民有其親死不哭，而民不非也；……民有將其親殺，其殺，而民不非也。」也反映出上古男女雜游而不辨親疏的現象，因為無法識別，也就沒有嚴肅的親屬觀念。

筆者在此引用西方學者摩爾根、恩格斯等提出的「群婚」觀念，藉以說明中國典籍所載「男女雜游，不媒不娉」、「知母不知父」的意象——在遠古時期，中國男女存在過「一群男子與一群女了互為所有」的群婚制度；此種制度並無社會法令的制約，而是出自人性本能的自然現象。

〔註 6〕同上書，恩格斯著，頁34。

二、感生神話的投射

所謂「感生」，是指神或人的誕生，不光是由於父母的媾精，而是婦人（或是處女）受了某種靈物、異象，或神靈感動的結果。所以性交的行為不是感生孕育的必要條件，女人沒有性交也可以懷孕，甚或是處女也可以懷孕生子〔註7〕。以下要討論的感生神話就是依這一觀念而言。

古傳說的三皇五帝均有感生故事，這裡分述如下：

（一）有關伏羲

1. 《史記‧三皇本紀》：「太皞庖犧氏，風姓，⋯⋯母曰華胥，履大人跡于雷澤，而生庖犧于成紀。蛇首人身。」

2. 《帝王世紀》：「燧人之世，有巨人跡出於雷澤，華胥以足履之，有娠；遂生伏羲于成紀，蛇身人首。」

3. 《詩緯‧含神霧》：「大跡出雷澤，華胥履之，生伏羲。」

4. 《孝經緯‧鉤命訣》：「華胥履跡，怪生皇犧。」

5. 《河圖‧稽命徵》：「華胥於雷澤履大人蹟而生伏羲于成紀。」

6. 《拾遺記》：「有華胥之洲，神母遊其上。有青虹繞神母久而即方滅，即覺有娠。歷十二年而生庖犧。長頭修目，龜齒龍唇，眉有白毫，髮垂委地。」

7. 《路史‧后記》一注引《寶櫝記》：「帝女游於華胥之淵，感蛇而孕，十三年而生庖犧。」

綜上所言，伏羲的誕生乃是華胥在雷澤踏大人的腳印而感孕，而《拾遺記》指稱感青虹，《路史》則謂感蛇而孕。

（二）有關神農

1. 唐司馬貞《史記‧補三皇本紀》：「炎帝神農氏，姜姓，母曰女登，有媧氏之女，為少典妃，感神龍而生炎帝，人身牛首，長於姜水，因以為姓。」

2. 《帝王世紀》：「神農母曰任姒，有媧氏女登為少典妃，游華陽，有神龍首，感生炎帝，人身牛首。」

3. 《春秋緯‧元命苞》：「少典妃安登，游於華陽，有神龍首，感之於常

〔註7〕此說法參見黃石撰，《婦女風俗考》，〈感孕說的由來〉一文（上海文藝出版社，1996 年 10 月）。

羊，生神子，人而龍顏，好耕，是爲神農。」

4. 《孝經緯・鉤命訣》：「任已感神龍，生帝魁。」

這裡明白地指出神農是少典妃感神龍而生，並非有媧氏女與帝少典交合而生。

（三）有關黃帝

1. 《史記・五帝本紀正義》：「黃帝有熊國君，……母附寶，之郊野，見大電繞北斗樞星，感而懷孕，二十四月而生黃帝於壽丘。」

2. 《帝王世紀》：「黃帝母曰附寶，見大電繞北斗樞星，照郊野，感附寶，孕二十四月，生黃帝於壽丘。」

3. 《今本竹書紀年》：「黃帝軒轅氏，母曰附寶，見大電繞北斗樞星，光照郊野，感而孕，二十五月而生帝於壽丘，弱而能言，龍顏。」

4. 《河圖・帝命驗》：「附寶出，降大靈，生帝軒。」又「附寶見大電繞北斗樞星，耀郊野感而孕，二十五月而生黃帝軒轅于壽丘。」（見《黃氏逸書考》所載）

由以上說明黃帝是母親附寶感於「大電附北斗樞星」的異象而孕。

（四）有關少昊

1. 《帝王世紀》：「少昊帝名摯，字青陽，姬姓也，母曰女節。黃帝時，有大星如虹，下流華渚，女節夢接意感，生少昊，是爲元囂。」

2. 《宋書・符瑞志》：「帝摯少昊氏，母曰女節，見星如虹，下流華渚，既而夢接意感，生少昊。」

3. 《春秋緯・元命苞》：「黃帝時，有大星如虹，下流華渚，女節夢接，意感而生白帝朱宣。」宋均注曰：「華渚，渚名也。朱宣，少昊氏。」

（五）有關顓頊

1. 《初學記》卷九引《帝王世紀》：「瑤光之星，貫月如虹，感女樞幽房之宮，生顓頊于若水。」

2. 《詩緯・含神霧》清馬驌《繹史》七引：「瑤光如蜺，貫月正白，感女樞，生顓頊。」

少昊乃是母親節見大星如虹，繼而夢接意感而生，顓頊的誕生亦有同工異曲之妙，乃「瑤光之星，貫月如虹，感女樞幽房之宮」而生。

（六）有關堯

1. 《帝王世紀》及《宋書・符瑞志》皆曰：「堯母慶都與赤龍合有娠，孕十四月而生堯。」

2. 《初學記》引《詩緯・含神霧》：「慶都感赤龍而生堯。」

3. 《春秋・合誠圖》（《繹史》九引）：「堯母慶都……年二十，寄伊長孺家，無夫。出觀山河，奄然陰風，赤龍與慶都合，有娠而生堯。」

這裡我們看到堯是母親慶都無夫生子，感赤龍而孕，而慶都的出生也是一則傳奇，乃天帝之女感雷電，血流潤大石而生。

（七）有關舜

1. 《史記・五帝本紀正義》：「瞽叟姓媯，妻曰握登，見大虹，意感而生舜於姚墟，故姓姚，目重瞳子，故曰重華，字都君，龍顏大口黑色，身長六尺一寸。」

2. 《詩緯・含神霧》：「握登感大虹，生大舜于姚墟。」《河圖緯・著命》記載類此。

3. 《尚書緯・帝命驗》：「姚氏縱華感樞。」注曰：「舜母握登，樞星之精，而生舜重華，樞如虹也」

4. 《宋書・符瑞志》：「母曰握登，見大虹，意感而生舜於姚墟。」

（八）有關禹

1. 《史記・五帝本紀正義》引《帝王世紀》：「伯禹夏后氏，姚姓也。父鯀妻修己，見流星貫昴，夢接意感。又吞神珠薏苡，胸折而生禹于石坳。」

2. 《淮南子》卷十九《修務篇》：「禹生于石。」
   高誘注曰：「禹母修己感石而生禹，折胸而出。」

3. 《吳越春秋・越王無余外傳》第六：「鯀娶于有莘氏之女，名曰女嬉，年壯未孳，嬉於砥山，得薏苡而吞之。意若爲人所感，因而妊孕，剖肋而生高密。家于西羌，地曰石紐，在蜀西川也。」

4. 清馬驌《繹史》十二引《遁甲開山圖》：「古有大禹女媧十九代孫，壽三百六十歲，入九嶽山仙飛去。后三千六百歲，堯理天下，洪水既甚，人民墊溺，大禹念之乃化生于吾紐山泉。女狄暮汲水得石子如珠，愛而吞之。有娠，十四月生子。及長能知泉源，代父鯀理洪水。堯帝知

其功如大禹知水源，乃賜曰禹。」

5.《太平御覽》八十二引揚雄《蜀王本紀》曰：「禹本汶山郡廣柔縣人，生于石紐，其地名剜兒坪。禹母吞珠孕禹，坼副而生于縣涂山，娶妻生子名啓。于今涂山有禹廟，爲其母立廟。」

（九）有關殷（商）契

1.《詩經‧商頌‧玄鳥》：「天命玄鳥，降而生商。」《詩傳》：「玄鳥，鳦也，春分玄鳥降，湯之先祖，有娀氏女簡狄配高莘氏帝，帝率與之祈於鳦下。而生商者，謂鳦遺卵，有娀氏之女簡狄，吞之而生契。」

2.《史記‧殷本紀》云：「殷契，母曰簡狄，有娀氏之女，爲帝嚳次妃，三人行浴，見玄鳥墮其卵，簡狄取吞之，因孕生契。」古注毛傳：「春分，玄鳥降，湯之先祖有娀氏女簡狄，配高辛氏，帝率與之祈於郊禖而生契。」

（十）有關周后稷（棄）

1.《詩經‧大雅‧生民》：「厥初生民，時維姜嫄。生民如何？克禋克祀，以弗無子。履帝武敏，歆，攸介攸止，載震載夙，載生載育，時維后稷。」鄭《箋》：「帝，上帝也；敏，拇也；介，左右也；夙，言之肅也。祈郊禖之時，時則有大神之跡，姜氏履之，足不能滿，履不能滿其拇指之處，心體歆歆然，其左右所止住，如有人道感己也者，于是遂有身。而肅戒不復御，後則生子而養，長名之曰棄。」另外，《帝王世紀》、《竹書紀年》、《春秋元命苞》等古籍均有相同大意的記載。

2.《史記‧周本紀》：「周后稷，名棄。其母有邰氏女，曰姜嫄。姜嫄爲帝嚳元妃。姜嫄出野，見巨人跡，心忻然說，欲踐之，踐之身動如孕者，居期而生子，以爲不祥，棄之隘巷，……因名曰棄。棄爲兒時，屹如巨人之志。」

（十一）有關秦的祖先大業

1.《史記‧秦本紀》：「秦之先帝，顓頊之苗裔，孫曰女脩。女脩織，玄鳥隕卵，女脩吞之，生子大業。」

以上是由古籍列舉出來的感生例子，傳說中的三皇五帝及夏、商、周、秦的祖先均包括其中，相信古籍中的感生事例尚有未盡收錄者，然而就以上

的資料來看，就可以知道感生神話並非特殊的單一個案，其背後應該有著深層的意義，而這正是本節要探討的重點。

歸納歷來學者對於感生神話的解釋，有如下幾種說法：

（一）認爲感生神話是產生於崇敬聖賢豪傑的心理。如三皇五帝之神通廣大、功業彪炳，以爲他們既是非常人，則其誕生之跡，必與尋常人不同，許愼《五經異義》引《春秋公羊傳》云：「聖人皆無父，感天而生。」道出聖賢誕生的神奇性。

（二）基於原始人類對自然力量的崇拜，及對於超人的信賴心理，初民認爲先聖之所以有超人的天才和力量，乃是托天而生，或感神靈而孕，絕非出自凡胎俗骨，這種觀念是出自人類的自卑情緒，以爲卑下的凡人，斷不能生產非常的超人。

（三）對於男女交合之事，我國向來持曖昧隱諱的態度，以翻雲覆雨、魚水交歡等詞替代，房中術是關起門來談的祕笈，並認爲男女媾精之生殖行爲是不登大雅的事，甚或以生殖器官、機能爲污穢不潔。古人以爲聖潔的超人，不應由不潔的器官、卑污的動作產生出來，因此製作一段神奇傳說，回避其污濁的出處。〔註8〕

以上三點雖然言之成理，但仔細推敲，不難發現都犯了拿文明人的心理來解釋初民的觀念與傳說的謬誤，第（一）、（二）點是後人揣摩前人心理，參酌原始思維，而作出「想當然耳」的推論，第（三）點則完全是文明人的觀念加諸於初民身上，原始人對於男女交合之事未必有羞恥心，對於男女媾精隱諱乃是禮教產生之後，況且初民對於生殖器官及生殖行爲還有一大套崇拜信仰的文化。以上說法，均偏於主觀，與原始初民思維有差距。

（四）是政治作的謀略。

將感生神話視爲政治神話，因爲其多爲緯書所託載，是一種文明神話（即文明社會中人們出於某種現實目的而創作的神話，不同於文明社會形態中那些仍然存活於某些少數落後地區的原始神話遺留）。它是階級社會中懷著特定的政治傾向性的人們，爲了某些政治目的，借助文化傳統中的宗教思想和神話傳說資料而造作的虛構性諸神故事。〔註9〕

〔註 8〕 （一）至（三）點參考黃石撰，《婦女風俗考》，〈感孕說的由來〉一文（上海文藝出版社，1996 年 10 月）。

〔註 9〕 此說法參見冷德熙著，《超越神話──緯書政治神話研究》（北京：東方出版

　　持此說法的學者，基於前所列先聖先王的感生故事多出於緯書，如《詩・含神霧》、《孝經・鉤命訣》、《河圖・稽命徵》、《春秋・元命苞》……等，且其大量出現並受到社會的普遍重視則在西漢末季。感生神話有可能出現很早，甚至就是一種史前文化孑遺，但三皇五帝的感生故事顯然是階級社會為了某種政治目的而被整理出來的，提出作為文化英雄的聖王均感天或感神物而生，顯然是要表明聖王即使不是神，也有神性的背景，以分別聖人與凡人的層次，更加鞏固聖王凌駕於凡人之上的權威。

　　漢代高祖劉邦及明代太祖朱元璋的感生故事即是政治神話的典型，其時代已進入階級社會，而人民的生育知識已足以理解感生之不可能，故帝王的感生傳說之造作，其迷惑民智的用心昭然若揭。《春秋緯・演禮圖》曰：「天子皆五帝精寶，各有顯序，以次運相據起。」無非在說三皇五帝依次感天帝生，是名副其實的「天子」。劉邦、朱元璋乃母親感龍而生，與伏羲、神農、堯……等先帝如出一轍，其身份、地位乃是奉天承運而來。王莽篡漢、趙匡胤稱帝具體說來是通過不斷制作「符命」來實現的，符命就是讖言。所以，秦漢之後的帝王感生神話無非是政治運作的產物，而三皇五帝的感生事跡被有意識的整理出來，搖身一變，成為政治神話的代言人。

　　視感生神話為政治神話的觀點，其立論確實精闢，但是我們必須釐清三皇五帝之感生神話與秦、漢之後的帝王感生神話有所有不同，秦、漢之後的感生神話具有政治目的，乃出於偽造，而三皇五帝感生神話為其利用，並不表示上古感生神話也是出於有意識的捏造，因為託偽之作，其內容未必全偽，持第（四）種觀點的學者，也無法否認上古三皇五帝確實有感生神話的存在，只能說是被刻意重視，做為達到某種政治目的之工具。

　　感生神話並非我國古籍記載所獨有，在邊陲民族的口傳神話中亦有不少，例如：白族傳說古時有位姑娘夢與虎交，驚醒後身懷有孕；傣族始祖神話傳說一位姑娘在山野中遇到一頭雄獅，從此身懷六甲；栗僳族相傳其始祖母因食蕎而受孕；彝族傳說其祖先的誕生是因始祖母喝香芝麻稞茶而孕……等〔註10〕，不勝枚舉，非但我國少數民族有感生神話，在世界各地的原始民族亦流傳著許多感生神話，李維斯陀著《神話學》〔註11〕，及弗雷澤的《金

　　　社，1996 年 5 月），頁 40。
〔註10〕見何星亮著，《龍族的圖騰》（台北：中華書局，1993 年 8 月），頁 87～89。
〔註11〕台北：時報出版社，1995 年 4 月。

枝》〔註 12〕都蒐集了豐富的例子。有些學者提出不論是中原或邊陲民族的感生神話，均是圖騰神崇拜的孑遺，關於圖騰崇拜與感生神話的關係，筆者將於第五章討論，於此暫且不論。

感生神話既是具有眾多的例子，而產生之地域又具有普遍性，就不可能是後人憑空捏造出來的，就持政治目的之觀點來看，只能說是後人利用上古神話資料達到宣揚、詮釋的效果。總之，我們不要將初民的行為設想過高，更不要將其思維哲學化，其實感生神話反映的是初民曾有過群婚、野合的事實，前所列舉之三皇五帝之感生記載，很難清楚地稽考帝王的世系，反倒是呈現出「只知其母，不知其父」的狀態。

因為有群婚的現象，再加上初民的生育、生理知識有限，當婦女感受到胎動時，可能又與交合行為有段長時間的差距，難以將交合與懷孕產生聯想，恰巧在感受到胎動時，看到流星或者雷電，或是近日正好吞食了鳥卵或果實，就誤以為來路不明的孩子是經由感孕進入體內。

上古初民的兩性關係不嚴謹，男女雜游野合。如：伏羲母遊雷澤履大人跡、神農母遊于華陽感神龍、黃帝母于郊野感大電、堯母出觀山河與赤龍合……等，在這裡我們隱約窺見上古帝王野合而生的線索，也惟有在群婚制之下，男女野合才能普遍。

儘管有許多緯書感生神話，然而聖王感生神話仍然是根源於先秦，甚至可能是中國史前的母系社會，因為感生神話已經反映出古代有群婚的跡象。

第二節　女性地位崇高

在上古男女雜游群居的生活形態中，團體的領導者及事務的決策者往往是女性，而女性也是群體中的核心人物。探討原始社會女性地位崇高的原因，即是本節的重點，以下分二點進行論述：

一、初民的願望——多產與多殖

恩格斯在《家庭、私有制和國家的起源》序言中說：「根據唯物主義觀點，歷史中的決定性因素，歸根結蒂是直接生活的生產和再生產。但是，生產本身又有兩種，一方面是生活資料即食物、衣服、住房以及為此所必需的

〔註12〕台北：桂冠圖書公司出版，1994 年 4 月。

工具的產物；另一方面是人類自身的生產，即種的蕃衍。」〔註13〕

在原始時代，人類生存條件惡劣，人的存活率低，壽命短，而物質資源的生產需要集體的力量，要與禽獸和自然災害做鬥爭，抵禦外來侵略，求得自身安全，也需要人多勢眾，因此，人類自身生產在早期人類社會中起著十分重要的作用。

基於對物質質源及人類自身生產的實際需要，期盼物質多產與人口多殖的願望就在人們的心理發酵；但是初民不甚明瞭生活物質與大自然的關係，以及人類自身生產的奧祕，他們懵懂的以為這一切生產的背後有一最高的主宰，從而產生對自然、對造物主的崇拜，由戒慎繁瑣的祭天祈福儀式中，深刻反映出人們冀望豐衣足食的心理；對於人類自身的生產也營造出一套生殖崇拜文化，生殖崇拜文化是原始思維之一重要課題，有其種種思想因素及一連串發展衍變，在此因不涉及本文研究範圍，故不加以深入討論。

我們必須瞭解期盼多產與多殖的確是初民的願望，而「不勞動，不得食」〔註14〕、「猛獸食顓民，鷙鳥攫老弱」〔註15〕的環境是醞釀這種願望的重要因素。

二、生殖與女性崇拜之聯結

現代的生殖科學常識使我們都明白生兒育女是男女性交的結果，但原始人類並不這樣認為，他們不知道男女交合與生殖的直接因果關係。在原始人看來，生育是由於圖騰或圖騰魂進入婦女體內，導致婦女懷孕的不是男子，而是圖騰（關於圖騰與生殖的關係，筆者將於第五章深入討論），初民以為生殖只是女性自身具有的一種能力。〔註16〕

在漁獵時期，女性主要是從事採集的勞動，因為在絕大部份地區，一年四季都有各種採集對象，所以採集比狩獵的攫取經濟更穩定，因此女性的採集所得成為維持群體生活的主要物質來源，再加上初民的生育知識貧乏，僅限于對女性生殖功能的認識，衍生了對女性生殖力的崇拜，上文論及初民視生產、生殖為最大的願望，能夠達成這個大願望的人當然居人類社會之偉大地位，是女性之生殖能力及勞動生產的貢獻，昇華了女性的地位。

〔註13〕見《馬克思恩格斯選集》第四卷（北京：人民出版社 1972 年），頁 18。
〔註14〕引《白虎通・三綱六紀》。
〔註15〕引《淮南子・覽冥訓》。
〔註16〕此說參見何星亮著，《龍族的圖騰》（台北：中華書局出版），頁 85。

第三節　女性崇拜概況

　　對於原始社會的女性崇拜文化，各個學術領域都陸陸續續有所發現，如：人類考古學家在原始社會墓地的挖掘中，發現很多裸女塑像，這些塑像大多乳房豐滿、腹部凸起、臀部肥碩、陰部袒露，考古學家認爲這是原始人對女性生殖能力的崇拜；另外文字學家從古文字學的角度考釋出古人有女陰崇拜的事跡，如郭沫若〈釋祖妣〉〔註17〕即是精闢之作；民俗學家也從田野調查中，發現許多遠古女性崇拜的遺俗。然而本論文是以中國神話傳說爲研究文本，故在此不討論其他學術領域之研究成果。筆者將由神話傳說論述原始時代女性受崇拜的情況。

一、民知其母，不知其父

　　上一節提及初民不明白男女交合與生殖的因果關係，以爲生殖只是女性自身具有的一種能力，此時根本不會有「父」的概念，「天設地而民生之，當此時也，民知有母而不知有父」〔註18〕是這時代初民的想法；在關於群婚制的討論中，我們也瞭解只要存在著群婚，「知母不知父」的現象就會發生，那麼人類的群體傳承就只能從母親方面來確認，自然形成女系的社群，做爲母親的女性，在群體中的地位也因此而崇高。恩格斯就說過：「母親作爲自己子女的唯一確實可靠的親長的這種最初的地位，便爲她們，從而也爲所有婦女保證了一種自那時以來她們再也沒有佔據過的崇高的社會地位。」〔註19〕

二、女神神話的意涵

　　在中國眾多民族流傳下來的神話傳說中，有爲數不少的女神神話，筆者將所蒐集的女神神話歸納爲以下四類〔註20〕，以便於討論。

（一）創世女神神話

　　1. 新疆衛拉特蒙古的創世神話〈麥德爾娘娘創世〉〔註21〕很有特色：

〔註17〕收於《甲骨文字研究》（北京：人民出版社，1952年）。

〔註18〕見《商君書‧開塞篇》。

〔註19〕《家庭、私有制和國家的起源》第四版序言，收於《馬克思恩格斯選集》（北京：人民出版社，1972年）。

〔註20〕參考邢莉主編，《中國女性民俗文化》，〈民間文學〉一文之分類（北京：中國檔案出版社，1995年出版）。

〔註21〕選自陶陽、鍾秀著，《中國創世神話》（上海人民出版，1991年）。

　　遠古時天與地連在一起，只有須彌寶山的頂端伸出水面插入長天。女神麥德爾娘娘騎神白馬視察宇宙，見天地渾沌，不忍心人類遭難，就打馬在水上奔馳，馬蹄踏水濺起火星，燃著了宇宙間的空氣和塵上。燃燒的空氣和塵土化為灰塵撒落水面，塵積越厚，壓得水面下沈，逐漸形成大地。

　　麥德爾娘娘又派神龜馱住下落的大地。再派神男（太陽）神女（月亮）輪流圍須彌寶山轉，給人類帶來光明。須彌寶山山頂洞裡的人很小，麥德爾娘娘使他們長大長高，如同現在的人一樣，讓他們下山分散到四面八方。

　　麥德爾的一個化身潛入大地，化生萬物。給大地以生命，給人以生命，從此大地有了寒往暑來和草木枯榮的四季變化。麥德爾的另一個化身每天要三次從天上來視察大地。

2. 維吾爾族的〈女天神創世〉〔註22〕，故事說：

　　遠古時宇宙渾沌一片，沒有日月星辰，沒有地球和人類，只有一個碩大無比的女神，她伸開雙臂，就像翅膀一樣遮蓋住宇宙；她每天睡覺，閉上眼睛，宇宙便昏暗無光；睜開眼睛，宇宙便亮光閃閃；睡覺打呼嚕，電聲就響徹宇宙。

　　一次女神醒來，深深吸了口氣，把宇宙間的空氣和灰塵全部吸進肚裡。過了一會兒，她打了個噴嚏，吐出來個圓圓的東西，這東西閃爍著金光，飛起來掛在東方的天上，這就是太陽；又吐出來一個閃銀光的東西，飛起來掛在天上，這便是月亮；唾沫星子飛滿天空，就變成了星星。

　　女神又吐出一個地球，因它一直往下落，女神便派一頭神牛將它馱住，神牛用一隻角頂住了地球。神牛無處站立，女神又派了一隻神龜趴在神牛的四只蹄子底下。神龜或神牛一動，地就要動，這便是地震。

　　女神又吸了一口空氣和塵土。她打了個噴嚏，飛濺出的唾沫星子是吸進去的塵土化成的泥點子，泥點子落在地球上，變成無數小

〔註22〕選自陳鈞編著，《創世神話》（北京：東方出版社，1997年），頁374～375。

泥人，但不會動。女神又吐了一口唾沫星子化成無數小昆蟲，去推動小泥人，泥人會動之後，女神又給小泥人吹氣，使他們會説會笑和富有智慧，並使人類戰勝由昆蟲變成的妖魔鬼怪。

女神用此法又創造了山林、湖泊、飛禽和走獸等等。

3. 基諾族有〈阿膜腰白造天地〉〔註23〕的神話，阿膜腰白是基諾族傳説中的創世女神，阿膜即母親，腰是大地之意，白為翻、做。阿膜腰白直譯為「大地的母親」。

傳説很久以前，宇宙間全是茫茫的大水，水不停地流啊流，一天，在水中突然出現了一個龐然大物，這個龐然大物黑黑的，有一雙非常明亮的眼睛，眼睛裡閃出光和熱。一天，這個龐然大物突然裂開了，從裡邊出來一個力大無比的女人，她就是阿膜腰白。

阿膜腰白出來後，把那個龐然大物一半踩在腳下，一半用手撐起，上方的一半成了天，下方的一半成了地，但龐然大物的那雙又熱又亮的眼睛一直朝著地上，實在曬得受不了，於是她把其中的一只用自己的汗水抹了一下，這只眼睛就涼了下來，熱的一只眼睛成了太陽，涼的一只眼睛成了月亮。

阿膜腰白安排好天上的東西，又發現黃褐色的大地上一樣生靈也沒有，到處死氣沈沈，一片荒涼，於是她搓出手上的污垢，往地下一灑，地上就長出了青草；又照著大地吹了一口氣，氣頓時變成了風；把口水往地上的樹木吐去，口水變成了雨水；又搓下自己身上的污垢，做出了人和動物，於是天上有了飛禽，地下有了走獸，水中有了游魚。

4. 流傳於瑤族的〈密洛陀〉〔註24〕女神創世神話：

傳説幾萬年以前，密洛陀用師傅的雨帽造成天，用師傅的兩只手和兩只腳做四條柱，頂著天的四個角，用師傅的身體做大柱撐著中間，造成了天地；接著她又造大河、小河，造花草樹木，造魚

〔註23〕選自《中華民族故事大系》卷十六（上海文藝出版社，1995 年），頁 793～797。

〔註24〕選自《中華民族故事大系》卷五（上海文藝出版社，1995 年），頁 18～19。

蝦和牛馬豬雞鴨……，最後用蜜蜂變出人類來。

維吾爾族位於中國的西北方，而蒙古族分布於北至東北方，基諾族在西南方，水族、瑤族活動於南至東南方，我們發現無論在中國的東、西、南、北方均有女神創世神話，女神創世的想法並不是少數特殊的例子，而是具有普遍的性質，這由諸多民族有女神創世神話得到證明。

除了女神創世神話外，我們也在許多民族中發現男神創世的神話，但是女神創世神話在某些方面有別於男神創世神話，在上述蒙古族〈麥德爾娘娘創世〉及維吾爾族〈女天神創世〉神話中，我們看到的是一位先於宇宙存在的至上神，她來自無可名狀的宇宙，不僅造天造地，連地球也是她「吐」出來的，女神創造並安排了宇宙的生命及秩序，女神造天地是「無中生有」，運用個人的氣、水、火，展現其巨大的神力變造萬物，基諾族的阿膜腰白及瑤族的密洛陀同樣展現這樣的功力，她們對宇宙間的生命物具有超權威的支配力，可以任意支使，即使是神靈，也在她的權威籠罩之下，她甚至是創造神的至上神。

《楚辭·天問》問了個「女媧有體，孰制匠之？」的問題，意思是說：女媧做成了別人的身體，她自己的身體，又是誰做成的呢？將這個問題和其他民族的女神創世神話對照來看，這問題正好說明女神在初民的概念中是先在的至上神，正如西方的上帝，祂是造物主，祂按照自己的樣子造了人，然而卻沒有人知道上帝的來歷，也沒有人為上帝的存在提出解釋，因為祂是神，而且是至上神，至上神是神通廣大的，祂是高於一切的主宰，當然也是人類的主人，所以上帝的存在可以不同於一般人神，祂可以沒有生成緣由，祂是先在的，在初民對自然的崇拜，對不可知的力量崇拜之下，很容易就接受一個不可知的至高神的存在。

男神創世神話最有名的是三國徐整的《三五曆記》載：「天地渾沌如雞子，盤古生其中，萬八千歲，天地開闢，陽清為天，陰濁為地，盤古在其中，一日九變，神於天，聖於地。」〔註25〕又《五運歷年記》說：「首生盤古，垂死化身。氣成風雲，聲為雷霆，左眼為日，右眼為月，四肢五體為四極五嶽，血河為江河，筋脈為地里，肌肉為田土，髮髭為星晨，皮毛為草木，齒骨為金石，精髓為珠玉，汗流為雨澤，身之諸蟲，因風所感，化為黎

肬。」〔註26〕梁任昉撰《述異記》:「昔盤古氏之死也,頭爲四岳,目爲月日,脂膏爲江海,毛髮爲草木。」凡此種種,呈現在我們眼前的是一位「垂死化身」的造物神,他把身軀化爲大自然,變成世間的萬事萬物,而他自身是「渾沌如雞子」的天地所育。

　　盤古此種犧牲奉獻的英雄行徑,其氣魄是何等動人,其精神是何等浪漫,但是在這裡我們嗅到一股神秘哲學的氣味,和純樸的原始神話面目已相去甚遠,正如魯迅在《中國小說史略》〔註27〕中所說:「天地開闢之說,在中國所留遺者,已設想較高,而初民之本色不可見。」

　　布依族的〈力戛撐天〉〔註28〕也是男神創世神話,故事說:

　　　　古時天和地離得很近,人連腰杆都伸不直。巨人力戛就和大家
　　　商量把天撐起來。天被撐上去了九萬九千九百九十九丈高,地被蹬
　　　下去九萬九千九百九十九丈深。天雖撐開,但待不住,一鬆手又
　　　塌下來。力戛用左手撐住天,用右手把自己的牙齒拔下來當釘子,
　　　把天釘住。後來,力戛釘天的牙,變成了滿天的星星,拔牙流的血,
　　　變成了彩虹。他又用右手挖下自己的右眼掛在天的東邊,變成了太
　　　陽;他用左手挖下自己的左眼,掛在天的西邊,變成了月亮。力戛
　　　的一切都貢獻給世界,他落在地上死去。布依族不忘他的功勞,世
　　　世代代紀念他。

筆者將男、女神之創世神話做一統計,發現女創世神多以其巨大之神力變造萬物,是創造型(指天地、日月以及萬物均是神巨人捏製或打造出來的)居多,而男神較多以身軀化生萬物的神話,如盤古、力戛般,是以開闢型(是把原有的渾沌世界加以開闢和修理)居多;雖然男神創世神話不乏以自身神力創世的例子,如傣族的英叭、拉祜族的厄莎、栗僳族的木布帕,但不論是英叭或厄莎,均清楚交代創世祖的生成來歷,木布帕甚至還有父母妻兒,缺乏像女神創世神話那種先在的至上神,以這點來說,女神的神性權威高於男神。

　　以神之形象來看,女神是創生萬物之主,是一母親的形象,有的創世神話甚至認爲天地是一位創世母神胎生的,如貴州布依族〈古老歌〉唱道:「那

〔註26〕《繹史》卷一引。
〔註27〕台北:風雲時代出版社,1990 年。
〔註28〕選自陶陽、鍾秀著,《中國創世神話》(上海人民出版,1991 年),頁 153。

個生出天？那個生出地？那個生天亮？那個生白天和晚上？那個生月亮？那個生太陽？翁戛生天地，翁戛生天亮，生出白天和晚上，生出月亮和太陽。」〔註29〕翁戛即是布依族神話中的創世母神。苗族古歌〈金銀歌〉也唱道：「很古很古的時候，天好像一個斗笠，地好像一只簸箕，他們是那個媽媽生的呢？天是羅迪生的，地也是羅迪生的，兩個是一胎生出來的。」〔註30〕女神創世神話顯然是母系社會的觀念。

　　創世神話之男神，多以英雄形象出現，創造萬物，甚至以身軀化生萬物，更有如明末周游編撰之《開闢衍繹》將盤古形容為「左手執鑿，右手執斧，或用斧劈，或用鑿開」的創世神，創世神已非神奇的、抽象的變化萬物，而是一犧牲自己的「勞動」英雄，此種哲學化的形象已非原始神話的面目，含有謳歌人類創造世界的偉大意含〔註31〕，以初民的思維來看，女神之母親形象當早於男神之英雄形象，女神崇拜早於男神崇拜，這也是「知母不知父」時代的合理現象。

（二）自然女神神話

　　蒙古族神話〈日月起源〉〔註32〕中說：

> 美麗端莊的女神牡丹青姆帶著金鏡下凡，用金鏡在海面上磨了三千六百次，出現了太陽，用銀鏡在海面上磨了三千六百次，出現了月亮。

另外，在赫哲族的民間傳說裡〔註33〕，故事說：

> 有一個年輕、美麗的姑娘，踩著江面飄來的一塊大布，挑著一對水桶，扯著一棵柳樹飛往夜空，變成了月亮女神。

這二則神話歌頌了女性的創造精神，而女神所創造的（或所變成的）正是與人類生活息息相關的太陽和月亮，太陽所散發出的光和熱，是人類與動、植物的生命泉源，所以人類讚頌太陽；然而太陽強烈的熱力也能枯萎世間的生命，古代流傳下來的射日神話，大概是反映人類畏懼太陽的威力，想要反過

〔註29〕引自陶陽、鍾秀著，《中國創世神話》（上海人民出版，1991年），頁148。
〔註30〕引自上書，頁149。
〔註31〕此觀點參考袁珂，《古神話選釋》一書（台北：長安出版社，1982年）。
〔註32〕選自《中華民族故事大系》卷一（上海文藝出版社，1995年）。
〔註33〕同上書，卷十六。

來征服太陽的願望。另外，在滿族的洪水神話裡，有雷神媽媽、雨神媽媽、雹神媽、風神媽媽等女神。無論初民是源於讚頌或者是畏懼大自然的心理，自然女神神話都表明了初民對女神的頌揚與崇拜。

鄂倫春族有火神神話〔註 34〕，傳說火神是一位白髮蒼蒼的老太婆，有一天一位婦女褻瀆了火神，火神奶奶生了氣，為了懲罰她，讓她家裏總是點不著火，直至婦人跪地求饒後，火神才給了她火種。這則神話同樣表達了初民對大自然物又愛又怕的心理，因為火能袪寒烹食，是人類生活不可或缺的，但火也是危險的，它的威力足以摧毀一切。神話傳說以女性為火神，正好傳達此一訊息──在古代社會中，女性的地位是重要的，女性如同大自然物，是令人又愛又敬畏的對象。

（三）始母女神神話

古代流傳下來的始母女神神話很多，如：〈莫日登‧額托姑〉〔註 35〕神話，講的就是一位姓莫登的始祖母。他們說這位始祖母生了七個男孩，爾後繁衍了不少子孫，可是老祖母早就悄悄離開了他們。過了很多年，她又挨家串門，有的子孫沒有認出她而怠慢了她，她就在這些人家裡作祟，這些人家就開始供奉她。侗族也有始祖母神話，〈侗族遠祖歌〉說始祖母薩天巴生下了天，生下了地，當時天地緊緊抱在一起，於是她又生下姜夫和馬王，讓他將天地分開，她還用自己的身上之物──汗毛、蝨蛋、肉痣等造出動物、植物和人。

此外，在第一節討論的感生神話，除了反映群婚的事實之外，也同時記錄了各族之始祖母神話，比如：簡狄是生殷之始祖母、姜嫄是生周之先祖、女脩是生秦之先祖等等。此外，女媧大概是流傳最廣的始祖女神了，在《太平御覽》卷七十八引《風俗通》云：「俗說，天地開闢未有人民，女媧搏黃土作人，劇務力不暇供，乃引繩泥中，舉以為人。故富貴者黃土人，貧賤凡庸者垣人也。」而且女媧搏黃土造人的神話在漢族、彝族、納西族、白族、土家族、苗族、侗族、布依族、壯族、傣族、畬族、瑤族中均有流傳。

上述始姐母神話將女性看做生命之源，這類型神話為女性所獨有，它的

〔註34〕選自邢莉編，《中國女性民俗文化》（北京：中國檔案出版社，1995 年），頁 276。

〔註35〕同上書，頁 276。

重要性不只是在表達對女性的敬仰,同時也標識著人類的自覺意識——人類開始成為自己的祖先,而人類這一自覺意識是由女性之生命創造力所喚起的,這一點才是女性具有的劃時代意義。

（四）英雄女神神話

這一類型的神話,呈現的是一具有高尚品格及殉道精神的女性英雄。如:赫哲族的〈依勒嘎〉〔註36〕神話講的是一位為拯救部落而獻身的女英雄故事:

> 當瘟疫降臨,人類瀕臨滅絕的時候,依勒嘎射死毒蛇、猛虎,找到神花,救了鄉親的命。當西伯利亞飛來的惡龍危及部落的安全時,她又挺身而出,與惡龍博鬥,最後斬殺了惡龍,自己卻付出了生命。

在這則故事中,女性不再具有神奇的超能力,而是一有犧牲奉獻精神的女性英雄。

又滿族的〈白雲格格〉〔註37〕神話:

> 傳說白雲格格是天神阿布凱恩都里的三女兒,她身披九十九朵雲花織成的銀花衫,人們尊稱她為白雲格格,當惡神阿布凱恩都里要以洪水吞沒地下生靈時,白雲格格偷神的鑰匙,打開了聚寶宮的萬寶匣,取了天宮的一匣金沙土和一匣油沙土撒在大地上,洪水被排進溝壑,人間安居樂業。天神命她回天請罪,否則就要一年下半年大雪,白雲格格沒回天庭請罪,她流亡於人間,當大地銀裝素裹時,白雲格格化成了一棵亭亭的白樺。

神話表現了女神的善良與愛心,並將女神由天上拉到人間,使得女神的神奇色彩消失,變成更接近人間的聖者。英雄女神神話之神性消褪,顯然是較晚產生的女神神話類型,然而這並不影響女神受崇拜的情況,英雄女神神話仍是在表達對女性的讚頌。

由以上四類型之女神神話來看,女神的形象是一神通廣大的母親,她不僅能生育人類,並且是創造天地、生出萬物的母親;做為母親的女神,同時

〔註36〕選自《中華民族故事大系》卷十六（上海文藝出版社,1995年）。
〔註37〕選自《中華民族故事大系》卷四（上海文藝出版社,1995年）。

也是養育、護衛人類的神，自然女神及英雄女神的形象反映的正是人類冀求女神庇佑的願望。女神神話投射出初民對女性的崇拜，也反映出原始社會中的女性地位之崇高。

第四節　小　結

典籍上的雜游記載，可以使我們認識到上古人民群居，男女雜游的生活情形；而透過感生神話之處女生子、父親缺席的情節，呈現出「民知其母，不知其父」的現象；此二者反映了男女最初的婚姻形態——群婚制。

原始社會史顯示初民最大的願望，乃是多產物質與多殖子息，而女性正是能達成此願望的人，故在初民的意識中產生了女性崇拜，女神神話即是女性崇拜下的產物，其將女性的偉大表露無遺，在女神神話中，我們看見初民對女神的讚頌，也看見當時的女性擁有極高的權威。

其一，群婚制度的盛行，產生知母不知父的現象，因此子女歸屬母親群體；其二，女性是維持群體生存的主要人物，因此群體中的女性擁有權威，此二點正是形成母系社會的基礎。

母系社會中的男女婚姻關係，是極自由平等的，男女雙方都各自擁有一群性伴侶，彼此之間也不具有任何約束力，即使是婚姻關係中的女性，其社會地位也是較高的。

第三章　母系社會的血緣內婚制

　　在男女雜游的原始社會中，通婚關係在群體中是毫無限制的，女子可以和任何男子婚配，男子也可以和任何女子婚配，因此，也可能發生父母與子女之間、兄弟與姊妹之間的婚配現象，本章要討論的正是這種具有血緣關係的族內通婚制。

　　這裡要探討的血緣內婚制，與文明時代之階級社會所發生的血緣內婚大不相同，階級社會所產生的血緣內婚制，是統治階級為了維持血統的純潔，才實施兄弟姊妹的婚配，如古代的埃及、波斯、秘魯等均有此種現象，而本章所論之血緣內婚制，乃是在人類社會發展過程中，曾經存在過的一種婚制，有其發展的社會條件與背景。筆者藉由對兄妹婚神話的析論，以論證血緣內婚制的存在及其代表的意義。

第一節　兄妹婚神話對血緣內婚制的呈現

　　在尚未有大量的文物及史料出土前，做為全民族的夢的神話傳說是探索遠古社會制度的最佳材料。筆者針對家族血緣婚（內婚制）這一命題的呈述，擬由中國各民族現存的神話傳說，加以分析討論。首先，筆者整理民俗學家及社會、人類學者所採集有關兄妹婚情節之口頭傳說，彙集撰成以下表格（表一）：

表一：兄妹婚神話一覽表

民族	神話傳說篇名	洪水原因	遺民	避水工具	拒婚者	占卜	生育	傳衍民族	講採者	出處
※西南部地區民族										
一、彝族	1.《梅葛》創世史詩（流傳於雲南省彝族自治州的姚安、大姚、鹽豐等縣）	換人種	兄妹	葫蘆	妹妹	1.滾磨 2.滾篩子與簸箕 3.雄鳥與雌鳥飛在一起 4.公樹與母樹攏一家 5.公鵝與母鵝成一家	妹吃兄身河水而孕，生怪葫蘆，怪葫蘆內走出九個民族	漢、傣、彝、栗粟、苗、藏、白、回族		陳鈞編著，《創世神話》，北京：東方出版社，1997年5月
	2.《查姆》創世史詩	換人種	阿樸獨姆兄妹	葫蘆		1.滾簸箕與篩子 2.滾磨 3.線穿針	生十八對男女，兩眼橫生	彝、哈尼、漢、傣族		同一～1
	3.阿霹剎、洪水和人的祖先（流傳於雲南路南）		兄妹	木箱	妹妹	1.線穿針 2.滾磨	生一團血肉，剁碎掛於樹上，血肉變成雙雙對對男女青年	世上的人	王偉採	同一～3
	4.虎氏族（流傳於雲南大姚縣）	惹怒天神	兄妹	葫蘆	兄妹	無（日久生情）	生下七個姑娘，七妹與虎（又變成後男）成婚生九子四女，各自成家	彝族虎的民族	李申呼頗述、郭思久採	同一～3
二、白族	1.開天闢地（流傳於雲南大理、洱源、劍川縣）	龍王與妙莊王（觀音父）賭氣	兄超玉配妹郡三妹	金鼓	兄妹	1.燒香合煙 2.丟木樣變成公母二魚 3.滾磨	生一個狗皮口袋，袋中有十個兒子，各生十子十女，成了百家姓		楊國政述、楊亮才採	《中華民族故事大系》，上海文藝出版社，1995年

篇名		兄妹名	葫蘆	妹妹	請示天神	生了五個女兒	百族		出處
2. 氏族來源的傳說（流傳於雲南碧江縣）		阿布帖和阿約帖兄妹		妹妹	請示天神，以棒搬員	生了五個女兒	百族之熊、虎、蛇、鼠氏族	阿普介多、周天縱譯，普六介譯	同二～1，卷五
*	3. 人類和萬物的起源《古干古洛創世》（流傳於雲南鶴慶、麗江、永勝）				始祖勞谷和勞泰一胎生十雙兒女，先生女後生男	十雙兒女成夫妻、兒女又互相配婚、建立十個大村寨	成為白族	李劍飛講、李纘結、章虹宇探	同一～3
三、納西族*	1. 喇氏族的來源（流傳於雲南寧蒗縣）				喇神（虎）（山神）和干木（山神）生下一對兒喇和木喇（喇若）配成夫妻	子孫又互配，代代相傳		巴采若、絨尼搓述、章虹宇探	
	2. 昂姑咪（流傳於雲南寧蒗縣）				女祖宗昂姑咪吸到石人的精氣而懷孕	生下六對男女，互相配婚，代代相傳		桑直若史、益尼關若、章天銘探	同一～3
*	3. 人類遷徙記	崇忍利恩代兄妹配婚，亂倫觸天神，天怒發洪水	崇忍利恩（後忍與天視紅襲白命婚配）兄妹	牝毛皮鼓	兄妹	經天神阿普的多次難題考驗	生下三個兒子均啞巴治癒	藏、納西、白族	和志武探	同二～1，卷九
四、哈尼族	1. 兄妹傳人類（流傳於雲南紅河）	換人種	莫佐佐龍莫佐佐梭兄妹	葫蘆	兄妹	滾磨	全身懷孕、生下許多孩子	哈尼、彝、漢、傣、瑤族	劉慶元、阿羅偉探	同二～1，卷六
	2. 兄妹傳人類（流傳於雲南墨江）	人們殺食龍王之子	者比、啊馬瑪兄妹	葫蘆	兄	滾磨（女天神奚瑪撮合）	生一葫蘆，裡面出來二十對男女		李燦偉探	同二～1，卷六

篇名	起因	名字	葫蘆	兄妹	方法	生人	民族	搜集整理者	出處
3. 天、地、人（流傳於雲南元陽縣）	天神爭權	佐羅、佐卑兄妹	葫蘆	兄妹	1. 拋樹葉 2. 丟木刻 3. 滾磨			朱小和述、盧朝貴、楊笛、直心探	同一~3
4. 蒙尼人的祖先（流傳於雲南墨江縣）	惡魔與豪尼人始祖少卵、優卵爭白馬	塔甫、陸那兄妹	葫蘆	兄妹	兄妹賠咒：爲了今後有人種，哥妹成婚再今後那個兄娃娃再成大，娃娃長大成婚，不成敢拄拐棍，雷就成啞，不結子絕孫不發芽	生七十七子，三十八對男女存活	彝、傣、哈尼、白漢族	王定均述、明紅、藍珊探	同二~1，卷六
五、拉祜族* 1. 牡帕密帕（流傳於雲南瀾滄、孟連）		造物主厄莎種葫蘆、由葫蘆中出來扎笛、娜笛兄妹		兄妹	1. 厄莎用小篩子放到簸箕里及合石磨暗示 2. 厄莎下迷藥	生下十二節，一節各有一男一女；每對人各生九百人		扎襪、陳昌紫迫述、李扎開祥、蘇梅敬、陳正科、劉文華探	同二~1，卷八
2. 一娘養九子（流傳於雲南鎮沅）	天然洪水	兄妹	葫蘆	無	不知怎麼繁殖人類，天神以合石磨示意	生九子	九族（老大拉祜表、老么傣表）	李小余、尚正興述、尚正興探	同二~1，卷八
3.《古根》創世史詩	天然洪水	扎羅、扎娜兄妹		兄妹	1. 滾磨 2. 滾簸箕 3. 線穿針	九對男女	傣、漢、回、佤、優伲、拉祜族	納海等譯、陶學良探	陶陽、鍾秀著《中國創世神話》人民出版社
六、景頗族 人種流傳	審貫娃與九兄弟作對，掘開銀河堤	新堆南邁、格安至開姐弟	木鼓	姐弟	滾磨	生一子，剁成九塊，變戎九對男女		何峨探	同二~1，卷十

族別	洪水泛濫	換人種	兄妹	嘎佳嘎普山		請示天神嘎木，倒水分九股	生九男九女	漢、怒、獨龍族	伊里亞述，屈友誠、李道生採	同二～1，卷十五
七、獨龍族										
八、布依族	1.洪水滔天	保根多打賭保根本（雷公）七個子女陽明友的眼，雷公報仇	保根多之子女伏羲哥毅妹兩兄妹	葫蘆			生五子	布依、漢、彝、苗、藏族	伍大全述，祖岱年採	《中國創世神話》，頁263
	2.賽胡細妹造人煙（迪迪池積造人煙）與此類似	雷神失職造成人間大旱，祖先布杰與雷公鬥法	賽胡、細妹兄妹	葫蘆	妹妹	1.太白金星攝合滾磨 2.線穿針 3.互相追逐	生一肉砣，剁成八十一塊分散各地變成人			王孝廉，《中國的神話世界》，時報出版，頁254
*	3.日、月、星（流傳於貴州平塘、羅甸、惠水三縣交界地區）	分出天、地、人間的盤古王去世，由兒子及女兒成人間女光明，日久兄妹結成夫妻							楊興榮、楊再良述，楊路塔採	同一～3
九、水族	牙線造人的故事（流傳於貴州獨山、榕江）	仙婆牙線用紙成人，遇天然洪水	兄妹	巨瓜	妹妹	1.仙婆牙線攝合 2.線穿針 3.釣魚	生一沒頭沒腦缺手少關的肉砣，剁成9999塊分散各地變成人	漢	潘家云、潘家其述，書行公述，楊榮康、楊元龍採	同二～1，卷九
十、侗族	1.龜婆孵蛋（流傳於貴州黎平縣）	龜婆孵出松恩、松桑，其十二子比本領雷婆被王素活捉，逃走後報復	丈良、丈美兄妹	瓜。有三間房屋大	妹妹	1.岩鷹攝合 2.滾磨	生一肉團，剁、剎碎撒向四方變人	苗、侗、瑤族	吳生賢、吳金松述，楊金仁、喬聲採	同一～3

族別	神話名稱	災難／起因	始祖兄妹	考驗	方式	結果	講述採錄	出處
	2.捉雷公引起的故事	人捕捉雷公，雷公向天王爺告狀，天王爺退洪水，又發洪水淹以十二個太陽曬，改以十二個太陽曬，落十個姜良射一個太陽	姜良、姜妹兄妹	姜良提婚，姜妹拒絕	烏龜贏合 1.合煙 2.匯河水 3.滾磨	生一個肉團，剁碎散布四方變成人	楊引招述，龍玉成採	同一～3
十一、傣族	布桑該與雅桑該		創世祖共叭派布桑該與雅桑該帶著金葫蘆到地球，開創人類，葫蘆中什麼都沒有人，故用泥捏人		男女泥人各叫古里瑪和古瑪列，生了六個子，三男三女又結為夫妻，人類就繁衍起來			王孝廉，《中國神話的世界》，頁296～298
十二、阿昌族*	遮帕麻與遮米麻（流傳於柔柔龍陵）		人類始祖遮帕麻與遮米麻燃火煙合請示天意而結合，生下一顆葫蘆籽，結了一個大葫蘆，從葫蘆中出來九個小娃娃		九兄妹互相交往，人類就慢慢多起來		趙安賢述，楊葉生、智克採	同二～1、卷十三
	1.盤古造人（流傳於四川德昌縣）		盤古種南瓜，由裏面出來一對兄妹		兄妹完成盤古所提三事而結婚：1.滾磨；2.滾簸箕；3.爬樹	生三子，與南瓜出來的三位姑娘成婚，繁衍成人類	李國才述，禾青採	同二～1、卷七
十三、栗僳族*	2.洪水淹天與兄妹成家	大雨	葫蘆世界最大的一個 勒散、雙散兄妹		1.滾磨 2.滾簸箕 3.線穿針	人	李王庫採	《中國創世神話》，上海人民出版社 栗僳、漢、獨龍、怒、白族

十四、怒族	1. 創世記（流傳於雲南貢山）	換人種	兄妹	岩洞			生九對兒女，配成九對夫妻，傳下人種		庚松丁郎、阿保清遠、彭兆清採	同二～1，卷十四
	2. 洪水滔天	天然洪水	兄妹	水桶		1. 瞎咒　2. 射箭（射布機命中）	生七子	漢、栗僳、怒族	腊培述、漢永生採	《中國創世神話》，上海人民出版社
	3. 腊普和亞紐	天然洪水	天神派下腊普和亞紐兄妹到人間繁衍人類		妹妹	兄提醒天神的旨意				謝選駿著，《中國神話》，浙江教育出版社，1996年，頁90
十五、基諾族	瑪黑、瑪紐和葫蘆裡的人（流傳於雲南）	天然洪水	瑪黑、瑪紐兄妹	大木鼓	妹妹	兄教妹間「白髮者智」「賣則兄扮」	兩人種的葫蘆中有人說話，剖開走出各族人	布朗、基諾、傣族	白腊賽、白腊東、腊東、白忠明述、趙自雲採	同一～3
十六、仡佬族	阿仰兄妹制人煙（流傳於貴州織金、水城）	天然洪水	阿仰兄妹	彬木做的木葫蘆	兄妹	滾磨	生九個兒子均啞巴，以火燒竹爆而醫癒	苗、彝、仡佬、布依族、侗族	趙雲周等述、李蓮等採	同二～1，卷十三
十七、布朗族*	1. 人類的由來（流傳於雲南猛海）		天神用污垢捏了一對男女，下地變成活人，以兄妹相配			山雀交配示意兄妹成婚	生下七對男女，同居生育兒女，繁衍人類		康朗尾利述、李二採	同二～1，卷十三
	2. 兄妹成婚（流傳於雲南猛海）	天然洪水	兄妹			兄妹請教螃蟹、猴子之後成婚	生下四個孩子	彝、哈尼、傣、布朗族	岩三馬、岩迭娜述、門圖採	同二～1，卷十二

民族	故事名稱（流傳地區）	洪水起因	倖存者	避水工具		婚配兆示	婚後結果	其他民族	採錄者	出處
十八、珞巴族*	1. 阿棻嘎和他的兒女（流傳於西藏下珞渝）		阿棻嘎和阿証瑪兄妹			蜜蜂穿梭使計讓三人產生愛意，並使妹臉油垢而懷孕	婚後妹死，兄與一怪老婦人結婚，生四子		維・埃廈溫探	同二～1，卷十六
*	2. 虎哥與人弟（流傳於西藏、察隅）	強烈地震	一個娘和她的舅舅		姑娘	喇嘛佛爺示意成婚，但姑娘不肯，躲到樹上去，立刻感到受孕	生下一虎一人，人傳下一代代子孫		腊榮老人述、明珠、楊毓驤探	同一～3
十九、普米族*	石頭阿祖和石頭子孫（流傳於雲南寧蒗縣、四川木里、鹽源）					女山神納可穆馬與雨神吉西尼馬戀（安達婚）生下五雙兒女	五對兒女互相婚配、慢慢形成一個斯日（血緣家庭）		曹匹初述、章紅字探	同二～1，卷十四
二十、苗族	1. 阿陪果本（流傳於湖南湘西貴州松桃）	阿陪果本和雷公起衝突，雷公怒突而發洪水	阿陪果本的一雙兒女和德龍	大南瓜	哥哥	1. 破竹合攏 2. 滾石磨	生下一個兒、眼、耳、口、鼻都沒有孩子剁碎，散落各處變成人		騰樹寬、龍炳文、江波探	同二～1，卷五
	2. 召岙兄妹	天然洪水	召岙兄妹	船		滾石磨	生三子	苗、漢、彝	韓紹昌、韓紹剛探	同一～1
二十一、羌族	1. 黃水潮天的故事（流傳於四川汶川縣龍溪地區）	猴子爬馬桑樹（天梯）到天上，弄翻金盆之水，使地上泛濫	姐弟	大黃桶		無	再生人類	黃		同十四～3，頁75
*	2. 開天關地（流傳於茂縣赤不蘇區雅都鄉）	天上九個大太陽把大地烤焦，有一對姐弟				滾石磨	生下一個不成人型的東西，剁碎散落各地變成人			同十四～3

族	故事名	洪水起因	躲避者	兄妹關係	結合方式	再生／繁衍方式	後代	採錄者	出處
二十二、德昂族*（崩龍族）	祖先創世紀（流傳於雲南德宏）（出自二～1，卷十一）		躲到敬神的大樹下躲過一劫			茶樹葉化成一百零二個男女，男女各五十一個，茶葉兄妹結成五十一對，並用泥土捏了許多世間生物，後來五十個姐妹被風吹上天，五十個兄弟悲傷死去，僅餘亞楞和達楞兄妹	生下兒女，相互婚配，一代又一代地生殖繁衍後代	陳志鵬採	同二～1，卷十五
※中南、東南地區									
二十三、土家族	1. 布索和雍妮（流傳於湖南湖北）	人想吃雷公肉	布索、雍妮兄妹	兄妹	1.滾磨 2.植葫蘆 3.剖竹 4.繞山追捏	生下一個紅血球，切成八十一塊變人		覃仁安採	同二～1
	2. 土家人的祖先（流傳於湖北）	天然洪水	兄妹	兄妹	葫蘆	1.滾磨 2.抛紅綢帶 3.繞樹追趕（觀音菩薩撮合）	生個血坨，剁成十八塊掛樹丫變成人	史幺姐述、全明村採	同二～1
*	3. 佘氏婆婆（流傳於湖北）	兩個部落拼殺，僅佘香香、感香鷹存活，生二兒女	芝蘭、天飛姐弟	姐弟	1.燃香煙合 2.滾磨 3.經山雀指引會音菩面	生八子		譚大王、姚大聖述、筱君、金應東、向会雲採	同二～1
二十四、壯族	布伯的故事	頭領布伯與雷公鬥智，雷公惱羞成怒	布伯之子伏依兄妹	兄妹	葫蘆	1.啟明星牽合 2.燃火煙合	生下一肉團，剁碎變成人		藍鴻恩採	同一～3

族	傳說名稱	災難起因	始祖	避難物	兄妹關係	結合方式	生育	民族	採錄者	出處
二十五、仫佬族	伏羲兄妹的傳說（流傳於廣西羅城）	人欲吃雷公，雷公震怒	伏羲兄妹	葫蘆	妹妹	金龜攝合、兄繞山追妹	生一肉團，剁碎撒向四方變成人		包啟覓、潘代球述、包玉琦、謝運源述	同二～1、卷十一
二十六、毛南族	盤古的傳說（流傳於廣西環江縣）	雷公與土地公鬥法	盤和古兄妹	葫蘆	妹妹	土地公、松樹、烏龜攝合，盤兄以詼諧智騙	結婚三年無生子，以泥捏人，請烏鴉銜去丟，變成人		覃啟述，覃金田、蔣志雨探	同一～3
二十七、黎族	1.螃蟹精（流傳於海南五指山區）	螃蟹精屍水成災	兄妹	葫蘆	兄妹	大山龜、雷公、青竹攝合	生一肉團，剁碎變成人	黎、苗、漢人	馬文光等人述等探	同二～1、卷七
	2.人類的起源（流傳於海南）	天然洪水	兄妹	葫蘆	兄妹	雷公攝合	生一男孩，雷公將他砍碎成四塊男女，相配成婚傳子		雲傳生探	同一～3
	3.南瓜的故事	大雨	老先、尚發兄妹	南瓜	兄妹	未婚，兄之陽氣吹進她體內	生一肉包，分成三塊石變成人	黎、漢、苗人	王國全探	同二～3
	4.黥面紋身的來源	天然洪水	母子		母子	母告知兒子見到她面的女人就和她成婚，而事實上，母紋面，紋面女與紋身兒子結婚	生一個大肉團，分成三份拋於三地，變成人	漢、黎		同十四～3
二十八、畲族*	姐弟結婚（流傳於福建閩東）	天然大火燒大地，毀天下，僅剩剜姐弟二人		石洞		經石頭指示，以滾石頭會合成婚	生男育女，繁衍後代		鍾瑞珠述，鄭萬生探	同二～1、卷八

	伏羲兄妹的故事（廣西全秀）	雷公波大聖欺騙，怨發洪水	伏羲兄妹	葫蘆	兄妹		山柏迷、劉保元、蘇騰興探	
二十九、瑤族						1. 滾石磨 2. 隔山梳髮，而髮相絞結 ／ 生一個像冬瓜一般的肉團，將其剁碎曝曬，撒落各地成為瑤族人祖		同二十～1、卷五
三十、高山族* 1. 布農族	A					大古時候，一隻哈路豪路把自己下的糞揉成丸推入洞穴，十五天後從洞穴生出了一男子，從另一洞穴出生一女子，長大後結成夫妻，生了二男二女，孩子們長大後互相結婚，布農人便是這樣一直繁衍下來的		林道生編著，《台灣原住民族口傳文學選集》，花蓮縣立文化中心出版，1996年
2. 排灣族	A	天然洪水			兄妹	最初所生下的孩子都有殘障疾病；到了第二代生下的子女就比較正常些；到了第三代所生的子女就都是健康正常的。樣說孩童殘疾是兄妹結婚而產生的惡果		巴蘇亞・博伊哲努（浦忠成）著，《台灣原住民族的口傳文學》，常民文化出版，1996年
	*B		由竹子出現男女二神，二神結為夫妻，生下神子，代代相傳		無	一直傳至帕拉西二神所生的神子，才與從前所生諸神貌相異，其容貌逐漸有了人形，他們的後代也成了普通的人類		同三十～1
3. 阿美族		天然洪水	兄妹	方臼	無	請示太陽 ／ 生下兩個不可思議的怪物，棄於河中，又接受月亮的教導，從白石中出來四個孩子，生下一子女，其中二子女兄妹成婚繁衍人類		同三十～2A
4. 雅美族		天然洪水毀滅了生靈	由巨石及竹子中各生出一個人來			後來竹生人及石生人的右膝生下男人，左膝生下女人，這些人長大後兄妹自成婚配，結果生下了瞎眼的孩子，他們便讓竹生人和石生人的孩子相互婚配，才生下健康的後代，人口也逐漸增加		同三十～2A

民族	神話名稱			講述採集	出處
＊　5.泰雅族		從巨石中生出一男一女為兄妹	妹妹設計讓哥哥向自己求婚，並且以木炭塗在自己臉上塗畫以改變容貌，後來泰雅族留在額上測青紋身的風俗都有在婚前		同三十～1
※西北地區民族					
三十一、回族＊	人祖阿旦（流傳於寧夏銀川）	天使阿旦和天女韓吾果，被天仙貶下凡	阿旦和韓吾結婚，生了七十三胎，前七十二胎都是一男一女，七十三胎是獨生子，被天神留於天堂成為天使，七十二對男女到各地成了各地人祖	王甫成述、謝榮採	同二～1，卷一
三十二、哈薩克族＊	迦薩甘創世（流傳於新疆）	創世主迦薩甘用黃泥捏了一對小泥人，成了人類始祖	迦薩甘讓泥人變成的真人婚配，共生二十五胎胞胎，每胎都一男一女，同胎的男女不婚配，最後組成二十五對夫妻，繁衍人類	校仲彝述、尼合邁德·蒙加尼採	同一～3
三十三、撒拉族＊	天、地、人的誕生	創世主用泥捏了人類始祖阿丹和海娃，他倆偷食禁果，被逐下凡塵，後來生了四十胎胞胎八十對兒女，相互婚配，但同胎不配，才造就了今世上的人煙	後來人越來越多，產生了不少壞人，創世主為了除去壞人，大發洪水換人種，僅存活奴海夫婦。奴海夫婦生了四對兒女，婚配四對夫妻，分住四方，繁衍了今天的人類	大漠、馬英蘭採	同二～1，卷十二
※東北地區民族					
三十四、鄂溫克族	開天闢地的傳說（流傳於嫩江流域鄂溫克族中）	世間第一個薩滿（宗教巫師）孕育一男一女	大災使世上僅剩一男一女，子女互相	杜忠壽述	同二～1，卷十四

族別	洪水的傳說	兄妹	婚配方式	繁衍後代	婚配、繁衍後代	記錄者	出處
三十五、赫哲族	姐弟倆（傳於黑龍江富錦、同江）天然洪水	姐弟	姐姐騙弟弟說兩人原是兩姓人，於是兩人婚配	人類，但是世上每隔一段時間就會天塌地陷／生下一個小孩	姐弟婚之事被鳥兒恥笑，姐姐愧而投河自盡，以後赫哲人再也沒有兄妹、姐弟成婚之事	華淑芬述，韓福蕊採	同二～1，卷十六
三十六、鄂倫春族	九姓人的來歷（流傳於黑龍江呼瑪地區）山火成災加上天然洪水	僅餘一男一女，女人比男人歲數大	日久天長自然結成夫妻	生了兒女各九人，結成九對夫妻，成為鄂倫春九大姓的始祖		孟古善述，孟英妮彥述、隨軍採	同二～1，卷十五

※中原地區

族別	洪水的傳說	兄妹	婚配方式	繁衍後代	記錄者	出處
三十七、漢族	1.伏羲兄妹制人煙（流傳於四川）老百姓得罪玉皇，玉皇憤怒發洪水	竹籃／伏羲兄妹	妹妹	1.兄繞山追妹 2.滾石磨	生一肉團，欣碎散落各地變成人	李茂生述，陳對採	同一～3
	2.洪水的傳說（流傳於江西南昌）地神和天神（雷公）兩兄弟鬥法，雷公怒而發洪水	地神的二子伏羲和女娲兄妹	兄妹	1.太白金星勸說 2.燃香合煙	生一塊磨刀石，將磨刀石擊碎，散落各地變成人及種生靈	周倉述，翁採	同一～3

註：
1. 標「※」記號者，是無兄洪水情節的兄妹婚神話，其故事梗概因表格設計的限制，分布於遺民、占婚、生育、同胞兄弟姓名等處。
2. 表格之遺民欄與生育欄均有兄妹婚情節，然其情況另有差別，將於本章第一節加以討論說明。
3. 苗、瑤族部分，因與聞一多先生之表格留同之處頗多，且數目應頗多，且故事情節又大致相同，故選擇一則代表，另附聞一多先生《伏羲考》之兄妹婚表格於後，供讀者對照。

附表：聞一多〈伏羲考〉之兄妹婚表格

流傳地域與講述人	童男	童女	家長	仇家	遺贈	洪水	避水	占婚	造人	採集者
1. 湘西苗人故事（一） 湘西鳳凰東鄉苗人吳文詳述	兄	妹	Ay Pégy Koy Péiy	Koy Soy		雷公怒發洪水數十日	兄妹各入黃瓜避水	仍磨石東西分走	生下肉塊割棄變人	芮逸夫
2. 湘西苗人故事（二） 鳳凰北鄉苗人吳良佐述	兒	女	Koy Peny	Koy Soy		雷公發洪水七日七夜	共入葫蘆	金魚老道撮合		芮逸夫
3. 儺公儺母歌 吳良佐抄	吳（伏羲）	妹	張良	Koy Soy		玉皇上帝發洪水七日七夜	共入葫蘆	分赴東山南山焚香結團	生肉塊割開發現十二童男女	芮逸夫
4. 儺神起源歌 湖南乾縣城北鄉仙鎮營苗人石啟貴抄	兒	女	禾壁	禾箐		雷公發洪水七日七夜	兄妹共入仙瓜	扔竹片扔磨石	生下怪胎割棄變人	芮逸夫
5. 苗人故事	弟	姐		另一對男女	雷勸兄妹種葫蘆		入木鼓	滾磨拋針線	生子如雞卵切碎變人	Savina, F. M.
6. 黑苗洪水歌	弟（Azie）			兄（A-Fo）		雷發洪水	弟入葫蘆避水	滾磨扔刀	生子無手足割棄變人	Clarke, Samuel. R.
7. 八寨黑苗傳說 貴州八寨	兄	妹（郁居）	老岩（九蛋中最幼者司地）	雷（九蛋中最長者司天）		雷發洪水	入葫蘆	結婚	繁衍人類	吳澤霖
8. 短裙黑苗傳說 貴州爐山麻江丹江八寨等縣交界處	小弟	幼妹	石蛋中出十二弟兄長兄被雷公變成雷公上天			小弟害死諸兄雷公發洪水報仇	小弟作法上天	水退下地與妹相遇結婚	生子無眼形如球切碎變人	吳澤霖

故事	地名	弟	妹	兄	老婦（天下降）			弟妹入木鼓	扔磨石扔針線	生子無手足割棄變人	
9. 花苗故事											Hewitt, H.J.
10. 大花苗洪水淊天歌	貴州	弟	妹（易明）	二兄（智案）	大兄（恩皇）		安樂世君發洪水	杉舟	滾磨	生三子	楊漢先
11. 大花苗洪水故事	貴州威寧	弟	妹	兄				木鼓	滾磨穿針雷公命樂世君指示	生子無腿無臂	
12. 鴉雀苗故事	貴州南部	兄（Bui Fuhsi）	妹（Kueh）					入葫蘆避水	扔磨石扔樹	生子無手足不哭哭變人	Clarke
13. 生苗故事（一）	貴州	兄	妹			天上老奶種瓜王可結數十人	大雨成災洪水滅盡人類	兄妹入瓜漂浮上天	天上人數二人下來結為夫婦	吃瓜生兒音辭變人	陳國鈞
14. 生苗故事（二）	貴州	長兄（恩－居地）	妹（媚－居地）		次兄（雷－居天）		雷發洪水	乘船漂浮上天（葫蘆盛馬蜂螫雷）	小蟲教二人打傘在山坡相逢遇遠來的表親遂結為夫婦	生子無四肢如瓜形割棄變人	陳國鈞
15. 生苗洪水造人歌	貴州	長兄（恩－居地）	妹（媚－居地）		次兄（雷－居天）	雷報媚以瓜子結實如倉大	雷發洪水	乘南瓜漂浮上天	老奶指點	偷吃瓜被老奶責罵無耳目如瓜斫碎變人	陳國鈞
16. 生苗起源歌（一）	貴州	兄	妹						結婚	生兒無手足割碎變人	陳國鈞
17. 生苗起源歌（二）	貴州	兄 由白蛋生出	妹						結婚	生瓜兒切碎變人	陳國鈞
18. 生苗起源歌（三）	貴州	兄 由飛蛾卵生出	妹		雷公（另一飛蛾卵生出）				兄妹相愛結婚	生南瓜斫碎變人	陳國鈞

名稱	地區	兄	妹	家長	雷公雷母	雷神贈瓜	洪水來時	將造就的人種放在鼓內	撮合	造人	出處
19. 侗人洪水歌	貴州		妹	巷氏夫人（生七子一作美女）	雷公雷母	雷公贈仙瓜子					徐松石
20. 苗人譜本	廣西北部	兄（張良）一作美良	妹（張妹一作美妹）				鐵雨成災	兄妹入葫蘆避水	大白仙人金龜老道撮合	生肉陀（團）割碎變人	雷 雨
21. 偏苗洪水橫流歌	廣西西隆	兄（伏羲）	妹				洪水	將造就的人種放在鼓內			
22. 瑤人洪水故事	廣西融縣羅城	女（伏羲）	兒	父	雷公	雷公贈牙種成葫蘆	天發洪水	兄妹入葫蘆避水	繞樹相追	生肉球割碎變人	常任俠
23. 葫蘆曉歌		伏羲					寅卯二年發洪水	入葫蘆避水			常任俠
24. 瑤人故事	廣西武宣修仁之間	子		神人		贈牙種而生磚破瓠裂為船	洪水	神人牽子人坐鐵鑊淬至天門	燒香禮拜結為夫婦		常任俠
25. 板瑤五合歌	廣西三江	兄（伏羲）	妹				寅卯二年發洪水	兄妹入葫蘆避水		置人民	樂嗣炳
26. 板瑤盤王歌	廣西象縣	兄（伏羲）	妹				洪水七日七夜	入葫蘆避水	金龜撮合	生「團乙」	
27. 農瑤盤瑤盤王書中洪水歌	廣西都安	兄（伏羲）	妹	蔣家			洪水七日七夜	入葫蘆避水	撒出瓜子瓜飄瓜子變男瓜顛變女	生血盆玉女分之為三十六姓	
28. 盤瑤故事	鎮邊盤瑤盤有貴述	兄（伏羲）	女孩	盤王			入甕避水	滾磨石燒煙火看竹枝			
29. 盤瑤故事	灌陽布坪鄉	男孩				盤王打落牙齒種瓜成瓜	下雨三年六個月	盤王將瓜穿眼命小孩坐人		生磨石仔盤王切碎變人	
30. 紅瑤故事	廣西龍勝三百坪紅瑤張老老述	兄（姜良）	妹（姜妹）	姜氏大婆（生子女六人或七人）	雷公雷婆	雷公雷婆贈白瓜子	大雨成災	兄妹坐瓜花結實包在瓜內	看煙住種竹滾繞山走	繼續人種	徐松石

以下為表格（故事 31–40，接續前頁，文字原為直排）：

編號・故事	講述	兄（伏羲）	妹	父別母別	人物／仙人	雷公贈牙	洪水成災	乘瓜上浮	結合	後代變人	記錄者
31. 東隴瑤故事	上林東隴瑤藍年述	伏羲				雷公贈牙		乘瓜上浮		生磨石仔無頭無尾切碎變猴再變人	陳志良
32. 藍靛瑤故事	田西藍靛瑤李秀文述				閃電仙人	仙人贈瓜子	大雨成災	入瓢瓜避水	燒煙火種竹滾磨	生子無手足頭尾切碎變人	陳志良
33. 背籠瑤故事	凌雲背籠瑤臘承良述	兄（伏Lin）	妹（義Cein）				久雨成災	入瓢瓜避水	滾磨	生肉團無手足正面目切碎變人	陳志良
34. 背籠瑤故事	臘承良譯	兄（伏義）	妹			自種飄瓜結實如倉大	皇天降大雨	入瓜內避水	滾磨	生磨石兒割碎變人	陳志良
35. 纏瑤故事	廣西東二鬧纏瑤侯王覺述	兄（伏義）	妹（義）				久雨成災	入大甕避水	結為夫婦	与子無手足面目	陳志良
36. 獨侯瑤故事	都安獨侯瑤蒙振彬述	兄（伏義）	妹				雷電大雨成災	入瓢瓜避水	燒煙火滾磨石	生磨石仔劈碎變人	（陳志良）
37. 西山瑤故事	隆山西山瑤袁秀山述	特門（伏義）	馱豆	卜白（居天上司雷雨）	雷王（居地下）	雷王贈牙	雷王下雨發洪水	入胡蘆避水	燒煙水	生子無耳目口鼻磨如磨石切碎變人	陳志良
38. 儂人故事	都安儂人武夫述				仙人	仙人贈牙作船發作			燒煙水		陳志良
39. 俫儸人故事					兩兄		洪水發時	弟妹入木箱上浮			Voal, Paul
40. 夷人故事	雲南尋甸鳳儀鄉黑夷李忠戍宣威普鄉白夷田靖邦述	三弟	美女			白髮老人教造木桶	洪水發時	入瓢避水	遵老人命與女結婚	生三子是為乾夷黑夷漢人之祖	馬學良

	兄	妹	天公		洪水中人類滅絕		結婚	生子	邢慶蘭
41. 漢河倮儸故事	紅河上游漢河丙冒寨夷人白成章述	兄	妹			洪水中人類滅絕	葫蘆從天降下一男一女從中而出			邢慶蘭
42. 老方故事	雲南西南邊境耿馬土司地蚌隴寨	兄	妹			洪水發時	兄妹同人床避水	結婚	生子砍碎變人	丙逸夫
43. 栗㑩故事	耿馬土司地大平石頭寨	兄	妹			洪水發時	兄妹同人葫蘆避水	結婚	生七子	丙逸夫
44. 大涼山倮儸人祖傳說(一)	西康甯族夷族	喬姆石奇（Gom-zazi）鹽源一帶稱陶姆石孃（Dom-zanyo）	天女	天公		天公發洪水毀滅人類	石奇作桐木舟避水	青蛙設計要求天女與石奇結婚	生三子	莊學本
45. 大涼山倮儸人祖傳說(二)		兄（喬姆石奇）	妹（天宮仙女）			洪水泛濫	石奇乘桐木舟得救	經眾動物設法將妹請下滾磨成婚		莊學本
46. 東京蠻族故事	交趾支那	兄（Pbu-Hay）	妹（Pbu-Hay-Mui）		Chang LO-CO	洪水泛濫	兄妹同人南瓜避水	結婚	生南瓜剖瓜得種播種變人	Lajon quiere, Lunet
47. 巴那故事(Bahnars)	交趾支那	兄	妹			洪水泛濫	入木箱避水	結婚		Guerlack
48. 阿眉故事(Ami)	台灣	兄	妹			洪水泛濫	入木臼避水	結婚	生子傳人類	Lshii, Shinji
49. 比爾故事(Bnils)	印度中部	兄	妹			洪水泛濫	入木箱避水	結婚	生七男七女	Luard, C.E.

　　歷來已有許多學者提出兄妹婚神話之論述，並且對於神話傳說的採集整理作出努力，如芮逸夫〈苗族的洪水故事與伏羲女媧的傳說〉、吳澤霖〈苗族中祖先來歷的傳說〉、楚圖南〈中國西南民族神話的研究〉、常任俠〈重慶沙坪壩出土之石棺畫像研究〉、馬長壽〈苗瑤之起源神話〉、陳國鈞〈生苗的人祖神話〉、烏丙安〈洪水故事中的非血緣婚姻觀〉、鍾敬文〈洪水後兄妹再殖人類神話〉，以及聞一多〈伏羲考〉等。〔註1〕

　　聞一多之〈伏羲考〉一文綜合芮逸夫、常任俠、陳鈞……等的採集資料，繪出四十九則洪水兄妹婚情節的傳說表格；然而，不論是聞一多或是上述諸位學者的論述，均著眼於西南地區的民族，尤以苗、瑤、畬三族爲焦點；本文之研究，在苗、瑤、畬三族部份的資料，也是參酌上述先進之成果，再加入西南地區諸多民族，以及東南、西北、東北及中原地區各族之兄妹婚神話傳說，竟然發現幾點前人未論及之事實，筆者欲就目前研究成果，再論兄妹婚神話。

　　首先，在表一中，我們知道分布在中國的東、西、南、北均有兄妹婚的神話傳說，並非如過去有些學者研究，認爲兄妹婚彷彿是南方民族，特別是西南方民族特有的風俗，而洪水兄妹婚神話是南方民族的特產，造成這種印象是有原因的，中國境內五十六個民族，就有三十五個分布於西南至東南一帶，當然占有兄妹婚神話的比例會較高。兄妹婚神話在南方流傳較普遍是不爭的事實，不過，根據表一的統計，兄妹婚神話並非南方的特產，高達三十七個民族流傳著兄妹婚的神話（就筆者目前所能蒐蘿的部份而言，也許尚有更多民族擁有兄妹婚神話），分布地域遍及中國境內之東、西、南、北方，可見兄妹婚神話具有普遍性；就神話傳說能夠反映現實的功能而言，遠古的確有過兄妹成婚（包括姊弟、母子婚配）的階段，亦即家庭內血緣婚。

　　其次，由表一發現，有洪水情節者，必有兄妹婚之傳說；然而有兄妹婚之情節者，未必有洪水的記載。古籍有遠古洪水的記載，如《淮南子‧覽冥篇》載：「往古之時，四極廢，九州裂；天不兼覆，地不周載；火爁焱而不滅，水浩洋而不息。」而在少數民族中也有不少洪水神話傳出；關於無洪水而有兄妹婚情節之神話，表一以＊記號標出，爲數不少，在古籍的記載中，唐李冗《獨異志》卷下：「昔宇宙初開之時，有女媧兄妹二人，在崑崙

───────────────

〔註1〕以上論文均收錄於馬昌儀編，《中國神話學文論選萃》（北京：中國廣播電視出版，1995年11月）。

山，而天下未有人民。議以爲夫妻，又自羞恥。兄即與其妹上崑崙山，咒曰『天若遣我二人爲夫妻，而煙悉合；若不，使煙散』其妹即來就兄，乃結草爲扇，以障其面。今時取婦執扇，象其事也。」又漢應劭《風俗通義》云：「女媧，伏羲之妹。」唐盧全〈與馬異結交〉詩：「女媧本是伏羲婦。」表明了伏羲女媧兄妹婚之事；又《後漢書‧南蠻傳》裡記載著這樣一則傳說：高辛氏女配槃瓠後，「經三年，生子一十二人，六男六女。槃瓠死後，因自相夫妻。」

我們發現洪水神話與兄妹婚神話是可以分開流傳的，而事實上，洪水與兄妹婚根本是不同的兩個母題，在洪水兄妹婚類型神話中，洪水情節是構成「再造（傳）人類」的背景因素，而非導致兄妹婚的必然因素，因爲在很多兄妹婚的傳說中，並沒有洪水情節，山林大火，或神仙造人，或神人婚配，或數日並出，均能發展出兄妹婚情節。所以，我們有理由說兄妹婚和洪水是兩個不同的遠古事件，它們都被反映在神話傳說之中，只是在流傳的過程中，兩個主題互融互滲而被雜揉在一起；明瞭這一點，就能看清眾多的兄妹婚傳說，包括洪水兄妹婚的傳說，都在表明遠古曾有血緣婚的事實，不論是何種背景使然，或是根本沒有任何外力介入，兄妹婚都有可能發生，因爲兄妹婚是那個時代的普遍現象。

兄妹婚與洪水既是兩個不同的母題，何以會普遍地被融合呢？就這一點而言，即形成一個值得被討論的場域，筆者將在下一節針對洪水兄妹婚神話類型進行析論。

其三，兄妹婚的主要目的是傳延後代，但是並非如同神通的創世祖造人，創世祖是無中生有，而兄妹婚乃是落實到男女媾精、合婚生人的現實中，顯然此時初民已了解男女交合與生殖的關係；兄妹婚所傳的後代人類，是天地經過洪水、山火滅絕之後「再傳」的人類，而主導「換人種」事件的往往是不可抗拒的大自然力量（天然洪水、大雨、山林大火、十日並出），或是一具有超力量的神靈（雷公、天神、天王爺、龍王），擔任再傳人類重任的兄妹是天神選擇的結果。既然是基於男女媾精，合婚再傳人類的原則，何以再造人類必得用兄妹來完成呢？爲何不能選擇無血緣關係的一男一女呢？在表一僅有鄂溫克族〈開天闢地的傳說〉提到：天塌地陷時，世上僅剩一男一女生兒育女；不過故事發展下去卻是「世上僅剩的一男一女生兒育女，子女互相婚配，繁衍後代」，終究又落入兄妹成婚傳承人類的情境。

筆者在彙整表一之神話傳說時，是秉持「再傳人類」的標準加以選擇的，後來發現在這個標準之下，所蒐集的神話均是兄妹婚情節（其中又以洪水兄妹婚型為多，故將表格做如此設計），僅鄂溫克族一則稍有不同，但其情節仍不脫兄妹婚再傳人類的模型；表一標＊記號者，大多是天神造人或由葫蘆、石頭、竹中出來的第一代人，他們的子女再互相婚配，繁衍後代；歸結來看，這類未遭洪水，甚至沒經過天毀地陷、人種湮滅的神話故事，在追索人類的起源是有二個層次的，一是始祖生人，二是始祖的誕生。始祖生人，人再生人，是人的經驗世界能夠理解的事，推到始祖由何而來時，就如同雞生蛋，蛋生雞的問題一樣，是個無解的循環，只好將始祖的誕生推至神界，用非經驗性的傳奇誕生方式解答人類自身的疑惑，所以神話中的始祖或是創世祖若非是先已存在的，就是神奇誕生的；再傳人煙是屬於人生人的層次，用現代人的眼光來看，只要是正常的成年男女都能夠勝任，為何神話非要安排一對兄妹（姊弟）來完成呢？這裏就透露出一個訊息——遠古初民認為兄妹是傳人種理所當然人選，若非遠古曾實施兄妹血緣婚，怎會有這樣的觀念？天神選擇兄妹擔任傳人種的使命情節，正是初民認同兄妹婚之心理反射。

可以看出初民對於自身的來歷是一元論的，如同單細胞分裂般由一至多，所以才必須去追索始祖的來歷，解決了始祖的來歷之後，人類的傳衍就循一生二，二生三、四……等繁衍起來；當然，在最初必是由人類最小的社會型式——家庭開始的，因此兄弟姊妹也就成了彼此婚配、傳人煙的對象。在表一中，不難發現有「一群兄弟與一群姊妹相互婚配」的情節，因此，兄妹婚神話不但證明有血緣內婚的存在，而且是血緣群婚的狀態。

第二節　洪水兄妹婚類型神話析論

兄妹婚神話中有極大部分是屬於洪水兄妹婚類型，筆者就以下二點析論洪水兄妹婚類型神話，以探究其神話情節之意涵：

一、非血緣婚觀念的呈現

洪水情節摻入兄妹婚神話中，是為了營造天地崩毀、生靈湮滅的背景，造成兄有兄妹二人的特殊存在條件，使兄妹成婚帶有不可避免的被迫性質；換言之，如果不是世上再沒其他的人，兄妹是不會成婚的。

　　由表一標＊記號的神話傳說，我們發現無洪水情節者，兄妹所生的後代大多是正常人，並且少有占婚之情事；相反的，有洪水情節的傳說，兄妹大多經過再三占婚才結合，婚後幾乎都生下一畸型怪物（肉團、葫蘆、磨刀石、沒臉沒四肢的血坨……），若所生孩子正常者，大多另有目的，如彝族〈虎氏族〉，兄妹婚後生下七個姑娘，七妹與虎成婚，傳下虎氏族，這則故事又融合氏族的起源，含有解釋圖騰氏族的目的，另外，白族〈氏族來源的傳說〉，故事說兄妹生下五個女兒，因無男子與之匹配，只好與熊、虎、蛇、鼠成婚，也同樣有解釋族源的目的；又哈尼族〈豪尼人的祖先〉，故事說兄妹生下七十七子，但是在兄妹成親時，曾經詛咒：「為了今後有人種，哥妹成婚無奈何，今後那個兄妹再成婚，娃娃長大拄拐棍，不成聾聲就成啞，斷子絕孫不發芽。」若無詛咒者，則是天神授意成親，或者兄妹對成親之事無人反對。總之，洪水兄妹婚神話，兄妹幾乎都經過一再占婚才結合，婚後又生下畸形兒，若非如此，必是天神授意，或是詛咒，或是兄妹欣然接受成婚。（請參見表一）

　　由以上發現，我們瞭解洪水兄妹婚神話的意圖——即在表明非血緣婚的觀念，它公開地或潛在地指責兄妹婚，兄妹千篇一律地生下畸形兒，一再強調兄妹成婚是「逼不得已」的權宜之計，故事的兄妹往往是百般顧忌、勉為其難，「羞死人，兄妹成親羞死人，從小同父又同母，如今怎好配成親」（侗族〈捉雷公〉）、「不興呀不興，兄妹怎麼能成親！」「我們是同父共母的兄妹，不能做夫妻，塵世間從來不興這個規矩」（仡佬族〈阿仰兄妹制人煙〉），如上的對話在洪水兄妹婚神話中屢見不鮮，這些透過兄妹說出的話，正反映了人民的想法。

　　有些神話對兄妹婚的譴責更加嚴厲，如納西族〈人類遷徙記〉，故事說崇忍利恩一代兄妹婚配，因而觸怒天神，才造成天地變色、山崩地裂，將兄妹婚配強調到導致人類滅絕的程度；又佤族〈司崗里〉說遠賽和牙遠兄妹通婚觸怒了天神，天神降下災禍，氏族首領派人抄了達賽的家，並把達賽攆到天上去，臨行時，達賽對大家說：「以後那個再犯我的過失，我就用雷打死他！」從那以後，佤族就形成了同姓不能結婚的習俗；又赫哲族〈姊弟倆〉，故事說天然洪水過後，世上僅剩姊弟倆，姊姊騙弟弟說兩人原是同姓人，於是倆人婚配生下一個孩子，姊弟婚之事被鳥兒恥笑，姊姊愧而投河自盡，以後赫哲人再也沒有兄妹、姊弟成婚之事。凡此種種，我們都有理由為洪水兄妹婚的

流傳，是對血緣近親婚配的否定。

摩爾根在〈家族觀念的發展〉〔註2〕中證明了早在氏族建立之前，婚姻已有了變化，首先排除了父母與子女之間的通婚，最後再排除了旁系兄弟姊妹間的通婚關係，為氏族組織的建立和發展創造了極為優越的條件；在表一中，我們看到兄妹婚所生的人或非人形物，往往成為各氏族的始祖，若說這樣的情節安排是為了表示各民族原來是具有血緣關係的同胞族，為何之前要頗費周章地占婚、請示神靈應允兄妹成婚等的繁縟手續呢？尤其是洪水兄妹婚型神話，特別會強調兄妹所生的怪物，剁碎散落各地，發展出某某氏族來。洪水兄妹婚神話透過故事，向我們展示了否定同胞兄弟姊妹間的通婚關係，建立和發展氏族組織的演進道路，這樣的故事情節竟然和摩氏的推論不謀而合，因此，洪水兄妹婚類型神話的出現，可能是晚於兄妹婚習俗流行之時代。

血緣婚型神話也有母子、父女、舅舅和甥女成婚的例子，如珞巴族〈虎哥和人弟〉是舅舅、甥女成婚；黎族〈黥面紋身的來源〉是母子成婚，但是這種例子並不多，而且大多穿上「非血緣婚姻觀」的外衣，大概是時代過於遙遠，在流傳過程中被湮滅或易容了，將這類神話同兄妹婚，以及洪水兄妹婚型神話放在一起，正好看見血緣的色彩在婚姻關係中，漸漸淡出。

雖然洪水兄妹婚表現了非血緣婚的觀念，然而我們卻不能因此否定了遠古曾存在血緣婚的事實；恰好相反，因為洪水兄妹婚神話在排除血緣婚姻關係的諸成分當中，間接地追述了血緣婚姻制，在它曲折的兄妹婚情節中，反射出兄弟姊妹通婚制的影像，其實是欲蓋彌彰，更加證明了血緣婚曾在遠古的舞臺上活躍過。

二、非血緣婚觀念的產生原因

洪水兄妹婚神話既然是曲折地反射了兄妹血緣婚的影像，卻又顯示了強烈的非血緣婚觀念，是什麼原因使得這類型神話在流傳過程中雜揉如此矛盾的情節？以下就讓神話本身說話罷，由神話故事的情節中一窺究竟。

（一）男女同姓，其生不蕃

兄妹婚故事普遍描繪了婚後產生非人形兒或異常怪胎的情節，除了抵制血緣婚姻的樸素觀念外，也可以看到血緣婚在發展人類體質與智力方面的負

〔註2〕見《古代社會》一書（北京商務印書館，1995年），頁381～385。

面經驗，血緣婚曾對人類造成可怕的災難，使人類留下恐怖的記憶，這種潛在的恐懼反映在神話傳說中，一再地顯示、告誡自己和後代的子孫。

　　台灣的高山族排灣族有一則傳說，兄妹成婚最初所生的孩子都有殘障疾病，到了第二代生下的子女就比較正常些，到了第三代所生的子女就都是健康正常的，據說孩童殘疾是兄妹結婚而產生的惡果。初民反映在神話故事中的想法，可能是經過長期的生活實踐與觀察，對血緣婚給後代造成的危害有了相當自覺的認識，這樣的體認和近代生物學家在遺傳學上的研究頗為吻合。

　　高山族的雅美族神話，傳說天然洪水毀滅了生靈，後來由巨石和竹子中各生出一個人來，之後由竹生人和石生人的右膝生下男人，左膝生下女人，這些人長大後兄妹自成婚配，結果生下瞎眼的孩子，他們便讓竹生人和石生人的孩子相互婚配，才生下健康的後代，人口也逐增加。由這則傳說，我們瞭解初民正是看到兄妹婚的惡果，才逐漸認識到嚴禁血緣內婚，實行族外婚的必要。

　　初民長期觀察人類自身生產的結果，將非血緣婚觀念反映在神話傳說中，流傳於世世代代，彷彿金科玉律般警告著後代的子子孫孫。到春秋時代就已經出現反對血緣婚的理論：如《左傳》昭公元年傳：「僑（鄭子產）」又聞之：內官（即嬪御）不及同姓，其生不殖；美先盡矣，則相生疾；君子是以惡之。故志曰：『買妾不知姓，則卜之。』違此二者，古之所慎也。男女辨姓，禮之大司也。」這是主張同姓不殖的說法，「買妾不知姓，則卜之」是避免同姓聯姻；類此，《左傳》僖公二十三年也記載「男女同姓，其生不蕃」；《國語》也說：「同姓不婚，懼不殖也。」

　　另外，《國語‧晉語》說：「同姓則同德，同德則同心，同心則同志；同志雖遠，男女不相及；畏黷故也，黷則生怨，怨則毓災；災毓滅姓。是故娶妻避其同姓，畏亂災也。」這又加深了同姓結合的恐懼，同姓即使有同德、同心、同志千般好，男女終究是同姓不婚為妙，免得招致災亂。

　　《左傳》和《國語》的論述正好為兄妹婚神話之非血緣婚姻觀做一註腳，兄妹婚產下畸形兒及兄妹婚招致洪水的情節，就是在表明同姓不殖、同姓生災的觀念，而此觀念正是神話之非血緣婚觀念產生的原因。

（二）來自女姓的選擇

　　在兄妹婚神話裡，拒婚者以妹妹居多，即使經過占婚，兄妹成親時，妹

妹還要「結草為扇，以障其面」（唐李冗《獨異志》），或「用傘遮住臉面，才進到屋裡去」（侗族〈捉雷公〉）。這意謂著女性較排斥血緣婚，女性具有較強烈的非血緣婚觀念。

何以傳說中的妹妹會特別排斥兄妹婚呢？如果我們承認「同姓不婚」是社會公約的禁忌，理解初民對團體中的禁忌是何等戒慎恐懼地不使自己犯忌的話，我們就可以推論女性是因為受到較多的社會不成文法條——禁忌的規範，因而特別恐懼犯忌；這是從女性心理方面來看。

很多國內外人類學的研究指出，原始社會（漁獵時代）的人民與野獸相征，狩獵是他主要的生活物質來源，山地、森林、草原等是狩獵的自然場所，各種猛獸都是狩獵的對象，他們對自然和動物資源的依賴性很強，危險也是很大，因而每每出獵，人們都懷有一種敬畏而又恐懼的心理，在這種情況下，就產生很多奇特的禁忌；因為經常得面對野獸的侵襲，初民對流血甚為忌諱，偏偏女性在生理上有定期流血的特性，所以狩獵文化對婦女有諸多禁忌，通常獵人們非常忌諱在婦女的經期與分娩出獵，以免受了血污的晦氣。

漁獵活動對婦女也有諸多禁忌，如：女子一定不可乘船出海，因為「婦女乘船船要翻，女人下海海要荒」；嚴禁男女在船上打情罵俏，或雲雨偷情，否則雲雨翻覆，一定會使船隻覆於自然界的狂風暴雨之下；尤忌寡婦和結婚未滿月的女子上船，倘若觸犯禁忌，輕則跪爬出去，再由其長輩來掛紅布、放鞭炮、拖船板，以除晦氣；與女子同坐一車也是不吉利的〔註3〕。農業社會舉行祭祀期間，青年男女不准談情說愛，夫妻不准同床，婦女不准紡紗織布，婦女不許參加進餐。

在原始社會的各種生產活動中，女性所受到的禁忌是很多的，也許是諸多禁忌的規範，使得女性對社會公約的禁忌特別敏感，特別恐懼觸犯禁忌的可怕後果。

從女性生理方面來看，人類學家的研究也論到，人類生產活動時間隨著社會發展日益延長，在生產期間的生理禁忌也隨之延長，女性在長期壓抑性需求下，發情期逐漸消失，女性個體不再出現那種唯一渴求進行交配的性激越狀態，但又變得隨時可以接受交配，因而隨時都保持著一種相當平穩的性

〔註3〕參見陳來生著，《無形的鎖鏈——神祕的中國禁忌文化》（上海：三聯書店出版，1993年）。

方面的需要和感情，這就是說，此時的成年女子已經具備了選擇接受交配的時間和對象的生理和心理條件。〔註4〕

另外，女性有先天體質上的特殊性，月經期，妊娠期和分娩期是女性自身的禁忌時期，出於生理保護的需要，女性一般都會在上述時期對性生活採取回避態度，並對一切性行為和與性有關的事情，近乎本能地產生反感和厭惡的情緒；但是男性就沒有這種生理的性禁忌。

女性發情期的消失和其特殊的生理條件，使她成為性關係的決定者，在原始男女雜游的時代，可說沒有夫妻，而只有性伙伴，女性對男性伙伴的選擇，使得原始雜婚提昇至「無限制，有選擇」的境界。

上述女性心理及生理方面的條件，也許就是女性作為神話故事中兩性關係的取決者的答案。

（三）人倫觀念的影響

洪水兄妹婚神話是晚於血緣婚流行之時代而出現的神話類型，其非血緣婚姻觀念有可能是受到後世人倫觀念的影響，而將非血緣婚姻觀念附著於兄妹婚神話之中，表達反對兄妹通婚亂倫之思想。

我國重人倫，謂兄妹同源，不可亂也，將近親通婚視為禽獸之行。春秋時代，齊襄公通其妹文姜〔註5〕，時人便為詩諷刺，如《詩經‧齊風南山》：「南山雀雀，雄狐綏綏。魯道有蕩，齊子由歸，既曰歸止，曷又懷止！葛屨五兩，冠綏雙止。魯道有蕩，齊子庸止。既曰庸止，曷又從之！」其〈詩序〉云：「南山，刺襄公也。鳥獸之行，淫乎其妹，大夫遇是惡，作詩而去之。」可見人倫思想之影響，人民皆排斥近親通婚，恥與禽獸同。

《禮記‧大傳》云：「繫之以姓而弗別，綴之以食而弗殊，雖百世而婚姻不通者，周道然也。」《禮記》明白的規範同姓不得通婚，可見人倫思想對血緣婚是極力排除的，所以洪水兄妹婚有可能是受到人倫觀念的影響而流傳出來的神話類型，像哈尼族的〈天、地、人〉傳說中即說：「兄妹怎麼能成婚！羞死人啦，這是天地不容的事情哪！」〔註6〕透露了兄妹成婚是不合禮法（天地不容）的人倫思想。

〔註4〕參見蔡俊生著，《人類社會的形成和原始社會形態》（北京：中國社會科學出版社，1988年）。

〔註5〕事見《春秋》和《左傳》桓公十八年、莊公二年、四年、五年所述。

〔註6〕引見陶陽、鍾秀編，《中國神話》（上海文藝出版社，1990年）。

第三節　小　結

　　大量流傳於各民族的兄妹婚神話，顯示古代曾經實行過血緣婚，起初是不分輩份的血緣婚配，後來逐漸排除直系血親間的婚配，成為一群兄弟與一群姊妹的血緣群婚，因為仍是群婚狀態，所以社會形態還是「知母不知父」的母系社會。

　　在洪水兄妹婚類型神話中。初民於追憶血緣婚的同時，也表達了非血緣婚姻觀念，透露出婚姻制度轉變的訊息；而神話顯示女性具有較強烈的非血緣婚姻觀念，因此在這個階段，女性對婚制的轉變曾起著主導性的作用。

　　婚姻制度的轉變，勢必影響婚姻中的男女關係，當族內婚制轉變為族外婚制時，並不表示婚姻範圍的擴大，對兩性而言，反而是一種對婚姻對象的限制，與以往相較，兩性關係因有所限制，而漸趨嚴謹。

第四章　從內婚制到外婚制

　　在第二章討論遠古（漁獵時代）的男女關係，是群居雜游的情況，嚴格來說，不算是一種婚姻形態，如果要追溯最原始的婚姻形態，就是一群男子與一群女子互為伴侶的「群婚」狀態，男女雙方對彼此的約束力極低；在第三章討論血緣內婚的現象中得知，眾多的兄妹婚神話顯示遠古曾有血緣婚的事實；於此，我們必須釐清一個觀念，神話傳說保留了古代雜游群婚及兄妹血緣婚的事跡，但是並非表示群婚與血緣婚具有前後的繼承關係。

　　神話傳說是隨時代或多或少揉合了社會生活形態，以及人民觀念在演變，所以我們只能由神話傳說的內容去挖掘歷史的足跡，察覺由古至今人類文化生活的演進情形。因神話被記載的時代甚晚，或者如各民族流傳於口頭上的傳說，並沒有透過文字的定型，目前仍在持續衍變中，所以我們不能依神話傳說的記載時代或流傳時間來判定遠古事跡的時代，而必須依據神話傳說所記錄的社會生活形態，及人民在故事中所表達的思想觀念，來推論遠古事跡的發生時代。

　　群婚和血緣婚在神話傳說的情節裡，我們看不出有先後演變的關係，倒是在眾多兄妹婚的傳說中，發現許多兄妹互相婚配，代代相傳的說法，是「一群兄弟與一群姊妹」之間相互婚配的現象，這點也是群婚的特徵；神話傳說中給我們的訊息是：原始的婚姻型態是群婚的形式，也有血緣族內婚的情形，而且是以兄妹群婚的血緣內婚為主，但是在兄妹血緣婚之神話中，也透露了婚制正由排斥血緣內婚，朝向族外婚發展的趨勢。

　　本章的討論重點，是以二、三章的神話傳說為文本，探索初民意識形態與婚制衍化之間的微妙關係。烏丙安教授說得好：「研究古代神話傳說的目

的，不僅在於正確認識古代社會生活，更重要的是探究古代人類意識形態中那些很寶貴的成分，從中看出人類文明的發展軌跡。」〔註1〕

第一節　婚姻制度的轉化

在二、三章的神話文本裡，我們確認了血緣群婚的社會婚姻存在，然而在洪水兄妹婚類型神話中，我們也嗅到先民蘊含其中的非血緣婚姻觀念，這種意識形態的產生勢必對婚姻制度造成影響。關於導致婚姻制度改變的因素，中外學者曾有多種說法，筆者藉以與神話傳說之情節相互印證，由其相符與相斥之處，探究婚姻制度轉變的原因，分述如下：

（一）「男女同姓」的族內婚是「其生不蕃」最大的原因，「其生不蕃」的後果是使一族難逃衰弱、滅亡的惡運，多產與多殖既然是初民共同的願望，人口惡質與滅種不啻是人類最大的夢魘，亦是全族必須共同防範的事情；因此，我們不難理解為何神話中的兄妹成婚會遭到嚴苛的天譴，甚至引發洪水、危及全族人的性命；兄妹亂倫的罪名是在滅種的十字架前被冠上的，深刻的滅種恐懼將亂倫推向罪大惡極的深淵。

血緣內婚恐遭致滅族，但男女不婚也同樣導致絕種的命運，這種情況下，實行族外婚乃是解決之道。摩爾根說：「把沒有血緣關係的人帶入婚姻之中，……它有利於創造一種在體力智力兩個方面都更為強健的種族。……當兩個具有強健的體力與智力的、處於開化中的部落，因為野蠻生活中的偶然事件而結合在一起並混為一個民族的時候，新生一代的顱骨和腦髓將擴大到相當於兩個部落才能的總和。」〔註2〕我們不清楚初民是否有這種優生學的概念，但是存在於先民意識中的非血緣婚姻觀正好推動族外婚，從而提昇了人體的素質，先民一定看到族內與族外婚的差別，神話傳說才諄諄告誡血緣內婚之不可行。

（二）也有外國學者提出族外婚乃因族內衝突而發生，如英國查理士·達爾文（Erasmus Darwin，1731～1802）說：「……初民們居住在小小的社會裡，每一位男性都擁有他能力所能供養和負擔的妻子們，同時，他必需時時嫉妒地提防其他男人的染指。或者他將像大猩猩一樣，一個人伴隨著幾個妻

〔註1〕引〈洪水故事中的非血緣婚姻觀〉一文，收錄於《中國神話文學選萃》（北京：中國廣播電視出版社，1995年11月）。

〔註2〕引《古代社會》（北京商務印書館，1995年），頁464。

子一起生活；因為所有的土著都『同意在一個小群體中只能有一成年的男性，當年輕的男性長大以後，爭執於是產生，最後，由最強壯的男性在殺死或驅逐出其他競爭者後而為新小群體的領袖。』如是，較年輕或瘦弱的男性被排出而開始流浪，當他成功找到了異性同伴後，自然地，他避免與自己原來血緣相同的家族結婚。」〔註3〕這段話是達爾文觀察較高等猿猴的生活習性，推論出人類和他們一樣在早期時仍然以小群體或小部落的方式集居生活，在群體中，由於嫉妒的心理使年齡較大和較強壯的男性擔負起雜交的責任。

達爾文的推論是依於遠古小群體或小部落的群居，根據我們在第二章的探討，遠古群居的小群體過著群居的生活，社會形態是「民知其母，不知其父」的母系社會，男女兩性的地位即使不是絕對的平等，也是以女性為家長的情形，絕不可能是「每一位男性都擁有他能力所能供養和負擔的妻子們」，況且彼時尚處於漁獵、採集的階段，女性和男性分工負擔勞動，各自發揮所長，女性不必完全仰賴男性生活，男性也需要女性的勞動成果，怎麼可能「同意在一個小群體中只能有一成年的男性」呢？

若是說因於嫉妒的心理，使年齡較大和較強壯的男性得以排除異己，防範其他男人染指其妻；何以只有男性有嫉妒的心理，那時代的女性就沒有嫉妒的心理嗎？唯一的解釋是達爾文的立論時空不對，一位男子獨佔數名女子的情況得有雄厚的經濟實力做為後盾，那起碼是農業、畜牧業膨勃的時代才有可能，也許得晚至文明時代的封建社會，男人才能因「權勢」排除異己，獨據數名女子；族外婚的發生遠早於農業、畜牧時代，所以達爾文的推論不足以解釋族外婚的發生。

然而達爾文卻提供我們一個思考點——男女性的嫉妒心理使人類逐漸脫離群婚狀態，在兄妹婚神話（見第三章表一）中，除了眾兄妹互相婚配的群婚現象外，還有一部分是兄妹生下數目相等的男孩及女孩，或者生數胎雙胞胎，胎胎都是一男一女，而且同胎的男女不婚配（這裡也可以窺見同姓不婚的折射），如生九對兒女，就配成九對夫妻，如生七十七子，就有一子夭折，湊成三十八對男女，這般情節已經帶有一夫一妻制的色彩了，顯示初民正在檢視群婚的狀態，因為男女兩性的心理變化，逐漸減少彼此的配偶數

〔註3〕引自佛洛依德著，楊庸一譯，《圖騰與禁忌》（台北：志文出版社，1994年），頁157～158。

目，從而改變兩性的婚姻關係，以及社會流行的婚姻形態，漸漸朝向對偶婚制發展。

（三）外國學者麥克倫南提出一個假說：早期的婚姻大多是由於男人搶奪他族的婦女而形成的。認爲外婚制的產生是由於早期實行搶婚的結果〔註4〕。徐亮之在《中國史前史話》一書中也說：「在人類的婚姻演程上，由內婚到外婚尚有一個過渡型式，這便是掠奪婚姻。而掠奪婚姻又只有漁獵經濟、圖騰社會，氏族時代是其發育的溫床。漁獵之民，由於武器的進步，社群的擴大，野性的難馴，是很容易流於掠奪生活的；其次，由於掠奪來的女子，氏族中准許掠奪者視同奴隸而使用，是越鼓勵男子從事掠奪婚姻的；尤其由於氏族內婚禁例的日繁，更使族內男子有不向外掠奪則不得妻的苦悶。自然人類「性的喜新性」、「複婚性」、「外婚性」也是刺激族內男子向族外掠奪女性的基本原因。」〔註5〕

掠奪婚姻是否爲促成族外婚產生的原因，這也是個值得思考的論點。在我國少數民族傣、苗、瑤、彝、景頗族目前都還流行著搶親的婚俗；在甲骨文中，「娶」字的字形就像一隻手舉著大斧對著屈膝的女子，表明娶妻是通過武力威逼或戰爭掠奪；又《易經・屯六二》云：「屯如，邅如，乘馬班如。匪寇，婚媾。」及〈睽上九〉云：「見豕負涂（土），載鬼一車；先張之孤，後脫之弧。匪寇，婚媾。」對我古代的搶奪婚俗作過生動的勾勒。

另外，有一類型神話傳說，其基本情節爲：某人發現了某神女，設法留住她，與她結婚生子，繁衍了某族，最後神女返回神界。如蒙古族〈天女之惠〉〔註6〕傳說：

> 一位獵人追趕野獸，登上納德山巔，發現湖裡有群仙女在洗澡，
> 他用皮套索套住一個，其他的飛走了。獵人和天女結婚，生下一個
> 男孩。天女不能長住人間，用搖籃把孩子掛在樹上，派隻黃鳥給他
> 唱歌，然後悲痛地回上去了。孩子後來成了綽羅斯人的祖先。

神話中的天女大概是黃鳥圖騰氏族的人，被獵人搶去當妻子，所以之後又有「逃婚」的情節；這類型神話還有很多，大多是神（仙）女爲凡間男子所強

〔註4〕 引自佛洛依德著，楊庸一譯，《圖騰與禁忌》（台北：志文出版社，1994年），頁153。
〔註5〕 台北：華正書局出版，1979年，頁137。
〔註6〕 引自《中華民族故事大系》卷一（上海文藝出版社，1995年）。

留，可看作古代搶奪婚的遺留；相反的，則另有一種情節，故事說某一男人到山野中，遇到雌性猛獸，雌獸強迫獵人成親，後來生下獸形子，而男人卻伺機脫逃，如鄂倫春〈人和熊〉傳說〔註7〕。這二種情節相似的神話，後者仍保留赤裸的獸形，應早於雅馴的前者，如果男人爲雌獸逼婚的神話代表母系社會的風情，那麼神女爲凡間男子強留的神話，則是母系社會向父系社會過渡的情況了。

僅管民俗、古籍及神話傳說皆有搶奪婚姻之孑遺，但是我們無法證明搶奪婚姻是一長期穩定的聯婚形態，因爲當有一方豪取強奪時，必有一方遭受侵掠，所以搶奪婚姻必非人民所樂見，它的存在可能只是因應社會轉型（母系社會向父系社會過渡）的作法。這樣一種非常態婚姻形式，無法說服我們相信它是促成族外婚的原因。

（四）關於族外婚的發生，尚有學者提出肇因於厭惡群內異性的說法。韋斯特馬克從生物學的角度對亂倫的畏懼做了解釋，他說：「通常，從小即在親近中長大的兩性之間，在先天上常存在一種對性關係的厭惡，由於此種親近常與血緣有關，因此，此種感覺也就很自然地形成一種對親近血緣產生性關係的畏懼。」〔註8〕埃利斯（Havelck Ellis）也補充說：「兄、弟、姊、妹或一起長大的男女之間，他們之所以缺少彼此的性衝動，只是由於缺少挑起他們性慾的那些外在條件……那些生活在一起的人們，他們從小即已在視覺、聽覺和觸覺上被嚴格地訓練壓抑自己的情感衝動或去除任何能觸發性衝動的因素。」〔註9〕

按照韋斯特馬克及埃利斯的說法，兄妹從小即因親近而先天上常存在一種對性關係的厭惡，如用這種理論來看兄妹神話，我們會發現神話中的兄妹拒婚不是緣於厭惡對方，或者是彼此之間缺少性衝動；兄妹的顧忌顯然是來自輿論的壓力，所以他們必須透過不斷的占婚，以取得天意的承諾與認同，所謂兄妹成婚「是天地不容的事情」（哈尼族〈天、地、人〉）〔註10〕、「塵世間從來不興這個規矩」（仡佬族〈阿仰兄妹制人煙〉）〔註11〕，這是社會制約

〔註7〕見《中華民族故事大系》卷十五（上海文藝出版社，1995年）。
〔註8〕引自佛洛依德著，楊庸一譯，《圖騰與禁忌》（台北：志文出版社），頁154。
〔註9〕引自佛洛依德著，楊庸一譯，《圖騰與禁忌》（台北：志文出版社，1994年），頁154。
〔註10〕見陶陽、鍾秀編，《中國神話》（上海文藝出版社，1990年），頁35～38。
〔註11〕同上書，頁204～211。

內化於人心的反映，禁止族內婚倚靠的是公眾制裁的力量，就像佤族〈司崗里〉神話〔註 12〕中，兄妹通婚將被氏族首領抄家，而兄被攆到天上去，其實就是被逐出氏族，我們在兄妹婚神話中看不出「缺少挑起性慾的外在條件」是兄妹拒婚的原因，相反的，卻有很多兄妹「日久生情」而成婚的例子；若由生理及心理方面來談兄妹拒婚，神話傳說中的拒婚者大多是妹妹，從女性心理切入倒可一探究竟，這點筆者已於上一章討論過。

另外，佛洛依德針對韋斯特馬克之厭惡群內的異性說，提出以下的說法：「……法律只是禁止人們去做本能所喜好的事情，至於，對那些自然禁止的事情，法律的禁止顯得多餘且可笑。……法律所明文禁止的犯罪行為常常是人們在本質上具有觸犯傾向的行為。因為，倘若沒有此種觸犯傾向則自然沒有這種犯罪行為，既然沒有此種犯罪行為，那麼，法律的規定豈不是無的放矢？依此推演，法律的所以禁止亂倫，我們不難推出人類的本能中必然具有此種傾向。因為，法律的禁止實是由於文明人認為此種自然本能滿足的結果將破壞社會的公共道德和秩序而促成。」〔註 13〕

佛洛依德所謂法律的制定，雖然指的是文明社會的產物，但是在古代，圖騰禁忌對氏族社會的規範力量，幾乎媲美文明社會的法律制裁，關於圖騰文化與婚制的交互作用情形，筆者將於下一節中討論。佛洛依德的駁斥彷彿暗示血緣婚的發生是出自人類的本能，關於這一點，我們無法由神話傳說中找出端倪，但可以確定的是，神話中的兄妹婚是透過巨大的社會規範力量來禁止的，而兄妹拒婚是出於畏懼的心理，不完全取決於兄妹個人的意願。

截至目前為止，除了「男女同姓，其生不蕃」的滅種危機外，尚找不到其他理由，能夠合理地解釋何以嚴禁族內婚會成為全體人類的集體無意識。嚴禁族內婚的意識一旦形成，也就是族外婚制實行的開始。

第二節　圖騰文化在婚制轉化中的作用

圖騰（Totem）一詞，最初源於鄂吉布瓦印第安人的方言 ototoman，意為「他的親屬」和「他的標記」〔註 14〕。關於圖騰，有很多學者提出定義。

〔註 12〕同上書，頁 71～90。
〔註 13〕引自佛洛依德著，楊庸一譯，《圖騰與禁忌》（台北：志文出版社，1994 年），頁 155。
〔註 14〕見《宗教詞典》「圖騰崇拜」一條（北京：中國大百科全書出版社，1988 年）。

如：嚴復說：「圖騰者，蠻夷之徽幟，用以自別其眾於餘眾也。」〔註15〕摩爾根說：「意指一個氏族的標幟或圖徽。」〔註16〕德國恩斯特‧卡西爾說：「是部落社會全部宗教生活和社會生活的『支配者』。」〔註17〕楊堃說：「一個圖騰，是一種動物，或植物或無生物。而部落內的某些社會集團，常以此圖騰作為自己的社先，並以圖騰的名字作為自己的名字。」〔註18〕岑家梧說：「人們相信某種植物為集團之祖先，或與之有血緣關係。」〔註19〕

　　將這些片面的定義連綴起來，所謂「圖騰」，就是原始時代的人們把某種動物、植物或無生物等當作自己的親屬、祖先或保護神，相信他們不僅不會傷害自己，而且還能保護自己，並且能獲得它們超人的力量、勇氣和技能。人們以尊敬的態度對待它們，一般情況不得傷害。氏族、家族等社會組織以圖騰命名，並以圖騰作為標誌。

　　所謂圖騰文化，就是由圖騰觀念衍生的種種文化現象，也就是原始時代的人們把圖騰當作親屬、祖先或保護神之後，為了表示自己對圖騰的崇敬而創造的各種文化現象〔註20〕。黃文山認為圖騰文化是「最早的文化體系」，在中國舊石器末期與新石器時代，圖騰制度已成為一種基本的文化體系。〔註21〕

　　圖騰文化的核心是圖騰觀念，其中包括圖騰名稱、圖騰標誌、圖騰禁忌、圖騰外婚、圖騰儀式、圖騰生育信仰、圖騰化身信仰、圖騰聖物、圖騰聖地、圖騰神話、圖騰藝術等。本節要討論的重點是圖騰文化對於外婚制的實行有何影響？以圖騰名稱、圖騰禁忌、圖騰外婚等與婚制有關的觀念作為討論焦點。

　　在進行討論之前，我們必須釐清一個觀念——圖騰文化並非因應外婚制的實行而產生，據黃文山的研究，圖騰的發生至少在舊石器時代末期前，而外婚制的普遍實行至少要在氏族社會建立之後，弗雷澤就曾說過：「圖騰部落與實行外婚制的部落，二者在社會結構上不同，我們有足夠的理由相信圖騰

〔註15〕《社會通詮》（北京：商務印書館，1981 年），頁 3～4 嚴復按語。
〔註16〕《古代社會》上冊（北京：商務印書館，1981 年），頁 168。
〔註17〕恩斯特‧卡西爾著，《人論》（台北：結構群出版）。
〔註18〕《原始社會發展史》（北京師範大學出版社，1986 年），頁 14。
〔註19〕《圖騰藝術史》（台北：地景企業出版，1996 年），頁 1。
〔註20〕參見何星亮著，《龍族的圖騰》（台北：中華書局，1993 年），頁 1。
〔註21〕參見何星亮著，《龍族的圖騰》（台北：中華書局，1993 年），頁 2。

部落的存在是較為久遠。」〔註 22〕相反的，外婚制的產生亦非圖騰文化使然。然而圖騰文化卻在外婚制的形成中起著一定作用，這就是下面要討論的重點：

一、圖騰名稱具有識別族群的作用

族內婚開始向族外婚發展的一個先決條件，必須是原始部族開始分化，發展出不同的氏族；而族外婚的形式有多種，其中一種是在兩個固定的氏族之間通婚，在這種有限定的氏族通婚形式下，確定氏族名稱成為一種需要，而且必要。

古代之氏族、胞族、部落或民族等社會組織，又常以動物、植物、無生物或自然現象為圖騰，並以其名稱作為群體的名稱，如以虎為圖騰的氏族，便叫做虎氏族，所以圖騰名稱可做為同一氏族之人的共同稱呼，具有區分群體、防止混淆的功能，承如嚴復所言，可「用以自別其眾於餘眾也」。〔註 23〕

初民為避免同姓聯姻，所謂「娶妻避其同姓」〔註 24〕、「買妾不知姓、則卜之」〔註 25〕，就是為了保證在被規定的氏族間或異族之間通婚，因此，男女婚配，首先必須問對方的圖騰，以確定雙方可否婚媾，尤其在群婚風氣猶存，男女雜游野合更需要通過各人所屬的圖騰來確認。

圖騰名稱具有識別族群的作用，在族外婚的實行中發揮了重要的識別功能，無形中，為族外婚提供了便利。

二、圖騰外婚具有制裁族內婚的效力

今日，我們的民法親屬篇規定，直系血親及直系姻親不得結婚，旁系血親在八親等以內者及旁系姻親在五親等以內者亦不得結婚；在古代則有「同姓不婚」之非血緣婚姻觀念，雖然沒有成文的婚姻法規，卻有一約定俗成的不成文婚姻法——圖騰外婚制，圖騰外婚即是禁止同一圖騰群體成員之間相互通婚，亦即不同圖騰群體之間方可通婚。弗洛伊德發現「幾乎無論在那裡，只要有圖騰的地方便有這樣一條定規存在：同圖騰的各成員相互間不可以有性關係，亦即，他們不可以通婚。這就是與圖騰息息相關的族外通婚現

〔註 22〕佛洛依德著，《圖騰與禁忌》（台北：志文出版社，1994 年），頁 152。
〔註 23〕見《社會通詮》（北京：商務印書館，1981 年），頁 3。
〔註 24〕語見《禮記·坊記》。
〔註 25〕語見《左傳》昭公元年傳。

象。」〔註26〕美籍學者羅維在《初民社會》一書中談「婚姻禁例」時說：「世界各地都有選擇配偶的限制，大致根據血緣的親近。誰要違背這些規則，便犯了可怕的亂倫罪。在最狹義的家族範圍中，性的關係是一致被禁止的，世界上沒有一個民族容許親子間配合。」〔註27〕

　　若是破壞了圖騰外婚的規範，當事人將受到全族人的撻伐，弗雷澤曾描述違反外婚制所受到的懲罰是如何的嚴厲，他說：「在澳洲與一個受禁制的族人通姦，其處罰通常是死亡。不管那個女人是從小就已同族的或只是打戰時擄獲者；那個於宗族關係上不應以她爲妻的男子馬上會被其他族人追獲捕殺，對女子來說也是這樣。……就是偶爾的調情也適用這種禁制。任何形的禁制破壞都被認爲極度可惡而處以極刑。」〔註28〕在佤族〈司崗里〉〔註29〕神話中，就描述因兄妹婚而遭到抄家、逐出氏族的懲罰；赫哲族〈姊弟倆〉〔註30〕的故事則描寫輿論的指責，逼迫當事人投河自盡；納西族〈人類遷徙記〉〔註31〕則強調因兄妹婚而激怒天神，引發洪水，導致人類滅絕。在我國鄂溫克族違反圖騰外婚規則必須受到嚴厲的懲罰，甚至處死；雲南克木人視違反圖騰外婚制的男女爲豬狗，至今違反者仍要舉行一種特殊的儀式——「同槽吃食」儀式，就是把糠和水倒進豬槽裡，命違禁男女兩人四肢著地學豬叫，爬進豬槽就食。同時由一男子手提斧頭從他們的上空劈下（一說劈向兩人的中間），意思是向雷神認錯，以後不要劈打他倆人了。然後由另一婦女提一水桶向他們潑去，意思是向水中龍王認罪，以後請龍王不要咬他倆了。有的地方還要殺羊祭寨神，祈求消災禳禍，祭祀在塞外「龍林」裏舉行，全寨已婚者都必須參加，祭畢，即在林中將羊食盡，吃不完就倒掉，不能帶進寨子。〔註32〕

　　從以上這些事例或神話傳說，可以了解禁制族內婚是公眾的意識，違反這個禁制將不只是個人「自取禍害」而已，也可能殃及全族，所以同族之人都將同仇敵愾。對違反婚制的人處以極刑。圖騰外婚制驚人的制裁力量，對

〔註26〕佛洛依德著，《圖騰與禁忌》（台北：志文出版社，1994年），頁15。

〔註27〕引自李緒鑒著，《禁忌與惰性》（台北：幼獅文化出版，1995年），頁36。

〔註28〕佛洛依德著，《圖騰與禁忌》（台北：志文出版社，1994年），頁17。

〔註29〕見陶陽、鍾秀編，《中國神話》（上海文藝出版社，1990年），頁52～70。

〔註30〕見《中華民族故事大系》卷十六（上海文藝出版社，1995年）。

〔註31〕同上書，卷九。

〔註32〕引自何星亮著，《龍族的圖騰》（台北：中華書局，1993年），頁114。

於赫阻族內婚，推動族外婚具有無可置疑的效力。

三、圖騰禁忌的心理作用

圖騰禁忌與婚姻制度的關係，是承襲圖騰外婚制而言，圖騰外婚制是原始民族社會的不成文法律，圖騰禁忌則是鞏固這不成文法律的心理基礎。圖騰禁忌的內容主要是同一圖騰者之間不許通婚，不許殺害、食用、褻瀆圖騰物體，在一定時間不許說它們的名字。這裡要談的並非所有的圖騰禁忌文化，而是構成人類之圖騰禁忌的心理，如何在推動外婚制的施行中產生作用。

弗雷澤在《金枝》〔註33〕一書中談到禁忌的原則時說：「如果某種特定行為的後果對他將是不愉快的和危險的，他就自然要小心地不要那樣行動，以免承受這種後果。換言之，他不去做那類根據他對因果關係的錯誤理解而錯誤地相信會帶來災害的事情。簡言之，使他自己服從於禁忌。」關於禁忌的本質，弗洛伊德持外界強迫說，他認為：「禁忌是針對人類某些強烈的慾望而由外來所強迫加入（由某些權威）的原始禁制。」〔註34〕卡西爾持內心怒懼說，他說：「禁忌的本質就是不依靠經驗就先天地把某些事情說成危險的。」〔註35〕綜合這些說法，我們可以概括地說，禁忌是人們為了避免某種臆想的超自然力量或危險事物所帶來的災禍，從而對某種人、物、言、行的限制或自我迴避。

據此，我們可以推論初民嚴禁族內婚起初是一經驗禁忌，因為族內婚而產生的畸型後代使他們感到「不愉快的和危險的」於是初民「自然要小心地不要那樣行動，以免承受這種後果」；然而，男女之間的性吸引又是一種本能，防不勝防，到後來為了避免災禍，就將同族男女之間強烈的性慾望，不依靠經驗就先天地地將它說成是危險的，也就是把「經驗教訓神祕化」，用超自然的神鬼、邪魔力量（天神的降災）來嚇唬人們，或用群眾的集體韃伐、排斥使人產生畏懼，以達到防患未然的目的。

圖騰外婚的禁忌，是源自初民遠古的恐怖記憶，隨著時代日遠，當初人類可怕的遭遇漸漸被湮沒，但是卻在人類心態中留下陰影，反過來以一種神祕、權威的氛圍挴制人類的行為，禁忌就像是社會契約的胚胎，具有約束和

〔註33〕台北：桂冠圖書公司出版，1994 年。
〔註34〕佛洛依德著，《圖騰與禁忌》（台北：志文出版社，1994 年），頁 38。
〔註35〕引自李緒鑒著，《禁忌與情性》（台北：幼獅文化出版，1995 年），頁 24。

限制的功效。圖騰禁忌對族外婚的推動是具體而明顯的，它是透過人類恐怖心理到自我約束的路徑而完成的。

第三節　小　結

　　婚姻制度的轉變與當時的社會生活形態，以及人民的思想觀念，有著密切的關聯，由洪水兄妹婚類型神話（見第三章）之析論，我們明白非血緣婚觀念的產生，是改變婚姻制度（由族內婚向族外婚轉變）的關鍵；另外，中外學者提出許多說法以解釋族外婚的形成原因，諸如：族內衝突說、搶奪婚姻說、厭惡群內異性說及同姓不殖說等，上述說法經過神話情節之比對、解析，惟有同姓不殖說較爲合理，而同姓不殖也正是洪水兄妹婚神話之非血緣婚姻觀念的核心問題。

　　同姓不殖之非血緣婚姻觀念是內、外婚制轉變的原因，而在外婚制的形成過程中，起著實質作用的卻是圖騰文化，其中，圖騰名稱具有識別族群的作用，爲族外婚提供了便利；其次圖騰禁忌透過其神祕、權威的氛圍，使人們產生自我約束的心理作用；最後，具有不成文婚姻法性質的圖騰外婚制，以實際的懲罰動作制裁違禁者，以達到嚇阻族內婚的目的。

　　在這一內、外婚制轉化的過程中，個別的男人或女人，均不能自主地決定婚姻，因爲在每一聯姻的背後，都必須有全族人民的意識認可。似乎族外婚的形成，就標誌著婚姻不再是男女雙方的事，而是族與族之間的聯盟。

第五章　由圖騰神話析論兩性社會地位的演變

　　幾乎每個圖騰集團都有關於圖騰的神話傳說，這些神話傳說是圖騰信仰不可分割的重要組成部分。因為圖騰神話具有使各種圖騰文化現象神聖化、合理化的作用，誠如英國文化人類學家馬林諾夫斯基（Bronislaw Kaspar Malinowski，1884～1942）所言：「神話有建立習俗，控制行為準則，與賦于一種制度以尊嚴及重要性的規範力量。……神話在原始社會中施行一種不可或缺的作用：神話表現信仰，加強信仰，並使信仰成為典章；它保護並加強道德觀念；它保證儀式的效用並包含指導人類的實際規則。」〔註1〕比如在前一章所討論的圖騰外婚與圖騰禁忌，其具有規範社會的權威性，乃建立在圖騰神話對圖騰崇拜的神聖化、合理化之基礎上。

　　圖騰神話還具有保存史實的功能，從圖騰神話中可以看到民族來源、祖先來歷，圖騰親屬及圖騰祖先觀念使得解釋圖騰始祖的神話豐富，反過來，圖騰始祖神話又將圖騰祖先的觀念傳遞給後代；就是因為神話有這種與歷史、人民思想、社會文化互滲互透的特性，所以我們可以由神話挖掘遠古那些從史書中缺席的歷史。本文的第二到第四章已由典籍上的感生神話、女神神話、兄妹婚神話探索兩性婚姻制度的演進，從中檢視兩性社會地位的演變情形。本章就圖騰神話加以析論，以拓展問題的視角，期使論文之論述更加完備圓滿。

　　根據筆者蒐集整理的圖騰神話，大概可分成圖騰神創世、圖騰神為祖先

〔註1〕引自《巫術科學宗教宗與神話》（北京：中國民間文藝出版社，1986年）。

恩人及圖騰始祖創生神話三大類，但是圖騰神創世及圖騰神爲祖先恩人神話
之內容不在本文的論述範疇，故不加贅述；關於每一民族之圖騰考證問題，
亦非本論文討論之焦點，筆者僅於章末附錄何星亮先生之〈中國各少數民族
的圖騰〉一覽表﹝註2﹞，供參研對照。

　　圖騰始祖創生神話是本章論述之文本，筆者將其析分爲：其一、始祖由
圖騰物所生或所變的神話。其二、始祖由女子感圖騰物而生的神話。其三、
始祖由女子與雄性圖騰物婚配而生的神話。其四、始祖由男子與雌性圖騰物
婚配而生的神話。此四類型神話之情節，具有先後演變的關聯。筆者運用統
計法歸納每一類型神話，再用演繹法析論每一類型神話之間的演變關係，從
而說明兩性社會地位的演進情形。以下分四節加以討論。

第一節　始祖由圖騰物所生或所變的神話

　　此類型的神話有以下數則：

1. 栗僳族虎氏族有一種傳說：

　　　　虎生出來的一個兒子後來變成人，這個兒子長大後即以虎作爲
　　自己的名字，其後代便是虎氏族。﹝註3﹞

2. 雲南碧江一區九村的怒族蜂氏族，自古相傳其始祖茂充英是天上飛來
　　的一群蜂變成的女人。另有一種傳說，天降群蜂，歇在怒江邊，後來
　　蜂與蛇交配，生下了茂充英；茂充英長大後，又與虎、蜂、蛇、馬、
　　鹿、麂子等動物交配，其後代分別爲虎氏族、蜂氏族、馬、鹿氏族、
　　麂子氏族。茂充英是各氏族的共同祖先。
　　又福貢木古甲村怒族的「圖郎提起」（木椿氏族）十分崇拜一種稱爲「圖
　　郎」的樹木，他們以爲自己的祖先是這種樹變來的。﹝註4﹞

3. 藏族古籍《西藏王統紀》有關於彌猴變人的神話記載。

4. 西昌、涼山地區的彝族的《遠古神話》有猿猴變人的傳說。黔西北地
　　區的彝族亦流傳著其祖先從竹而生的傳說：

﹝註2﹞　見《圖騰文化與人類諸文化的起源》（北京：中國文聯出版，1991年），頁147
　　　　～153。
﹝註3﹞　見《中華民族故事大系》卷七（上海文藝出版社，1995年）。
﹝註4﹞　見何星亮著，《龍族的圖騰》（台北：中華出版社）。

　　　　古有一農人，一天，於岩腳邊避雨，見幾筒竹子從山洪中漂來，
　　取一竹筒划開，內有五個孩兒，他如數收爲養子。其後裔分別爲白
　　彝、紅彝、青彝。廣西那坡彝族也有類似的傳說：遠古時，有一株
　　金竹突然爆開，飛出一對有手腳有眼睛的人來。后來，這一對人生
　　下四兄弟，其中之一便是彝族的祖先。〔註5〕

5. 台灣排灣族阿達斯社傳說靈蛇生下他們的祖先。〔註6〕

6. 羌族有〈猴變人〉的傳說，認爲他們的祖先是猴子變成的。〔註7〕

7. 門巴族有〈猴子變人〉傳說，很久以前，地上沒有人，但已有了猴子，
　　天神將部分猴子變成人。〔註8〕

8. 古代台灣北部山中，萬大社的傳說云：

　　　　有周比（chibe）鳥，棲息於河畔，欲渡河的對岸。時有一烏鴉
　　飛入水中，周比繼之而泳。中途，烏鴉溺斃，周比獨得生渡。然而
　　再欲返回原岸時，已無烏鴉作伴了，周比忽然變形爲一男一女，產
　　生子孫，繁殖而成一族。〔註9〕

9. 拉祜有關于葫蘆生人傳說：

　　　　古有一葫蘆，一天，從葫蘆裏出來一男一女，長大後兄妹結婚，
　　繁衍後代。

10. 台灣高山族泰雅人霧社群、Toroko 群和 Teroko 群，以及魯凱人去怒社
　　和阿美人恆春阿美雷公火社，均有樹木生人神話。排灣人 Parilarilao
　　群、高土佛社和卑南人卑南社有竹子生人神話，布農族人郡社群有瓢
　　生神話，布農人巒群紅石頭社有紅芋生人神話。

11. 古畏兀兒人傳說其祖先由樹所生，黃清《金華黃先生文集》卷二四〈亦
　　輦眞公神道碑〉：

　　　　亦輦眞偉吾而（即畏兀兒——引者）人，上世爲其國之君長，

<hr>

〔註 5〕見《中華民族故事大系》卷三（上海文藝出版社，1995 年）。
〔註 6〕巴蘇亞‧博伊哲努（浦忠成）著，《台灣原住民族的口傳文學》（台北：常民
　　　文化出版，1996 年）。
〔註 7〕見同註2，卷十一。
〔註 8〕見《中華民族故事大系》卷十六（上海文藝出版社，1995 年）。
〔註 9〕林道生編著，《台灣原住民口傳文學選集》（花蓮縣立文化中心出版，1996
　　　年）。

國中有兩樹，合而生癭，剖其癭，得五癭兒。四兒死而第五兒存，以爲神異，而敬事之，因妻以女而讓以國，約爲世婚，而秉其國政，其國主即今高昌王之所自出也。

12. 夜郎有竹傳說，據《後漢書‧西南夷傳》云：

夜郎者：初有女子於遯水，有三節大竹流入竹間；聞其中有號聲，剖竹視之，得一男兒歸而養之。及長，有才武，自立爲夜郎侯，以竹爲姓。武帝元鼎六年，平西南夷爲牂牁群，夜郎侯迎降。天子其王印綬，後遂殺之……今夜郎縣有竹王三郎神是也。

常璩《華陽國誌‧南中誌》云：

有竹王者興於遯水。有一女子浣於水濱，有三節大竹流入女子竹間，推之不去，聞有兒聲，取持歸破之，得一男兒，長有才武，遂雄夷狄。以竹爲姓，捐所破竹於野成竹林，今竹王祠竹林是也。王與從者嘗止大石上命作羹，從者曰：「無水。」王以劍擊石水出，今竹王水是也，破竹存焉。

13. 《白虎通‧姓名篇》引《尚書刑德考》云：「殷姓子姓，祖以玄鳥子生也。」

14. 黎族〈葫蘆生人〉傳說：

遠古時期，地上有只葫蘆，大得能夠頂起五指山。天神要一只穿山甲給它打個洞，從洞裡生出了一對兄妹和一對對雌雄禽畜。兄妹結親，生下子孫，後來成了黎族。

15. 高山族〈祖先的傳說〉：

兩只燕子飛到日月潭，各從水裡銜出一顆五彩鵝卵石，掉下來裂成兩半，分別走出一個姑娘，一個小伙子。兩人結婚，生育出高山族。〔註10〕

16. 《元朝秘史》傳說當初元朝的人祖，是一隻蒼色的狼與一隻慘白色的鹿相配了，同渡過騰吉斯名字的水，來到于斡難河源頭不兒罕山前住

〔註10〕見林道生編著，《台灣原住民口傳文學選集》（花蓮縣立文化中心出版，1996年）。

著，產下一個人，名字喚作巴塔赤罕。

此類神話是始祖創生神話中最早產生的。人類社會發展到一定程度，人的思維也隨著有進一步的發展，人類開始追溯自己氏族的祖先，但是早期的人類對事物之間聯想是簡單而樸素的，像食必能止飢，飲必能止渴，是很直接的因果關係，他們很容易理解，對事物的瞭解，起初總是靠經驗和觀察，但是像生育一事，嬰兒誕生與男女性交之間隔著一段不算短的時間（十個月），而且受孕與性交並不是必然的，也有男女終身交媾而不孕者，所以早期人類很難將生育與男女性交做一聯想。

初民會始祖的來歷依附於某種動物或植物，除了萬物有靈的觀念外，早期人類所處的環境及他們從事的生產活動也具有極大的關係。由於初民與獸群居，以力相征，他們過著採集、漁獵的生活，動物是主要的食物來源，動物的多寡決定他們能否飽食一頓或得挨餓幾天，如此一來，動物就成了初民生活中舉足輕重的東西；尤其是人們常限於工具和自然條件（風、雨）等因素而不能獲得食物時，老虎、蛇、鷹……等猛獸卻能以其利爪雄翅捕獲獵物，使人們對動物產生崇敬的心理，冀求自己也能擁有猛獸般的威力，同時又希望猛獸不要傷害自己，這就是很多民族都以動物作為圖騰的原因。始祖由圖騰物所生成或所變的神話也以動物化生者居多，其次是植物，最少的是無生物；大概是因為漁獵時代，動物與人接觸密切，所受到的威脅也較直接，故以動物為圖騰的氏族較多。

圖騰物化生始祖的神話，不論圖騰物是動物、植物或是無生物，其實都反映了人類和自然環境的關係，也許是地區多猛獸，祈求獸祖先的保佑；也許地區多產某種植物，人類倚之維生。英國人類學家沙爾波說過：「一個圖騰似乎可以是物理環境或心理環境中的任何持久的成分，或者是獨一無二的概念實例，或者更經常地是事物、活動、狀態或性質的類或種，它們經常反覆出現，因而被看作是永久的。」〔註11〕所以像虎、蛇、熊、鷹、毛毛蟲、蜂……等動物，或者是樹木、竹、果實……等植物，甚至像太陽、月亮、刀……等無生命物，無論現代人多麼難以想像的東西，都有可能成為原始氏族之圖騰物，只要它是那一地區「經常反覆出現，被看作是永久性的」，與人民生活息息相關的事物，就有可能被初民錯覺的血緣意識拱上始祖的殿堂。

〔註11〕引自高明強著，《神祕的圖騰》（江蘇人民出版），頁 17。

在圖騰物化生始祖的神話中，人類成為次要的角色，人類的始祖不是人類的自身，生育知識的貧瘠當然是主要的原因，人的自我意識不發達，所以有物我合一、物種不分的思想；初民在神話中呈現的性別意識也不明顯，化生始祖的圖騰物沒有表明性別，而化生的始祖也只在少數例了中表示性別，如台灣萬大社的傳說，周比鳥變一男一女；拉祜族傳說從葫蘆裏出來一男一女；夜郎的竹傳說，剖竹得一男兒，及長，自立為夜郎侯。很明顯的，夜郎的傳說背景已是封建社會，原始的色彩已被沖淡。由神話透露出的訊息，初民似乎對性別的差異還沒有意識到，在生產力極低的採集、漁獵時代，男女都要負擔部分勞動，再加上不明瞭男女兩性在生育中扮演的角色，故在生理及心理上，男女的性別差異就不明顯，相對的，男女兩性的關係也呈現極自由、平等的狀態。

第二節　始祖由女子感圖騰物而生的神話

此類型神話又可細分為兩類：

一、女子接觸動植物或無生命物而孕

1. 彝族神話〈支呷阿魯〉說：

> 蒲莫列伊幺姑娘在大杉樹下正織著裙布的時候，突然有一隻大黑鷹從空中飛下來，剛剛碰到她身上，就掉下了三滴鮮紅的血，一滴落在幺姑娘的頭上，一滴落在幺姑娘的腰上，一滴落在幺姑娘兩腿之間的裙子上。這樣，幺姑娘就懷孕了，不久就生了一個男孩子。

彝族每一古老氏族都有自己的圖騰起源傳說。「杰吾頗」方姓傳說是因自己的始祖母聽到「杰吾」鳥晨啼而有孕，其後代以「杰吾頗」（「杰吾鳥」）作為族稱，後借用漢姓方。

2. 獨龍族神話〈馬葛棒〉說：

> 有個娘去采筍，回來的路上口很渴，喝了大象腳印中的一窩水，因而懷孕了。五個月後，生下一個兒子，取名叫馬葛棒。馬葛棒剛生下來的第一天，就能吃一碗飯，兩天就會說話，三天就會走路。四天就會跑，五天就長得跟大人一樣，會砍火山，會打豬。

3. 傣族故事〈金象的兒子〉中的姑娘懷孕是因喝了金象撒的尿，生下的

孩子有兩個頭，叫楂果小岩。傣族民間故事〈娜窩妮〉說：

> 窮人家的妻子木亮和富人家的妻子木罕在月下紡織，兩個檳榔被風吹落，一個落在木亮懷裏，一個落木罕懷裏。從此，他們都懷孕了。十個月後，木亮生了一個兒子，木罕生了一個女兒。

4. 雲南白族虎氏族傳說：

> 古有一位白族姑娘夢與虎交，驚醒後身懷有孕，生一男孩。孩子生而無父，即以虎為姓。

5. 哀牢夷的龍傳說，據《後漢書·西南夷》傳：

> 哀牢者，其先有婦人，名沙壹，居於牢山，嘗捕魚水中，觸木若有所感，因懷妊，十月產男子十人。後沈木化為龍，出水山。沙壹忽聞龍語曰：「若為我生子，今悉何在？」九子見龍驚走，獨小子不能走，背龍而坐，龍因舐之。其母鳥語，謂背為九，謂坐為隆，因名子曰九隆。及後長大，諸兄以九龍為父所舐而黠，遂推以為王。後牢山下有一夫一婦，復生十女子，九隆兄弟皆取以為妻，後漸相滋長。

6. 夫余的東明傳說，據《後漢書·東夷傳》：

> 夫余國在玄菟北千里，南與高句麗，東與挹婁，西與鮮卑接，北有弱水，地方二千里，本歲地也。初北夷索離國王出行，其侍兒於後妊身，王還欲殺之。侍兒曰：「前見天上有氣，大如雞子來降我，因以有身。」王囚之，後遂生男。王令置於豕牢，豕以口氣噓之，不死；復徒於馬欄，馬亦如之。王以為異，乃聽母收養，名曰東明，東明長而善射，王忌其猛，復欲殺之。東明奔走，南至掩遞水，以弓擊水，魚鱉皆聚浮水上，東明乘之得渡，因至夫余而王之焉。

7. 高句麗的朱蒙傳說，據《隋書·高句麗傳》：

> 高句麗之先出自夫余，夫余王嘗得河伯女，因閉於室內，為日光隨而照之，感而遂孕，生一大卵，有一男子破殼而出，名曰朱蒙。夫余之臣以朱蒙非人生，咸請殺之，王不聽。及壯，因從獵，所獲居多，又請殺之。其母以告朱蒙，朱蒙棄夫余東南走，遇一大水，深不可越。朱蒙曰：「我是河伯外孫，日之子也，今有難，而追兵

且及，如何得渡？」於是魚鱉積而成橋，朱蒙遂渡，追騎不得濟而還。朱蒙建國，自號高句麗。

8. 藏文史書《西藏王統世系明鑑》記述了藏族的圖騰感生神話：

> 王妃在牧馬時夢見與雅拉香波山神（傳說山神是一頭白犛牛）化身的一位白人交合，醒來後卻看見一頭白犛牛從身邊走開了。後王妃生下一個血團，把血團放進野犛牛角裏，孵化出一個男孩。

二、女子吞食卵或果實而孕

1. 栗僳族以蕎為圖騰的氏族相傳其始祖母因食蕎而受孕，所生之子便是蕎氏族的祖先。
2. 以香芝麻棵（彝語稱「沐和薄」）為圖騰的彝族傳說自己的始祖母因喝香芝麻棵茶孕子而產生了後代。
3. 《滿州實錄》卷一記述佛庫倫吞食果子而生滿族始祖的神話：

> 初，天降三仙女浴於泊，長名恩古倫，次名正古倫，三名佛庫倫。浴畢上岸，有神鵲銜一朱果置佛庫倫衣上，色甚鮮豔，佛庫倫愛之不忍釋手，遂銜口中，甫著衣，其果入腹中，即感而成孕。……佛庫倫後生一男，生而能言，倏爾長成……。成為滿族之始祖。

本節討論的神話還包括第二章收錄的感生神話，為避免重複，於此不錄，但仍列為本節的討論對象。

在第二章的論述中，我們討論到感生神話的產生有政治的目的，若僅探究史書或古籍的感生神話，其具有政治意味的確不容否認，史傳所載之帝王公侯神奇的誕生，乃是政治家為塑造統治者的權威而設想出來，但是設想不能憑空捏造，必須有本有源，言之成理，模仿上古帝王感生神話的方式正可以達到宣揚奉天承運的目的，所以上古帝王感生神話的產生與文明時代的感生神話意義不同；既然上古帝王之感生神話並非為統制目的而捏造，而我們也知道任何「感孕而生」的事都是不可能的，到底上古帝王的感生神話又是怎麼產生的呢？

圖騰崇拜才是產生上古帝王感話的文化因子，初民要理解自己氏族圖騰由來，只好追溯到他們能夠記憶的始祖身上，始祖是感何物而生，那物就

氏族的圖騰，據前輩學者之研究，感蛇而生之伏羲是蛇圖騰氏族，後蛇氏族與鄰近氏族之間經過戰爭融合，氏族生態有所變化，產生一綜合圖騰──龍，蛇圖騰氏族大概是諸氏族中較強大的，綜合圖騰「龍」就保留了蛇的身軀；感青虹或感雷電，其實是感龍的虛幻化，而龍圖騰本身也不是原始圖騰，它並非原始的實物，乃是經過粹煉而哲學化的虛象物；黃帝原是熊圖騰氏族，後來因戰爭而稱霸中原，登上氏族盟主寶座，所以他的誕生是「母見大電繞北斗樞星感孕而生」，意指黃帝是聯合氏族首領──「龍的傳人」；母與赤龍合而有娠的堯也是龍圖騰之族長。奉龍為圖騰的哀牢夷，傳說其始祖是一婦人接觸龍化成之木而生。

　　母吞鳥卵而孕的殷契及秦大業，據考證乃是鳥圖騰氏族，分布在東方的鳥圖騰氏族群，也發展出一鳥圖騰綜合體──鳳；《滿州實錄》記述仙女吞鵲所銜之朱果而孕，反映滿族有崇拜鳥的氏族，與「天命玄鳥，降而生商」意境相同，栗僳族的食蕎而孕神話，是出自蕎圖騰氏族；相同地，傣族故事及白族傳說，分別出自象圖騰和虎圖騰氏族；崇拜犛牛圖騰的藏族，就有王妃與山神化身的犛牛夢交之神話。以上神話證明圖騰神話與感生是有關聯的，但是考證各族之圖騰並非本論文的研究方向，故不在此詳加論述各族之圖騰演進。

　　感生神話有一定的模式，都是一女子與物（或虛幻物）交合，或吞食某物，或夢與神（物）交，絕不是與真實的人交合而孕，懷孕的女子無論是已經適人或者是處女，均能感孕生子，這樣的情節與圖騰崇拜文化頗為吻合，在初民的觀念裡，生育是由於圖騰或圖騰魂入居婦女體內，導致婦女懷孕的不是男子，而是圖騰；圖騰魂居住在圖騰聖地上，婦女想要懷孕，就必須到圖騰聖地；如果婦女有意或無意途經該處，圖騰便可能進入婦女體人，而她從此便懷了孕，所生子女便屬於該地的圖騰〔註12〕。我們看伏羲、周后稷都是母親在郊外「履巨人跡」而感孕，而神農母游華陽感神龍，黃帝母於郊野見雷電而感孕、堯母出觀山河而與赤龍合，禹母游於砥山吞薏苡而孕。由這些描述不難察覺感生皆因始祖母游經圖騰聖地，使圖騰魂進入體內導致懷孕，「履巨人跡」也是圖騰魂居留處的描述，為什麼以足跡表明圖騰魂的存在呢？也許和初民對手印腳跡的重視有關，原始獵人由於追捕禽獸的需要，非常重視辨認它們的足跡，他們也用自己的手印足跡作符號以表示自己的存

〔註12〕見何星亮著，《龍族的圖騰》（台北：中華出版社），頁86。

在，自己對東西的佔有，如大洋洲的一些土著婦女故意去踩某人的影子、足跡，以期自己未來的孩子得到他的某種物質；南斯拉夫一些姑娘故意去踩意中人的足跡，以求博得他的愛情〔註 13〕。姜嫄「履帝武敏歆」（《詩·大雅生民》）也許是源自原始的足跡文化「華胥履大人跡于雷澤」（《史記·三皇本紀》）、「姜嫄出野，見巨人跡，心忻然說，欲踐之」（《史記·周本紀》）指的是華胥、姜嫄至圖騰聖地踐跡求子。

有學者認爲感生神話之圖騰物由實象（動植物）到虛象（日光、夢交），圖騰的身影被淡化，尤其是以圖騰物之局部（卵、果實）代表整體發揮生人的功能，其作用只是感染性，初民有這樣抽象隱晦的思維，應是生產、思想水平更高層的人；而且感生神話中決定性的是人，自然物只是次要的，故認爲感生神話是後起神話，應當晚於神（人）與圖騰物婚配生人的神話。

依據筆者所彙整之感生神話研判，感生神話不應晚於下一節要討論之神（人）與圖騰物婚配生人的神話。感生神話置於此處的意義是它反映出群婚的特質，感生神話的主人公均是女人，顯示初民已經理解人在人類自身生產中的作用，而且認識了女性的生殖功能，然而神話眾多「處女生子」的例子，實際上否認了男子在生育中的作用，男子的位置爲圖騰物取代，而這類型神話之圖騰卻是無性別的，此時，感生神話之無性圖騰物與上一節生化始神之圖騰物的意義相同，都是圖騰崇拜的孑遺，都有標誌族群的作用。

初民雖然已經認識到女人的生殖功能，但是他們的生理知識還是缺乏，並不了解夫妻生活與婦女生育的必然聯繫，筆者在第二章提出「胎動」是「若爲所感」的眞正原因，大多女人懷孕初期並不容易察覺，外觀的改變總也要三、四個月以上，胎動是生理知識不足的原始女性最初、最直接感受到生理變化的現象，也許恰巧在感受到胎動時，看到流星、雷電，或者作了奇怪的夢，或是近日正好吃了鳥卵或果實，就以爲自己被感孕了；獨龍族《馬葛棒》神話說有個姑娘喝了大象腳印中的一窩水，五個月後就生下一個兒子，我們都知道五個月的早產兒是很難存活的，怎可能如神話所述「五天就長得跟大人一樣」（見前述神話）；同理，伏羲歷十二年而生，黃帝被孕二十五個月，這些誇張的日期其實是胎動或是見異象至分娩的時間，都顯示初民的生育知識是多麼地貧乏。

若是人類的智識已經進步到足以了解神（人）與雄雌性圖騰物婚配生人，

〔註 13〕見劉城淮著，《中國上古神話通論》（雲南人民出版社），頁 459。

何以後起的感生神話之生育知識反而開倒車呢？第二章談感生神話之突出女性，乃遠古實行群婚的緣故，性伴侶之不固定阻礙人類對男性生殖作用的瞭解，人民知母不知父，因而形成母系社會。

筆者認為感生神話是僅次於無性圖騰物化生始祖的神話，不是意謂現存的感生神話都裏著原始樸素的色彩，相反的，感生神話之所以倍受爭議，就在於它著上太多文明社會的顏色，尤其是史書、典籍裏的感生神話，已經雜揉太多封建社會的意象了，龍鳳等綜合意象的圖騰氏族，與其原生氏族文化必定有所差距，反而是少數民族的口頭傳說保留了感生神話的雛型。儘管如此，揭開文明社會覆於其上的面紗，我們還是瞧見群婚遺跡深深的烙痕，這是文化人類學上可貴的一頁。

雖然感生神話最先突出女性，然而無獨有偶的幾乎每一個始祖母都生下一男孩，這男孩長大之後成為一族、一朝之始祖，傳衍氏族之命脈，我們看到的是「最後一位始祖母」生下「第一位男始祖」，從此男性成為主角，而始祖母卻不知何時已悄聲退居幕後。

第三節　女子與雄性圖騰物婚配的神話

在論述之前，我們先看看這一則傣族的傳說：

> 很久以前，有幾個神蛋分別飄落到不同的地方，第一個飄落到雞王那裡，由雞孵出了瓜戛棚（人名，下同）；第二個飄落到野牛王那裡，投胎在母牛肚中，生出了古拉貢；第三個飄到龍王那裡，由龍孵出了戛撒把；第四個飄落到一條河裡，被一個婦人撈起，在她手中裂開，跳出了古德瑪。〔註14〕

第一個神蛋的孵化反映的是單圖騰（蛋＝雞）的神話，第二個是雙圖騰（牛和雞）神話，第三個是綜合體（龍）圖騰神話，第四個是女人與物（圖騰）結合生人的神話了。這則傳說將本章論述的順序濃縮在一起，支持了筆者的推論。

由感生神話分析，我們知道初民已經意識到人的始祖不全是自然物，還有人的自身，而且初為女人，但是圖騰的影子仍然籠罩著初民的生育觀，此

〔註14〕節自劉城淮著，《中國上古神話通論》，〈阿鑾的來歷〉（雲南人民出版社），頁451。

時較之前進步的地方在於人類已認識男女交合與生育的關係，出現女子與雄性圖騰婚配生人的神話，此類型神話可細分成：一、女子與雄性圖騰動物婚配神話。二、女子與雄性圖騰物化身的男子婚配神話。

第一類神話，有很多仍在少數民族口頭中流傳著，如：

1. 白族勒墨人虎氏族傳說母女三人上山砍柴，路遇雄虎，強迫與姑娘成親，姑娘爲救母親，遂與虎成親，生下二子，其後代即爲虎氏族。

2. 栗僳族蛇氏族起源神話，傳說姊妹兩人上山砍柴，回家時，妹妹背籠中有一條巨蛇，狀極可怕，並強迫妹妹與其成親。妹妹無法，只得與巨蛇婚配，後來，姊姊也與巨蛇婚配。姊妹兩人所生子女叫蛇氏族——雷府扒。猴氏族傳說則稱，一位娘走避深山，在山中生活多年，並與猿猴婚配，所生子女自成一族——彌扒（猴氏族）。

3. 黎族有關於龍與少女、公主與狗結婚的傳說，婚後分別生下龍與狗兩氏族的祖先。

4. 以蛇爲圖騰的侗族傳說，其始祖母與一條大花蛇婚配，後來生下一男一女，滋繁人丁，成爲侗家祖先。

5. 傣族古以獅爲圖騰，傳說：

　　遠古時，呂占山（今景洪與孟籠交界的曼播曼格達鳩後山）僅有一女，一天，她在山野地中碰到一頭雄獅，從此身懷有孕，十月後生下一男一女。長大後自相婚配，繁衍人眾，成爲孟籠傣族始祖。

6. 怒族蛇氏族說：

　　古時，母女四人上山打柴，碰到一頭大蛇，強迫與其中一姑娘結爲夫妻。三女兒爲了保全其母親性命，自願嫁給蛇，生下許多後代，成爲蛇氏族。〔註15〕

史書上也有這類神之記載，如：

1. 南蠻的槃瓠傳說，據《後漢書·南蠻傳》云：

　　昔高辛氏有犬戎之寇，帝患其侵暴，而征伐不能克，乃訪募天下能得犬戎之將吳將軍頭者，賜黃金千鎰，邑萬家，又妻以少女。

〔註15〕1～6 則，引自何星亮著，《圖騰文化與人類諸文化的起源》（北京：中國文聯出版，1991 年）。

時帝有蓄狗，其毛五彩，名曰槃瓠，下令之後，槃瓠即銜人頭造闕
下，群臣怪而診之，乃吳將軍頭也。帝大喜，而計槃瓠不可妻之以
女，又無封爵之道，議欲有報而未知所宜。女聞之，以帝皇下令，
不可違信凶請行，帝不得已，乃以女配槃瓠。槃瓠得女，負而走
入南山，止石室中，所處險絕，人跡不至。於是女解去衣裳，爲卜
鑿之結，著獨力之衣。帝悲思之，遣使尋求，輒遇風雨震晦，使者
不得進。經三年，生子一十二年，六男六女，槃瓠死後，因自相夫
妻，織績木皮，染以草實，好五色衣服，製裁皆有尾形。其母後歸，
以狀白帝，於是使迎致諸子。衣裳斑斕，語言侏離，好入山壑，不
樂平曠，帝順其意，賜以名山廣澤，其後滋漫，號曰蠻夷。

2. 高車的狼傳說，據《魏書·高車傳》屋：

高車，蓋古赤狄之餘種也。……俗云：匈奴單于生有二女，姿
容甚美，國人皆以爲神。單于曰：「吾有此女，安可配人，將以與天。」
乃於國北無人之地建築高台，置二女其上，曰：「請天自迎之。」經
三年，其母欲迎之，單于曰「不可，未徹之間耳。」復一年，乃有
一老狼晝夜守台嗥呼，因穿台下爲空穴，經時不去。其小女曰：「吾
父處我於此，欲以與天，而今狼來，或是神物，天使之然。」將下
就之。其姊大驚曰：「此是畜生，無乃辱父母也。」妹不從，下爲狼
妻而產子，後遂滋繁成國，故其人好引聲長歌，又似狼嗥。

第二類型女子與雄性圖騰物化身的男子婚配的神話也不少，如以下數
則：

1. 栗僳族虎氏族起源神話，傳說：

古時，一女子上山打柴，路遇一虎，女子驚悸奔逃，老虎突然
變成一個美男子，擋住女子，並幫忙女子打柴。女子感激之餘，便
與這青年結婚，所生子女便稱「腊扒」——虎氏族。

2. 以魚爲圖騰的布依族傳說：

從前，有一個姑娘在河邊洗衣裳，河裏有許多魚游來游去，其
中有一條漂亮的花魚圍著姑娘久久不願離去。姑娘放下手中的衣物
看著魚出了神。魚便要求同她婚配。姑娘答應了。夜晚，這條魚變

成了人，到姑娘家結爲夫妻。

3. 壯族古代曾以蛙爲圖騰，民間流傳《青蛙皇帝》傳說。其主要內容是：

> 從前有位牡族婦女生下一隻神蛙，某年外寇入侵，國中群將抵敵不住，國王連忙出榜招賢：「有能退敵者，招爲附馬。」神蛙討令迎敵，口吐烈焰，把敵人全部燒死。得勝還朝後，脫去蛙皮，變成一位英武青年，與公主成親。婚宴上，國王披蛙皮作樂，脫不下來，變成了癩蛤蟆。駙馬於是踐位，成了國君，與公主百年偕好，繁衍了子孫。〔註16〕

4. 畬族傳說公主與狗變成的俊美青年婚配而生其祖先。
5. 土家族相傳其祖先是由白虎變成的男子與一姑娘結合而生。
6. 珞巴族刀氏族傳說：

> 遠古時，崩尼部落的英尼、英略兩姊妹外出尋夫妹妹英略遇見由「達費」（梳子）、「育節」（刀）、「達基」（姜）和「麥覺」（雞蛋）變成的四個男子，她選中刀化身的男子作爲伴侶。所生後代便是刀氏族。〔註17〕

7. 塔吉克祖先有關於公主與太陽化身的男子結合的傳說。《大唐西域記》卷十二《朅盤陀國》：

> 朅盤陀國，「……其自稱云是至那提婆瞿呾羅（唐言漢日天種）。此國之先，蔥嶺中荒川也，昔波利剌斯國王娶婦漢土，迎歸至此。時屬兵亂，東西路絕，遂以王女置於孤峰，極危峻，梯崖而上，下設周衛，警夜晝巡。時經三月，寇賊方靜，欲趣歸路，女已有娠。使臣惶懼……。時彼侍兒謂使臣曰：『勿相尤也，乃神會耳。每日正中，有一丈夫從日輪中乘馬會此。』……於是即石峰上築宮起館，周三百余步。環宮築城，立女爲主，建宮垂憲，至斯產男，容貌研麗。母攝政事，子稱尊號。……子孫奕世以迄於今。以其先祖之世，母則漢土之人，父乃日天之種，故其自稱日天之種。」

〔註16〕1～3則，見《中國民間故事全集》（台北：遠流出版社，1989年）。
〔註17〕引自何星亮著，《龍族的圖騰》（中華書局出版，1993年）。

　　第二類型應是晚於第一類型發展出來的神話，故事中的雄性動物已化身為男人，逐漸脫離赤裸裸的動物形象，顯示在初民的思維中，人的地步不斷上升，大自然崇拜漸漸讓位給人。

　　由上述的神話，我們不難發現初民已經瞭解男女二性與生育的必然關聯，雖然男性的位置擺的是雄性圖騰物（或圖騰物化身的男子），我們卻不能否認這樣的形象較感生神話之無性別圖騰物來得具象，局部的無性別圖騰恰是圖騰魂的概念，雄性圖騰物已有標誌氏族的意義，某女子與某雄性圖騰物（或圖騰物化身的男子）婚配，意謂某女子與以某圖騰氏族稱呼的男子婚配，如此，我們發現了婚姻形態的重大變化——由氏族內婚制變為氏族外婚制。

　　氏族內、外婚制的變化，在怒族的〈臘普和亞妞〉神話裡可見端倪，傳說：

> 　　兄妹倆在洪水淹沒世界後相配成夫妻，生育了七個子女。這些孩子長大後，有的是兄妹結為夫妻，有的跟會說話的蛇、蜂、魚、虎交配，繁育下一代。後來人類逐步的發展起來，就以一個始祖所傳的後裔稱為一個氏族，與蛇所生的稱為蛇氏族，與蜂所生的稱為蜂氏族，與魚所生的稱為魚氏族，與虎所生的稱為虎氏族。每一個氏族都有一個共同的圖騰崇拜。〔註18〕

這裡所述，反映了氏族形成的過程，先是兄妹血緣婚，也就是氏族內婚，後來是與蛇、蜂、魚、虎婚配，逐步發展出獨立的氏族，後來的發展其實是族外婚的投射，指某一氏族的男女分別與蛇、蜂、魚、虎的婚配；《後漢書·南蠻傳》記載的槃瓠傳說則是族內婚的典型。

　　實行氏族外婚制的初期，女性仍是兩性社會關係的決定者，神話提供我們探索的方向。

　　珞巴族東尼部落虎氏族傳說：

> 　　遠古時，有一個全是女性的村子，其中有英尼、英略兩姊妹，很想生育後代，於是四處尋覓配偶。姊姊英尼上山拾柴，遇到經常給她送肉的老虎，便與他結為夫妻。所生後代便是虎氏族。〔註19〕

〔註18〕見《山茶》第三期，1983年。
〔註19〕見《中國民間故事全集》（台北：遠流出版社，1989年）。

傳說所反映的外婚制是以女子為主導地位，自覺或不自覺地與外來的某圖騰氏族的男性接觸而生育，「全是女性的村子」可能是反映古代曾有同族兩性之禁忌，同姓不婚的禁忌，使得一氏族之男女必得和外族婚配。

白族〈阿布帖與阿約帖〉傳說：

> 阿布帖的大女兒與熊變成的小伙子婚配，生了好幾個兒子，繁衍成一個大氏族──熊氏族。毛毛蟲圖騰傳說則稱：阿布帖的五姑娘白天在家織布，毛毛蟲變成一個小伙子從窗戶跳進屋裏，與姑娘玩耍，於是兩人相親相愛，結為佳偶。蛇氏族亦有類似傳說，阿約帖與三女兒上山割茅草，阿約帖被一條青蛇緊緊纏住，以此要挾三姑娘與其結婚，三姑娘無奈，與青蛇婚配，生下的兒子便是蛇氏族的祖先。鼠氏族則相傳某家四姑娘與一隻老鼠結合，其後代便是鼠氏族。〔註20〕

怒族〈開天闢地的故事〉說：

> 兄妹結婚生下許多女兒，分別與蛇、松鼠、狼、魚化身的男子結婚，所生後代便成為蛇氏族、松鼠氏族、狼氏族、和魚氏族。〔註21〕

這二則傳說更明白地顯示外婚制初期仍是女系社會，白族〈阿布帖與阿約帖〉傳說兄妹婚生下五個女兒，怒族傳說亦如出一轍，這只生女兒，沒有兒子的情節，意謂氏族的傳衍與發展，倚靠的是女性；外婚制實施初期，群婚遺俗仍在，即使社會的發展已由蒙昧步入有系統的氏族組織，人民仍然知其母不知其父，社會型態依然是母系繼承的。

神話傳說提供的任何線索，我們都不可以輕易放過，女人與雄性圖騰物（或是圖騰物化身的男子）婚配神話，雖然表現為母系社會之氏族外婚，但是社會形態卻已在悄悄變化，看看這一則仡佬族〈十兄弟〉傳說：

> 天上樓星和女星，下到人間土王家，分別變成成他的黃狗和女兒。女兒生了惡瘡，土王召募醫生，表示願把女兒嫁給治好她的人，黃狗用舔的辦法把她治好了，土王就讓它帶她到岩洞裏去住。它白

〔註20〕見《中華民族故事大系》卷五（上海文藝出版社，1995年）。
〔註21〕見同上書，卷十四。

天是狗，晚上變成人，和妻子生了十個兒子。後來，有次大兒子帶
它去打獵，黃狗因年老體衰，不幸摔死了。母親把真情告訴兒子們，
他們十分悲痛，去埋葬了父親。以後，他們去朝山拜神，路過九泉
河，九個大的喝了河水，話都變了樣，只有老滿沒有變。老滿的子
孫成了漢族，其他兄弟的子孫成了九個族。〔註22〕

以女性為主導人物的族外婚姻，生下十個兒子，沒有女兒，十個兒子發展成
十個族，與前面二則神話結局正好相反，女性和男性在社會型態的天秤上，
彷彿正在易位著。

第四節　男子與雌性圖騰物婚配的神話

本節之神話類型，正好與上一節所討論者相反，是男人與雌性騰動物（或
圖騰物化身的女子）婚配神話，此類型較少見，尤其是男人與雌性動物婚配
神話，以下三則即屬此類。

1. 突厥的狼傳說，據《隋書・突厥傳》云：

　　　其國先於西海之上，為鄰國所滅，男女無少長盡殺之。至一兒
不忍殺之，刖足斷臂，棄於大澤中。有一牝狼，每銜肉至其所，此
兒因食之，得以不死。其後即與狼交，狼有孕焉。彼鄰國者，復令
人殺此兒，而狼在其側，使者將殺之，其狼若為神所憑，欻然至海
東，止於山上，其山在高昌西北，下有洞穴，狼入其中，遇得平壤
茂草地方二百餘里，其後狼生十男，其一姓阿史那氏最賢，遂為君
長。故衙門建狼頭纛，示不忘本。

2. 鄂倫春族曾以熊為圖騰，相傳古時有一個鄂倫春族獵人，為一母熊抓
住，帶進山洞，與之同居婚配，因而生一熊崽。後來人們便說鄂倫春
人與熊有血緣關係。

3. 廣西彝族亦有類似傳說：古時有一單身漢，一隻黑熊從森林出來要吃
他。一隻母狐狸幫助單身漢把熊打死。單身漢感激狐狸救命之恩，便
與之同居，結為夫妻，當地彝族傳說，狐狸便是他們的祖先。〔註23〕

〔註22〕見《中華民族故事大系》卷十三。
〔註23〕2～3則，引自何星亮著，《圖騰文化與人類諸文化的起源》（北京：中國文聯

在上一節已論到，初民對人類自身的生產有了相當的自覺，大自然物與人的地位形成一消一長之勢，也許這就是男子與雌性動物婚配生人的神話較稀少的原因。

另一類型，男子與雌性圖騰物化身的女子婚配神話，顯然是晚於上述類型的神話，這一類型的神話傳說又多了些，以下幾則是流傳於少數民族的傳說。

1. 鄂溫克〈狐狸娘與獵人〉傳說：

> 有個獵人，一次射死一隻惡狼，救了一隻狐狸。狐狸常到他住的「仙人柱」裡來，脫去皮變成姑娘，給他做好家務，又穿上皮恢復原形走了。獵人不知道是誰在幫忙，只感到奇怪。一天，狐狸姑娘累得睡著了，被獵人發現。獵人藏起她的皮，她再也不能恢復原形，和獵人結了婚。他們生了十個兒子，後代是鄂溫克人。〔註24〕

2. 朝鮮族〈恆雄與熊女〉傳說：

> 天帝恆派小兒子恆雄下凡，主管人間的三百六十餘事。同住在一個洞裡的一隻熊、一隻虎，求恆雄把它們變成人。恆雄叫一個天神送給它們一枚靈芝，二十枚大蒜，要他們在一百天內避著太陽吃掉。虎吃了幾天就不吃了，熊堅持吃完，變成了女子。恆雄與熊女結婚，生下的子孫成了朝鮮族。〔註25〕

3. 哈薩克族〈牧羊人與天鵝女〉傳說：

> 有一個牧羊人，是個孤兒。一天，沙漠大風吹來，黃沙滾滾，羊群失散，草原變成了沙漠。牧羊人熱得頭暈。喉嚨冒煙。每當他昏倒在戈壁灘上，就有一隻白天鵝用柳枝向他嘴裡輸水。天鵝在草叢中脫掉天鵝羽衣，變成一個美麗的姑娘，與牧羊人成婚。婚後生兒育女，他們的後代就是哈薩克，於是白天鵝便成為哈薩克所崇拜的圖騰。〔註26〕

4. 雲南克木人有一野雞氏族，相傳古時有兄弟兩人，上山打獵，捕一野

出版，1991年）。

〔註24〕見《中華民族故事大系》卷十四（上海文藝出版社，1995年）。

〔註25〕見《中華民族故事大系》卷四（上海文藝出版社，1995年）。

〔註26〕見陶陽、鍾秀著，《中國創世神話》（上海人民出版社，1991年）。

雞，帶回家中。野雞突然變為一美女，與哥哥成親，生一男孩，其後即今野雞氏族。

5. 土家族古以虎為圖騰，古代有虎變成美女與男子結合的傳說：崔生應舉路過襄陽臥佛寺，適天色已晚，故投宿寺中。一虎入寺脫皮，變一美婦人，與崔生共枕。歷六年，生兩子。

6. 果洛藏族犛牛圖騰傳說：古時一年輕男子與白犛牛化身的美女成親，生下一個兒子，繁衍成今天的上、中、下三果洛。〔註27〕

綜觀上述神話傳說，故事中的「男主角」大多是獵人，透露故事的時空背景是漁獵時代，其生產活動是打獵；哈薩克族的牧羊人與白天鵝女反映的是畜牧生活，時代更晚；突厥狼傳說已出現有組織的國家，土家族的主角是位應舉士子，朝鮮族之神子恆雄主管人間三百六十餘事，也就是社會組織裡的三百六十行，這些都是文明時代封建社會的文化，時代更晚於漁獵、畜牧時期。

第三節女子與雄性圖騰動物（或圖騰化身的男子）婚配的神話，故事情節大多是某女子（或母女一伙）上山砍柴，遇到某雄性動物，強迫與之成親；事件往往發生於深山、森林或河邊，呈現採集勞動之風貌，據人類學家的研究，原始漁獵時代，女人主要負擔採集之生產勞動，而男人則負責狩獵的工作，這個發現與神話故事頗為吻合，所以我們可以推斷女子與雄性動物婚配的神話背景是漁獵時代，甚至是更早，以採集為主要生產勞動的時代。

舊石器時代早期的經濟生產主要是採集為主，狩獵為輔。至舊石器時代中期，生產力水平有了較大的提高，由於技術的發展，狩獵生產得到迅速發展，由舊石器早期主要獵取小動物過渡到獵獲大動物，狩獵生產成為這一時期的重要生產部門；採集雖然仍起著一定的作用，但已逐漸變成次要〔註28〕。以這個社會發展背景來檢視第三、四節之神話，不難理解男子與雌性動物婚配之神話類型是較晚產生的，大約是母系社會過渡到父系社會時發展出來的。

以男性為主角的神話產生，正式宣告了父系社會的來臨，當人類完全瞭解男女二性與生育的關聯時，女性特有的生殖天職，因不能獨自生育兒女，

〔註27〕4～6則，引自何星亮著，《圖騰文化與人類諸文化的起源》（中國文聯出版，1991年）。

〔註28〕參見《原始社會史》（北京高等教育出版社，1959年），頁39。

而從神聖的祭壇落入平凡的生態中，取而代之的是現實生活中物質生產的優勝者——男性。

一路探究下來，我們發現世界上的二類人——男人與女人，女人因生殖能力首先站上世界的舞台，男人復因生產能力躍上舞台，正是人類賴以生存的二種生產操縱著社會型態的發展，即使是人類自身，也無法抵制歷史發展的潮流。

第五節 小 結

由一系列圖騰始祖創生神話的析論，呈現出人類對生命的認識是由自然崇拜，演變為圖騰崇拜，再過渡到人祖崇拜；而初民的生育觀念，亦由自然界之動、植物或無生命物生人，演進為女人感自然物生人，再演進為男女二性合婚生人。這裡展現了人類發現自己的過程，人類因自覺意識抬頭，從而肯定了人類在大自然中的定位，而女性以其特有的生殖能力成為兩性人類中最先被肯定者，繼之，男性以其生產優勢逐漸取代了女性原有的地位，而社會形態因男女地位的改變，也從母系社會演變為父系社會。

筆者由圖騰始祖創生神話的類型轉變，以及婚姻制度的轉變，從二個路徑研究兩性社會地位的演進情形；結果，發現結論是相同的，不僅社會形態由母系制轉變為父系制是相同的，而且兩性社會地位的變化過程也是相同的，影響兩性社會地位產生變化的因素，皆是人類自身生產和經濟生產。顯示神話傳說雖然情節有異、類型不同，但在反映現實生活及人民的意識形態上是一致的。

附錄：中國各少數民族的圖騰

	民　族	圖　　　　　　　　　　騰
古代民族	1.匈　奴	太陽、龍、斑馬、虎、犛牛、參狼等
	2.烏　孫	狼
	3.羌	羊、犛牛、白馬、參狼、獼猴
	4.鮮　卑	鹿
	5.夫　余	馬、牛、狗
	6.南　蠻	犬

占代民族	7. 獠	犬
	8. 突 厥	狼、斑馬
	9. 高 車	狼
	10. 葛邏祿	雪、獅子
	11. 回 鶻	狼、青鷹、白鷹、獵鷹、鷲、隼、山羊、樹、獅子
	12. 氐	白馬
	13. 契 丹	白馬、青牛
	14. 女 眞	喜鵲、樹枝、石頭、蛇
	15. 夜 郎	竹
	16. 哀牢夷	龍
	17. 越 人	蛇、鳥、蛙
	18. 蛋 人	蛇、龍
	19. 蒙古族	狼、鹿
近現代各民族	1. 維吾爾族	狼、樹
	2. 哈薩克族	天鵝、狼、公駝、山鷹
	3. 柯爾克孜族	蛋、森林
	4. 塔吉克族	太陽
	5. 滿 族	烏鴉、野豬、魚狼、鹿、鷹、豹、蟒蛇、蛙、魚鷹
	6. 赫哲族	鳥、旱柳、虎、黃鼠狼
	7. 鄂溫克族	熊、奧騰鳥、韓卡流特鳥、烏魯卡斯鳥、海卡斯鳥、鷹、山、天鵝
	8. 鄂倫春族	熊、虎
	9. 朝鮮族	雀
	10. 蒙古族	蒼狼
	11. 栗僳族	虎、熊、羊、魚、蛇、蜂、鼠、鳥、猴、莽蕎、竹、柚、麻、茵、菜、霜、火、犁、船
	12. 彝 族	虎、葫蘆、獐子、綿羊、崖羊、水牛、綠斑鳩、黑斑鳩、白雞、蛤蟆、黑甲蟲、象牙、交瓜、細芽菜、香苕草、榕樹、芭蕉果、豬槽、飯籠、蜂、鳥、黑、梨、鼠、猴、布、草、黃牛、白、水、風、蛇、龍、山、酒壺、狼、熊、蛙、蚱、雞、犬、鷹、孔雀、雁鵝、松、柏、鴻、石蚌、狗、毛辣蟲、竹、鴨、斑鳩
	13. 納西族	虎、豹、猴、蛇、母羊、貓頭鷹、豬

	14. 白　族	魚、螺、虎、雞、龍、熊、蛇、鼠、毛毛蟲、白馬、白駱駝
	15. 哈尼族	狗、虎、蛇
	16. 羌　族	羊、白馬、猴
近	17. 普米族	黑虎、黑熊、草、蟾蜍
	18. 獨龍族	燕子
	19. 怒　族	虎、熊、麂子、蛇、蜂、猴、鼠、鳥狗、野牛
現	20. 藏　族	彌猴、犛牛
代	21. 珞巴族	虎、豹、野牛、豬、狗、鷹、布穀鳥、蛇、竹屑、太陽、月亮、爐炭、木棍尖、刀、雞蛋、青蛙
	22. 阿昌族	太陽、黑夜、馬、葫蘆、籃子
各	23. 壯　族	牛、蛙、狗、雞、蛇、鱷魚
	24. 傣　族	牛、龍、雄獅、虎
	25. 布依族	鶯、牛、龍、猴、魚、竹
	26. 克木族	虎、青猺、野貓、猴、秧雞、水鳥、犀鳥、梭樂鳥、孤鳥、金德勒鳥、八哥、小米雀、白頭翁、水獺、馬鬃蛇、松鼠、象尾蕨、細白花樹
民	27. 侗　族	龍、蛇
	28. 黎　族	狗、蛇、龍、蛙、貓
	29. 布朗族	蛙、竹鼠、葫蘆、樹木
	30. 德昂族	虎、茶葉、葫蘆
	31. 瑤　族	犬
族	32. 畲　族	犬
	33. 苗　族	楓木、蝴蝶、龍、鳥
	34. 土家族	白虎
	35. 仡佬族	葫蘆
	36. 芒人族	喜樂鳥、翠鳥、斑鳩、木羅中心鳥、蛇、虎、布廣樹

說明：1. 表中各族圖騰僅是粗略統計，是不全面的。

　　　2. 表中各圖騰是根據古籍、調查報告和有關論文排列的。因參考書籍較多，故未註明資料來源。

　　　（此說明是何星亮先生之按語，非筆者加註）

第六章　父系社會的兩性婚姻關係

　　透過第五章圖騰神話之演進析論，我們瞭解初民曾經以圖騰做為自己氏族的祖先，而且大多以自然物做為圖騰，漸漸地，始祖觀念才從自然物轉變至人。這其中展現的是人的自覺意識，通過人對自身（生育能力，駕馭自然的能力）的認識，是人的自我認識使人在自然物類中的地位逐漸提高。人對自己的崇拜的意識逐漸取代了對其他自然物的崇拜。

　　在上一章的圖騰神話裡，圖騰物的形象亦相應於初民的思想，由完全無性別的獸形或物形，一變為「以局部代表整體」的圖騰物，再變為有性別之圖騰物，最後圖騰物變成亦人亦獸形或完的人形，這圖騰物人獸形象之間的轉化，除了上一章一系列少數民族的神話傳說可資印證外，在《山海經》裏也有諸多亦人亦獸、半人半獸的記載，可以補充從圖騰崇拜跨到人祖崇拜的中間地帶。如〈大荒北經〉載：「有犬戎國，有神，人面獸身。」〈南山經〉中有「龍身人面」；〈西山經〉中有「人面蛇身」、「馬身人面」；〈東山經〉中有「人身龍首」、「獸身人面」、「人身羊角」；〈中山經〉中有「人身鳥面」、「彘身人首」等不勝枚舉。〔註1〕

　　從圖騰崇拜過渡到人祖崇拜，初民這一思想的轉變。呈現人類從自然屬性的崇拜（萬物有靈思想，及畏懼、崇拜大自然物的超能力）轉向社會屬性的崇拜（以自然物圖騰做為氏族的祖先、標誌），此時，初民崇敬的自然物是以該圖騰物之全體做為崇拜的對象，如以熊為圖騰的氏族，該氏族則不殺食任何一隻熊，視整體的熊類為祖先，這種祖先概念是以「群體」呈現的；待由社會屬性的崇拜跨入人祖崇拜，其思想基礎是建立在人的自覺意識之上，

───────────────

〔註1〕據袁珂著，《山海經校注》（台北里仁出版社，1995年）。

人類認識了人在自身生產中的價值，逐而肯定自己的生命價值，是屬於價值屬性崇拜的層面〔註 2〕，崇拜的對象亦由「群」的概念轉變爲「個體」，當人類確認爲人爲自己的祖先時，是承認特定的某一人爲其始祖，而這一特定人祖的被承認是基於他對族群的貢獻，亦即他在群體中的價值，所以人祖往往是文化英雄，而文化英雄死後往往被推上氏族始祖的祭壇，我國古籍記載的三皇五帝及夏、商、周始祖，無一不是對氏族有卓越貢獻的文化英雄，他們的出現往往標誌著人類文明進程的里程碑。

女性的生殖天職使其首先躍上人類始祖的殿堂，但是隨著男性在生育中的作用被認識，伴著人類生產勞動的轉形，男性挾其生產勞動的優越者姿態，也旋風式的站上世界舞台，進而穩坐始祖的寶座。我們回顧第五章一系列的圖騰文化，尤其是自感生神話至男子與雌性圖騰物婚配的神話類型，當氏族祖先落實到人自身，復當男性成爲生殖的參與者，始祖母之子代幾乎成爲男孩的天下，男子成爲傳承氏族命脈的宗主，社會形態顯然是由母系制度轉變爲父系制度了。

母系社會轉型爲父系社會，絕非一朝一夕、瞬息變化的事，當子女的傳承由母方轉變爲男方，當群婚風尚被檢視而趨於消蝕，當男女從各居母方到從妻居或從夫居的族外聯姻，這其中有很大的變化，當某些新的現象被奉行時，就有某些舊的制度宣告死亡。筆者擬由神話傳說的情節，於以下各節析論母系社會轉變爲父系社會情況。

第一節　父系社會之形成與其特質

母系社會轉變爲父系社會，其中有很多社會文化的因素，但是本文在此僅就神話傳說之情節所彰顯的特點，加以論述，以下就婚嫁制度的轉變與棄子神話的意涵分述之：

一、婚嫁制度的轉變

母系社會的特徵是男女婚後各居母家，所生子女屬於母親團體，在群婚尚行時期，子女因爲無法確認生父，故居母家乃理所當然，即使確認孩子的

〔註 2〕自然屬性崇拜轉變爲社會屬性崇拜，再轉化爲價值屬性崇拜這一觀念，筆者參考王祥齡先生《中國古代崇祖敬天思想》一書之論見（台北：學生書局出版，1992 年），頁 63～78。

生父，子女仍屬母家，繼承母家的財產，而父親則屬於其母親團體，這是當時社會奉行的制度，即使到了外婚制成熟時，男女有一方須到另一方居住，也是男子嫁到女方氏族的從婦居制度。從現代的雲南西北高原上，住著納西族的一個支系——摩梭人，仍保留遠古母系氏族的婚姻特點，他們稱做「阿注婚」，「阿注」是朋友、伴侶的意思。阿注婚姻的特點是：男不娶，女不嫁，男女結婚後各居母家，屬於兩個家庭；晚上男子到女家訪宿，次日清晨離去，回到自己家裡生產勞動；孩子屬於女方，由女方撫養，男子無撫養教育責任，父子之間不保持任何聯繫；婚姻結合自由，分離也自由，一人終身可同若干人結成阿注關係，也可以同時與若干阿注交往。摩梭人奉行的阿注婚姻正是遠古母系社會群婚的遺留，是母系社會的活化石〔註 3〕。及至父系社會，情況正好相反，是女子出嫁的從夫居制，而子女也屬於男方氏族。

　　母、父系社會的轉換，以及由嫁男子到嫁女子的變化，在少數民族的口頭傳說中有生動的描繪。如：流傳於青海循化的撒拉族〈婚嫁由來〉傳說，故事說：

> 　　最早時候的人們婚嫁是嫁男子，不嫁女子。可是男子生性野，不願在家裡。所以嫁到女方家裡不久，便一個個跑光了，後來老一輩的人們覺得這樣下去不行，就想了個辦法，要嫁女子。可又怎樣使她們到了男方家後不再跑掉呢？於是就在女子出嫁前給她們做了兩只箱子，哄騙她們說，只要他們一輩子守住這箱子，到老自會有大福可享。從此女子一輩一輩的守住他們放在男方家的箱子，從不離開。慢慢就形成了出嫁女子的風俗。所以直到今日，女子出嫁還要給她們做上一對箱子，作為陪嫁。〔註4〕

故事明白地說最早的婚姻是嫁男子，後來因為男子生性野，不願待在家裡，所以老一輩的人們才想個解決的方法：改嫁女子，並且用哄騙的計倆讓女子一輩子留住男方家（土家族〈嫁男兒〉傳說〔註 5〕與此相類），這個傳說道出男女出嫁的轉變，但對於轉變的理由——男子生性野，敘述得太籠統，苗族

〔註 3〕參見《中國民俗大觀》之〈女性王國的奇俗〉。
〔註 4〕選自《中華民族故事大系》卷十二，大漠蒐集整理，上海文藝出版社，1995年。
〔註 5〕選自《中華民族故事大系》卷十，大漠蒐集整理，上海文藝出版社，1995年。

流傳男子出嫁的故事，描述得較爲具體，傳說：

> 很久以前，烏雄地方，住著兩個苗族老人，男的叫勾貢，女的叫務妮，他們有對兒女，兒子取名阿久，女兒取名阿波。……晃眼兒女都長大長人，應該婚配了，到底那個出嫁？那個在家奉養老人？……老倆口商量來商量去，眞是公說公有理，婆說理更多。最後，還是按老規矩辦，把兒子嫁出去，姑娘留下來。

> 阿久心理很不願意，但是，鄉規民俗，又不能不從呀，只好答應。按照「還娘頭」的古規，姑媽家的兒子要許配給舅爺家的女兒。因此，用不著多費心神，阿久的婚事很快就定下來了。

> 但阿久出嫁之後，心裡老想著家，三天二頭藉口拿東西往娘家跑，最後鬧得舅舅怕了，只好退了親。阿久一回家，他生怕過二天還要被被嫁出門，就時時對父母說：「女的本事小，男的本事大，應該把女的嫁出去，留著兒子好養老。」妹妹聽了很不服，就和哥哥吵鬧。父母見兒女不和，又擠在一家住，心頭就想，哥妹兩個必須嫁一個出去，家裏才太平，但叫那個出嫁，那個都不肯。最後請舅舅來商量，才決定叫阿久、阿波比本事，看那個種莊稼能養活老人，就留那個在家。

> 正是春耕季節，阿久、阿波比賽引水灌田、犁田、打穀、砌田坎，阿波力氣小，樣樣做得比阿久差，阿久身強力壯，種起莊稼來駕輕就熟；恰巧這時，他家穀子多的訊息傳出去，外面的強盜準備到他家搶劫，阿波有槍不會打，有刀不會使，力氣又小，幫不了父親的忙，阿久身手矯健，掄起起刀槍就把強盜趕跑了。

> 這一樁樁一件件的事情，阿波不服也得服，母親也無話可說，於是答應女兒出嫁，把阿久留在家裏奉養老人。可是，不幾天，阿波又有些反悔，哭哭啼啼跑回家來，母親連哄帶誆地勸她：「姑娘最聽媽媽的話，你架棋槽、犁田、砍土、開田樣樣都不如你哥哥，體子又單薄，養不起老人啊，山裏的強盜又多，你嫁出去好啊！」阿波這才死心回舅舅家，留哥哥在家侍侯兩個老人。從此，女子就慢慢代替男子出嫁了。〔註6〕

〔註 6〕選自陳若塵撰，後揚編著，《中華民族之謎》之〈男子出嫁是怎麼回事〉（台

傳說點出嫁兒子是「按老規矩辦」，是「鄉規民俗」，反映出最初社會型態是母系制的，尤其是突出「舅權」——請舅舅來當婚嫁制的仲裁者；在母系家族裡，舅舅是孩子的男性長輩，代替生父行使父權，在子女的眼中。舅舅的地位比生父更具體，而「舅權」也是由此而來的，俗話說：「天上老鷹大，地上娘舅大。」其實舅權是母系社會的孑遺。

故事說改嫁女子的原因是「姑娘架棋槽、犁田、砍土、開田樣樣都不如哥哥，體子又單薄，養不起老人，山裏的強盜又多」，證明男性在體力及生產勞動上的優越是兩性社會關係改變的原因，但是男性的生產勞動優勢卻是社會發展條件使然；在舊石器時代早期，男子主要從事打獵、捕魚，但是收獲不穩定，而婦女從事的採集經濟，收獲則比較穩定，保證了生活來源，此外婦女還製作食物，縫製衣服，養育後代，其活動都是直接為全體氏族成員服務的，所婦女逐漸成為氏族公社生活來源的依靠者、管理者及主持者〔註7〕。原始農業是由採集經濟發展而來的，但是農業、牧業高度發展之後，鋤耕耜作，開墾挖渠，就非婦女體力所能勝任，這就是上述傳說的社會發展條件，故事發生在農業繁榮的時代，女子因為礙於先天體質的弱勢，而不得不接受社會形態的轉變。

另外，基諾族〈嫁姑娘寨〉傳說〔註8〕和苗族傳說論調相同，也同樣突出舅權，但是另外強調「同一氏族內是不准聯婚的」，這裏給我們一個提示——當嚴禁族內婚，實行族外婚起，要嫁女子或男子才成為爭議點，可見族外婚的普遍施行，無形中促成母、父系社會的轉變。

由民族傳說的呈述來看，女子出嫁，父系制的確立都是當前生產力發展的結果，然而鄂溫克族〈鄂都古奧娜吉和烏介拉〉傳說〔註9〕又告訴我們另一個原因，故事說：

> 從前婚姻是男人嫁到女人家，但是男人們想家總往回跑，剩下女人們孤孤單單的，心裡難受極了。男人們雖然知道女人心裡苦，卻也無可奈何，就互唱起思念的歌，有個叫鄂都古奧娜吉的姑娘，

北：淑馨出版社，1992年）。

〔註7〕參見徐高祉編，《中國古代史》上冊（北京：華東師範大學出版社，1996年），頁10～18。

〔註8〕選自《中華民族故事大系》卷十六（上海文藝出版社，1995年）。

〔註9〕同註8，卷十四。

每當她聽到女人或男人唱起憂傷的歌，眼睛就不由得流下淚來，後來，她找到情人烏介拉，對他說：「既然你的心已留在家裡了，為了我們結婚後永遠不再分開，我就嫁到你家來吧！」烏介拉聽到這話，高興極了，但是這事必須徵求女神的答應才行，女神起初不答應，她說：「不行！天底下沒有女人嫁給男人的，只有男人嫁給女人才對。」後來烏介拉通過女神層層的測驗，對男女雙方父母付出相同的孝心，女神才應允鄂都奧娜吉出嫁。各部落的人看到鄂都古奧娜吉嫁給男人後，生活十分美滿幸福，於是他們也都學著這麼做了。

上述傳說在女子出嫁中加入了「愛情」的元素，而愛情的完滿是來自女性的成全，不禁讓我們回想到第三章討論到女性拒婚的心理，人類學家說女性發情期的消失，使女性提昇至性伴侶的決定者地位，愛情的產生就來自女性對伴侶的選擇。

鄂溫克族的傳說作為此類解釋目前女子出嫁原委的結尾，實在饒富趣味。我們在故事都發現母系社會先於父系社會的事實，也看到母、父系社會的面貌，瞭解什麼原因導致社會形態的轉變，但是這些僅是神話傳說的部份意義，我們應該看到男女兩性在母父系制度轉變中的心理掙扎，那種男子一再逃回娘家，女子在百般無奈中被迫出嫁；神話傳說的功能不只是在傳述事實，它也為人類的心靈療傷止痛，神話給父系社會合理化的解釋，也安慰女子「情勢使然，今非昔比」，並指出愛情元素，它告訴女性——婚姻形態的轉變，乃是女人心甘情願的。

神話傳說何以如此用心良苦？原因無他，必定是在母系社會過渡到父系社會時，遭遇到男女兩性僵持的情況，恩格斯說這是「人類所經歷過的最激進的革命之一」〔註10〕。這裡不是指流血殺戮的戰爭，而是男女兩性意識型態的交戰，神話最後讓男人「對男女雙方父母都付出等同的孝心」，以搏得女性的首肯。

第四章討論過的搶奪婚神話——仙女為凡人強留或獵人被雌獸逼婚的神話，也是反映母系社會向父系社會過渡時期的神話，故事裡的搶婚及逃婚情節，不論當時是否真有其事，都是男女反抗現實的折射，只是強留型神話是

〔註10〕見《馬克思恩格斯選集》第四卷（北京：人民出版社，1972年），頁51。

頑固的抵抗者，而解釋女子出嫁的傳說是兩性之間溫婉的和事佬。

二、棄子神話的意涵

　　幾種類型神話一路討論下來，我們看到男女婚姻係由族內婚衍變爲族外婚，男女關係由隨興的雜游到群婚、血緣婚，再到對偶婚、專偶婚（將於下一節論述），社會型態由母系社會轉變爲父系社會，整個漫長的遠古時代大部份是母系社會的型態，所以做爲遠古三稜鏡的神話傳說，討論到男女關係的議題上，總以女性較爲突出，如果女性是以生殖的天職首先被重視，那麼做爲母親的女性和子女之間的關係，可說是人類的第一種「人際關係」，母親如何去看待由她身體分化出來的子女，這是一個偉大精妙，至情至性的問題，但非爲本文所討論的問題，筆者在這裡提出母子關係，乃是要思考父子關係的建立基礎。

　　在群婚的母系社會裡，父子關係是不存在的，然而，當社會型態轉向父系傳承時，子女的歸屬就由女方轉到父方，這時父親才和子女首度建立起關係，亦即，惟在父系氏族中，「父親」一詞才產生實質的意義。我們將發現母親與子女的關係起始於生產的過程，是一種能夠切身感受的聯繫，而父親與子女的關係是建立在「傳承」之上，必須依靠「血緣的鑑定」加以確認，所以父親必須重視子女的「來歷」，由此，我們展開本節討論的序幕。

　　古代神話傳說中，有一種棄子神話的類型，呈現出一種很奇怪的母子關係，我們都說母子天性，母親對子女的感情是很難割捨的，何以會產生母親「棄子」的神話呢？這個問題早就引起古今諸多學者的討論，蕭兵在整理古代學者對棄子的解說和研究，計有：賤棄說、遺腹說、速孕說、早產說、晚生說、難產說、怪胎說、卵生說、不哭說、假死說、陰謀說、避亂說。據近世學者的研究，也提出輕男說、殺長說、宜弟說、犯禁說、觸忌說、不寧說等諸多看法〔註11〕。在這麼多的神話說法中，很難說那一個才是最正確的，因爲每一種說法的提出，都是基於某些故事中能夠找出可爲印證的解釋重點；據徐華龍對西南民族的棄子神話的分類〔註12〕，就分出三類，儘管這些類別之間只是大同小異，但也足以使討論產生分歧了，再加上神話傳說會隨

〔註11〕詳見蕭兵著，《太陽英雄神話的奇蹟──棄子英雄篇》（台北：桂冠圖書公司，1992 年）。
〔註12〕見徐華龍著，〈西南少數民族棄子神話研究〉一文，收於《中國神話文化》（遼寧教育出版社，1993 年）。

時間而衍化，產生多種歧異，無怪乎歷來學者精心論究，仍然莫衷一是。

筆者回顧前輩學者的研究，並不打算綜合其說或者提出反駁，而是要藉助前輩之學說，析論棄子神話之於父系社會的意義，從而彰顯父系社會的某種特質，是故，筆者理論先行地選擇了「棄長子」之神話傳說（生子畸型、怪胎或為動植物亦在排除之列）做為討論之本。

在棄長子的神話類型中，記載最早的大概是周后稷的故事。《詩·大雅·生民》載：

> 厥初生民，時維姜嫄。生民如何？克禋克祀，以弗無子，履帝武敏歆，攸介攸止，載震載夙，載生載育，時維后稷。誕彌厥月，先生如達。下坼不副，無災無害，以赫厥靈。上帝不寧，不康禋祀，居然生子！誕置之隘巷，牛羊腓字之；誕置之平林，會伐平林；誕置之寒冰，鳥覆翼之，鳥乃去矣，后稷呱矣！實覃實訏，厥聲載路，誕實匍匐。克歧克嶷，以就口食。

《詩經》說得很清楚，周人的先妣姜嫄無夫，因為未曾懷孕生子，便到一神祕地點去「克禋克祀，以弗無子」，因踩到一個大腳印而懷孕生子，從姜嫄無夫特享廟祀及感孕生子的情況來看，尚有群婚之孑遺，時代還處於母系氏族晚期階段；令人不解的是何以求子而得子，卻又要棄子呢？況且其生育「不坼不副，無災無害」，並沒有令姜嫄感到不愉快，清人臧琳認為「誕彌厥月，先生如達」，謂后稷無待滿十月，孕七個月就誕生〔註13〕，姜嫄畏其早產兒發育不全，難以養育，故拋棄之。然而，我們很難理解一個母親會因嬰兒體質衰弱，就拋棄孩子，況且姜嫄所產之子並沒有任何肢體上的殘缺，再者，七個月的早產兒存活率也是極高的；與此說相反的，我們卻發現很多故事裡，母親生下的孩子，即使是非人形的東西，亦不願拋棄〔註14〕。如此解釋姜嫄的行為，依然頗令人費解。

《史記·周本紀》也有姜嫄履跡生子棄子的記載：

> 周后稷，名棄。其母有邰氏女，曰姜嫄，姜嫄為帝嚳元妃。姜嫄出野，見巨人跡，心忻然說，欲踐之。踐之而身動，如孕者，居

〔註13〕據清人臧琳《經義雜記》據《初學記》所引《說文》：「達，七月生羔。」
〔註14〕如瑤族〈青蛙結親〉傳說，見《中華民族故事大系》卷五（上海文藝出版社）。藏族〈青蛙騎手〉傳說，見同上書，卷二。

> 期而生子，以爲不祥，棄之隘巷，馬半過者，皆避不踐。徒置林中，
> 適會山林多人。遷之，而棄渠中冰上，飛鳥以其翼覆荐之。姜嫄以
> 爲神，遂養長之。初欲棄之，因名曰棄。

這裡，「帝嚳」在姜嫄履跡生子傳說中出現，說氏族世系裡除了自身的母親以外，還確定了確實的父親；而后稷後來成爲周族的祖先，卻不從母親之有邰氏，這表明「女性成員的子女應該離開本氏族，而轉到他們父親的氏族中去」〔註15〕的父系氏族制度開始建立了。綜合《詩經》和《史記》的記載，我們可以推論姜嫄履跡生子傳說是發生於母系氏族過渡到父系氏族的時期，與其從母親的角度去探索姜嫄棄子的原因，不如換個視角，由父親的角度去摸索棄子的現象。

據民俗學界的研究，原始社會生產水平低下，食物無法滿足氏族全體成員的需求，所以常常發生棄嬰、殺嬰的慘劇甚至是害怕觸犯了某些生育禁忌，也會有棄嬰之事。然而現在我們的著眼點在於爲何棄（弒）「長」子？這棄長與棄嬰的考量背景就有些不同，經濟因素絕非棄長子的主要原因，劉盼遂先生於〈天問校箋〉提出一個見解：「按古者夫婦制度未確定，其妻生首子時，則夫往往疑其挾他種而來，媚嫉實甚，故有殺首子之風。」〔註16〕指出懷疑和嫉妒的情愫是長子被弒的主因；章太炎先生也曾指出《楚辭‧天問》所云「稷維元子，帝何竺之」是反映了原始社會「殺長」之風，蓋其時婚前婦女多有外好，婚後其夫每疑其爲他人後裔，是以長子多被殺害。〔註17〕

章太炎先生和劉盼遂先生的見解，使我們對棄長子的疑雲消散許多，與神話傳說所透露的社會背景形態也頗爲吻合，但是我們切不可將焦點模糊掉，用男性的懷疑和嫉妒心理來解釋一個社會現象，凡用無法檢驗的情緒做爲問題的解答總有些冒險；父親與子女的關係是建立在「傳承」的制度上，而血緣的確認是審核傳承者的標準，父親的懷疑與排斥長子，無非是要「正本清源」；姜嫄履跡生子，恐怕「以爲不祥」者是父親氏族，才迫使姜嫄棄子，三棄三收的情節是母系氏族過渡到父系氏族的反映，父方拋棄的孩子由母方氏族加以照料，所謂牛羊腓之，鳥翼覆之皆暗示著圖騰氏族，所以「棄

〔註15〕 見恩格斯著，《家庭‧私有制和國家的起源》（台北：谷風出版社，1988年），頁 52。
〔註16〕 見清華學校研究院，《國學論叢》第二卷一期，1929年，頁 287。
〔註17〕 見陳晉著，《龜甲文字概論》引，中華書局，1933年。

長子」爭議的是血統純正的圖騰後裔問題。

再看其他幾則「棄長子」的神話傳說，使論點更清晰。如白族〈綠桃村龍母〉傳說，故事說：

> 大理點蒼山下有個綠桃村，一個未婚女子上山砍柴，感到口乾舌燥，找水不成，將一顆桃子吃下肚，誰知這樣一來就懷孕了，她感到很不好見人，天天躲著哭，她媽媽說：「你是一個規規矩矩的姑娘，天天在媽媽身邊，媽媽是相信你的。」後來生下了一個男孩，女子怕人非議，就將孩子丟在草叢裡，過了幾天，她去看孩子，發現一條大蛇正銜食餵小孩，於是她把孩子領了回來，以後這孩子成了神奇的小黃龍，為民除了與風作浪的黑龍。〔註18〕

再者，彝族的神話〈英雄支格阿龍〉，傳說：

> 支格阿龍的母親一天在屋簷下織布，因沾上一滴岩鷹的血而懷孕，不久就生下了他；支格阿龍生下來，一年不吃媽媽的奶，兩年不和媽媽睡在一起，三歲不聽媽媽的話，這樣，媽媽就把他扔到山溝裡去了，小孩在山溝裡天天和蛇住在一起，一住住了三年，有一天，媽媽到山林中看到支格阿龍，便又將他領回收養，支格阿龍長大以後，射太陽和月亮，尋找天界，降雷，馴動物等等，成為一位具有非凡力量的英雄。〔註19〕

周后稷的故事與上述傳說，都有幾個共同點：

（一）母親感孕，孩子來路不明。

（二）均是長男，均被拋棄。

（三）均被某圖騰動物養育，最後仍為母親所收養。

（四）均成為氏族的祖先，或成為民族的英雄。

最後一點，均成為氏族祖先或民族英雄，這是神話傳說普遍的現象，若非主角是超凡之人就不可能留下傳說了；當然，棄子的神奇過程也許和成就英雄有所關聯，但非本文論述重點，於此不論。上述幾點表達一個訊息：孩子被棄的原因是「來路不明」，亦即「生父不詳」；拋棄孩子不是母親的意願，所以後來都被母親「回收」。在這裡，我們可以去分辨那部分情節是母系

〔註18〕見《中華民族故事大系》卷五（上海文藝出版社，1995年）。

〔註19〕見同上書，卷三。

制度現象，那部分又是母權式微，父權興起的表徵，但這已不是重點了，就如前一節所言，母系社會必定先於父系社會，而母系朝向父系發展也是必然的趨勢，我們要注意的是隱藏在神話情節背後的意識形態，棄長子神話顯然是父系社會初期的父權意識，母親棄子又再收養孩子的情節，表達的是對父權的反抗也罷，是權宜之計也罷，都掩飾不了父親與子女的關係是建立於「血緣承認」之上，所以，任何來路不明或有所懷疑的孩子都要被排除，以確保血緣的純淨。

　　以下二則史書記載的故事，除了和上述傳說的情節特徵相同外，更能看出父權對血緣純淨的重視，《後漢書・東夷傳》載：

> ……。初北夷索離國王出行，其侍兒於後妊身，王還欲殺之。侍兒曰：「前見天上有氣，大如雞子來降我，因以有身」王囚之，後遂生男。王令置於豕牢，豕以口氣噓之，不死；復徙於馬欄，馬亦如之。王以為異，乃聽母收養，曰東明。東明長而善射，王忌其猛，復欲殺之。東明奔走，南至掩遞水，以弓擊水，魚鱉皆聚浮水上，東明乘之得渡，因至夫余而王之焉。

《隋書・高句麗傳》：載

> 高句麗之先出自夫余，夫余王嘗得河伯女，因閉於室內，為日光隨而照之，感而遂孕，生一大卵，有一男子破殼而出，名曰朱蒙。夫余之臣以朱蒙非人生，咸請殺之，王不聽。及壯，因從獵，所獲居多，又請殺之。其母以告朱蒙，朱蒙棄夫余東南走，遇一大水，深不可越。朱蒙曰：「我是河伯外孫，日之子也，今有難，而追兵且及，如何得渡？」於是魚鱉積而成橋，朱蒙遂渡，追騎不得濟而還。朱蒙建國，自號高句麗。

前三則傳說是「無夫生子」，故父權意識以母親棄子的情節表現，因此看起來格格不入，引起歷來學者爭論不休，而後二則史書記載的故事，母親已是有夫之婦，很明顯地，弒子、棄子（來路不明的孩子）的角色變成父親，母親仍然是收養、保護孩子的人。

　　父系社會強調親生子和非親生子之間的區別，是因為子女可以直接繼承父親的財產和權位，為防止非親生子奪走自己的財物和權力，所以十分重視子女的血緣是否純正。馬克思說過：「凡宗法社會，莫不嚴非重之防。其中資

格純備者，必眞種人之子孫。其社會之產生，與一切之種人應享之利益，應有之權責，乃至祭祀婚喪，與夫宗教之所有事，其中與執典禮者，皆非眞人不能。」〔註20〕又《論語・爲政篇》孔子云：「非其鬼而祭之，諂也。」意謂人不當以他人之祖先做爲自己之祖先而致祭。父系社會之重視正統血緣，遂逐漸形成宗法社會，強調「傳正宗」。

影響所及，後代的中國人皆認爲「認祖歸宗」是人生大事；又因爲親生子女才能傳承宗族，所以「不孝有三，無後爲大」；最後，因爲實行女子出嫁的族外婚，復因私有財產的觀念作祟，惟有男子才能繼承宗族，遂產生男尊女卑、重男輕女的觀念。

第二節　父系社會之婚姻制度

由上一節對神話傳說的剖析，我們瞭解母系制向父系制過渡乃肇於經濟因素，一則進入農業、畜牧社會，身強力壯的男性勞力成爲社會生產的主要力量，進而加強了男子在農業生產領域中的地位；二則財富急遽增加，私有財產觀念應運而生，經濟強勢者的男性，欲確定自己的血緣子女做爲財富、權勢的繼承人。

社會文明發展帶來的經濟變革，反過來影響人類兩性的社會關係形態，這一社會形態的轉變，不是通過改變現行的經濟制度，也不是採取流血的鬥爭形式來完成的，而是通過先改變其婚姻制度與家庭形態，再改變財產繼承制度來實現的。〔註21〕

由神話傳說的反映，男子娶妻、女子出嫁的族外婚是母系制過渡到父系制最主要的改變，而這一從夫居制度的建立也打破了群婚的可能性，兩性關係不再是「一群男子與一群女子互爲性伴侶」的形式，而是朝向一夫一妻的專偶婚形式，目前社會現行的法律規範及家庭形態就是一夫一妻制，所以我們可以確定婚姻形態的發展必是朝向專偶制無疑。然而在群婚與一夫一妻制之間，並非驟然改變，而是以逐步減少配偶數目的方進行的，這中間過渡的婚姻形式即是對偶婚。

對偶婚是一種不甚牢固的婚姻形式，是一個男子在許多妻子中有一個主

〔註20〕見馬克思著，嚴復譯，《社會通詮》（北京：商務印書館，1981 年），頁 28。
〔註21〕參考杜耀西、黎家芳、宋兆麟著，《中國原始社會史》（北京：文物出版社，1983 年），頁 222。

妻，而他對於這個女子來說也是她的許多丈夫中的一個主夫，他們共同組成家庭〔註22〕，在母系社會晚期是男子出嫁到女方。對偶婚組合之男女是平等的，不存在一方對另一方的統治和奴役，如夫妻不和即離異。

傳說中的舜和娥皇、女英的結合，即是對偶婚的形式。首先，《尚書·堯典》：「帝（堯）曰：『我其試哉；汝于時觀厥刑於二女！』釐降二女于媯汭，嬪於虞。」又劉向《列女傳》：「二女長曰娥皇，次曰女英；……娥皇爲后，女英爲妃。」這說明舜與堯二女的婚姻關係，一爲正妻，一爲次妻。其次，《孟子·萬章上》：「象曰：『……二嫂使治朕棲。』象往入舜宮……。」《史記·五帝本紀》：「象曰：『舜妻堯二女與琴象取之……。』象乃止舜宮居……。」這說明彼時有兄終弟及婚姻之俗，故象有此舉動，又《楚辭·天問》：「眩弟並淫，危害厥兄。」之疑問，更反射出娥皇、女英與舜、象兄弟實行共夫共妻的關係，對於娥皇姊妹而言，舜是主夫，象爲次夫。其三，《帝王世紀》：「娥皇無子，女英生商均。」《史記·五帝本紀》：「堯子丹朱，舜子商均，皆有僵土，以奉先祀。」《帝王世紀》謂舜除娥皇、女英二妻，另有四妃，而《呂氏春秋》言「舜有子九人」，俱不聞有封。說明對偶婚制唯正妻之子享有繼承權，正妻無子才由次妻之子繼承，其餘子則無繼承權。

舜傳說之對偶婚已略具父系制之雛形，僅在從妻居亦或從夫居有所爭議；對偶婚作爲群婚制與一夫一妻制的過渡形式，其最大的特徵在於配偶人數明顯縮減，且基本上以一主夫與一主妻爲主要主庭成員，其餘次夫次妻也可能是他者之主夫主妻，但是在男女關係上顯然較群婚穩定；隨著男性在家庭中經濟地位的增強，男子欲生育血統純潔之子女以承繼產業，遂逐步約制男女雙方的配偶數，直至一夫一妻形式。

一夫一妻制的產生，不能全然由男性的私有財產觀加以推論，第三章所論及女性的生理禁忌及性心理的自我約束，產生對性對象貞節的自我完善心理，對於一夫一妻制的形成大有助益；然而深究一夫一妻制，不難發現這是對女性而言，對父系社會中的男性，也許只是名義上的一夫一妻，事實上卻是一夫多偶，何以如此呢？男性之傾向要求專偶，乃是基於確認血親子女的心理，專偶婚制對於女性的性約制及生殖力均有所保障；反之，男性非必嚴守一夫一妻，亦不妨礙其血緣子女之確認。總之，只要做到防範女性之性行爲即可達父系制之要求。

〔註22〕見恩格斯著，《家庭·私有制和國家的起源》（台北：谷風出版社，1988年）。

　　如此，我們瞭解何以古人會有「男女授受不親」之論，最早的禮制典籍《禮記》中，詳盡的規定男女的交際及各種禁忌，意在「設男女之大防」，把男人和女人嚴格地區分和隔離開來，使兩性沒有淫亂的機會；然而這「男女之大防」衍至後來，形成著重於限制女性的教條，誠如上述，男性的一夫多偶並無礙於父系社會之本質；原是發自女性自我完善之貞節觀念，至此爲封建社會之父權所異化，穿上人倫道德的外衣，反過來禁閉女性，壓制女子的自然天性，女性在禮教人倫的禁錮之下逐漸脫離人類生活物質生產之行列，被拒於學識殿堂之外，全部價值被局限於傳宗接代。

　　貞女節婦觀念愈衍愈烈，至宋元之際已達到病態的程度，書冊記錄之貞女節婦之行洋洋灑灑，甚爲壯觀，其行爲之不可思議，已達到令人嘆爲觀止、不敢苟同之境〔註 23〕。禮教禁錮女性，造成了傳統中國女性空前沈重的性壓抑，使女性喪失了自己的思想、感情、欲望，不自覺地變成了禮教的精神奴隸。

第三節　小　結

　　神話傳說所傳達之父系社會的形成，主要是透過婚嫁制度的改變而完成，而引起婚嫁制度改變的因素卻是社會經濟的發展，因爲男性此時正是經濟實力之優勝者，遂使得社會形態由母系制轉變爲父系制。

　　因爲財富的增加，私有財產的觀念也應運而生，在以父系爲傳承依據的家族制度中，確認父子之血緣關係成爲當務之急，然而以往的群婚形態卻爲父子血緣的確認增加困擾，因此，因應父系社會的本質要求——傳正宗，而改變婚姻型態，朝向一夫一妻制發展。

　　私有財產的觀念及傳正宗的要求，是父系社會的形成原因與特質，也是影響兩性婚姻關係的主要原因，在父系傳正宗的要求下，一夫一妻制實質上是對女性而言的，這使得婚姻中的兩性關係嚴重的失衡，男女兩性在婚姻對象的選擇及義務上，並非平等的，這點與母系社會的群婚有很大的不同，群婚中的兩性各自有絕對的自由，而封建社會的一夫一妻制對兩性則有不同的要求；很明顯的，在父系社會中，男女的社會地位也失去平衡，這並非導因於世系依父系傳承，兩性婚姻關係的失衡才是主要原因。

〔註23〕參見劉紀華撰，〈中國貞節觀念的歷史演變〉，收於《婦女風俗考》（上海文藝出版社，1991 年）。

第七章 結 論

一、兩性婚姻關係的演進情形

中國的神話傳說缺乏系統，零星散布於古籍簡冊中，而流傳於各少數民族的口頭傳說，因未經文字定型，往往衍化成多種大同小異的說法，在這些時代難考、眾說紛紜的神話傳說中，欲探索中國男女兩性社會地位的演進情形，絕不能以神話被記載的時間及傳說流傳的時代做為衡量的依據，那將使得線索更加紊亂，結論變得荒唐，這也是本論文無法以神話傳說的發生先後做為論述結構的原因。又因為一則神話傳說往往揉合了數個不同的母題，而相同的母題卻又分呈於數則神話傳說之中，筆者試圖儘量以神話的思維產生先後做為論述的順序，但仍以神話傳說的類型析論來建構事實，以推論中國兩性社會地位的演進情形。

依二至六章的析論，社會形態的變化是由母系社會演變為父系社會，在「民人但知有母，不知有父」的時代，子女屬於母親的團體，世系是由女性傳承的，而女性也是群體事務的裁決者，原始社會裡的女性享有較崇高的地位，女神神話的女性形象是原始社會女性崇拜的投影，隨著社會文明的發展及物質生產的經濟變革，女性對群體的影響力逐漸讓位於男性，透過不斷地改變婚姻制度，終於使社會形態產生巨大的變化，形成以男性傳承世系的父系社會。在過去，有西方學者曾懷疑母系社會是否存在過，或者爭議母系社會與父系社會之先後問題；現在，我們在中國的神話傳說中挖掘到母系社會的遺跡，至少證明我國曾有過母系社會，並且是由母系社會逐步向父系社會發展。

　　母系和父系社會的轉移，雖然是起源於經濟的因素，卻是通過改革婚姻制度來實現的。婚姻形態起始於家族血緣內婚，原始狀態是不分上下輩份、左右排行的血親婚配，後來逐漸排除直系血親的婚配，而旁系兄弟姊妹的婚姻最後消逝的，而且曾經普遍盛行過，有大量的兄妹婚傳說可資印證；不過，血緣內婚制度的歷史應不長，血緣婚所生產的惡質後代，使得初民恐懼地將其攔腰一截，並且發出種種禁令，明文禁止族內婚，起先是防範兄弟姊妹的家族婚，所以有種種亂倫禁忌，引發人民的亂倫畏懼；後來，禁忌的範圍擴大到全氏族成員，「男女同姓，懼不殖也」，遂形成族外婚制度。

　　在族內婚過渡到族外婚的階段，氏族內可能實施過男女兩性的隔離，因而產生男集團和女集團，如《山海經》有丈夫國和女了國的記載，〈大荒東經〉中有則故事說：「有司幽之國，帝俊生晏龍，晏龍生司幽。司幽生思士，不妻，思女，不夫。」這丈夫國、女子國及緣自同一血親的思士和思女，可能是在防止族內婚的需求之下，氏族內部實施男女性別隔離所致。

　　不論是族內婚，亦或族外婚時期，男女之間的婚姻關係都存在過群婚的狀態，先是族內群婚，及待施行族外婚時，仍是族與族間一群女子對一群男子的婚姻關係，所以有很長的一段時期，人民仍是「但知其母，不知其父。」因而在族外婚實行早期，仍是以女性為傳承依據的母系社會。

　　在粗略的群婚形式之前，男女兩性關係是毫無婚姻可言的雜游狀態，經神話傳的披露，兩性的關係是由「男女雜游，不媒不娉」的自由狀態，衍化為「一群男子與一群女子互為所有」的婚姻形態，然後逐漸過渡到二女二男，或一夫多妻，一妻多夫的對偶婚制，最後是形成一夫一妻的專偶婚制；男女兩性的關係呈現由鬆散向嚴謹演進的現象，從毫無拘束的雜游野合，逐漸減少配偶人數，直至達到最小數的一夫一妻制，男女關係至此也完全與原始狀態大相逕庭，專偶制婚姻的兩性關係是毫無鬆動，且具有強制力的，尤其是對女性而言，失去經濟實力的女性在專偶制的規範下，復又喪失子女的監護權，社會形態就此轉變為父系社會。

　　以一夫一妻為主的父系家族高度發展後，形成父權統制的大宗族，此時男女婚姻關係的一夫一妻往往只是名義上的，事實上不能逾越專偶制的是既無權力、又缺錢財的庶民階級，《文中子》云：「一夫一妻，庶人之職也。」因此庶人稱為匹夫匹婦；但對於有權有錢的男性而言，常常是一夫多偶的，在封建社會裡，統治階層能娶多少妻子還有禮制的規定呢！如《禮記・昏義》

有云：「古者天子後立六宮、三夫人、九嬪、二十七世婦、八十一御妻。」又
《公羊傳》莊公十九年載：「諸侯一娶九女。」《獨斷》亦云：「卿夫人一妻二
妾」、「士一妻一妾」。以上都是父權統治下，有權勢之男性一夫多偶的證明。

　　在父權籠罩下的封建社會，「設男女之大防」的禮教對女性的規範尤其嚴
苛，不僅要恪守三從四德種種禮教，貞節的觀念更是勒在婦女頸脖上的枷鎖，
所以一夫一妻制對封建社會的女性而言，不是婚姻的保障，而是捆綁情慾的
繩索。

　　《易·序卦》云：「有天地然後有萬物，有萬物然後有男女，有男女然後
有夫婦，有夫婦然後有父子，有父子然後有君臣，有君臣然後有上下，有上
下然後禮義有所錯。」敘述社會進化的過程，層次井然；神話傳說也呈現這
一社會進化的序列，然而我們不只是要在人類進化千萬年後看到這一事實，
而是要探究導致事實背後的原因，從中發現人類文明發展的軌跡，讓我們檢
視過去，展望未來。

二、神話傳說中的兩性地位消長

　　由中國的神話傳說探究兩性關係，我們將發現兩性的婚姻關係，從雜
游、群婚到族外對偶婚、專偶婚，男女交游的自由度是逐漸縮小了；當雜
游、群婚盛行之時，男女雙方對自己的身體擁有極高的自主權，在沒有倫禮
教及羞恥、道德等觀念的氛圍中，兩性的關係是隨興的，雖然特定的男女之
間呈現無約束力，因而導致關係不穩定的狀態，但是雙方都擁有相同的擇偶
自由，兩性的地位是平等的。

　　當婚制由族內婚過渡到族外婚，婚姻形態也朝向對偶婚發展時，婚姻關
係中的兩性開始呈現角力的狀態。在搶奪婚神話和強留型神話（凡人強留仙
女成親及男人為雌獸拘留逼婚）情節裡（見第四章第一節），婚姻中的男女各
表現出強制與反抗情緒，使神話故事展現戲劇性的張力，婚姻既是建立在搶
奪或設計拘留的前題之上，至少兩性之一方就已經帶有非心甘情願的性質，
男女的結合不是兩情相悅，而是依靠體力、智力取勝；故事常常是強勢的一
方占有對方後，雙方往往能夠共度一段幸福美滿的生活，然而弱勢的一方最
後卻又伺機脫逃，在這種弔詭的神話情節背後，恐怕隱藏的正是兩性權力的
爭奪。

　　我們都知道在母系社會中，女性擁有較高的權威，但是在代表族外婚的

典型神話裡，諸如搶奪婚神話、強留型神話、女人與雄性圖騰物婚配神話（見第五章第三節）、男人與雌性圖騰物婚配神話（見第五章第四節），女主角往往「力」不從心地委身於男主角，女性舊有的權威再也抵擋不了男性的強勢，而男性之所以掘起，乃是與女性崇拜的光環逐漸暗淡相對的，這是時勢造英雄，情勢使然，因爲男性的體質符合社會發展的需要，而女性則囿於現實環境必須讓出權力，這點在第六章之解釋何以女子代替男子出嫁的傳說中，得到完整的詮釋。

行專偶婚制的父系社會，無疑是在男性父權的籠罩之下。恩格斯說：「母權制的被推翻，乃是女性的具有世界歷史意義的失敗。」〔註1〕筆者以爲這指的不只是氏族傳承的社會形態改變，也不是家長、族長的性別角色易位，而是兩性地位失去平衡的狀態。

中國遠古的女神神話（見第二章第三節），呈現的女性形象是一神通廣大的母親，她能創造世界及萬物，她是繁殖女神、氏族之始祖母，也是保護之神，是拯救氏族之英雄，她能保障五穀豐收、也能爲民消災祛病，女神等於是初民多種理想的化身；在圖騰神話（見第五章第一、二節）中，我們也同樣看到在歷史的某一階段，初民把過去投射給自然神和圖騰神的各種崇敬，最後都投射給始祖母神，這反映了人在自然界中的地位提高，也反映了女性地之崇高。

筆者發現女神大多活躍於少數民族的神話中，而漢族的文化英雄往往是男神，漢族典籍記載的女媧煉石補天、搏土造人，是唯一集英雄與始母於一身的女神，女媧原本是一獨立女神，後來有神話爲她添上配偶神伏羲、盤古，到後來，女媧竟讓位給伏羲及盤古，伏羲成爲三皇之一的文化英雄，而男神盤古成了獨一無二的創世大神。少數民族的女神神話反映了時代較早的社會形態，再參照漢族從女神到男神的過程，不難發現最早的男神往往是女神的演化或蛻變，感生神話可視爲這種蛻變的過程——圖騰的神性通過女神而轉移給了男神。

從女神到男神的轉化，隱喻著社會組織從母權制到父權制的變遷，也象徵著女性地位的降落與男性地位的增長，馬克思就指出：「神話中的女神的地位，表明在更早的時期婦女還享有比較自由和比較受尊敬的地位，但是到了英雄時代，我們就看到婦女已經由於男子的統治和女奴隸的競爭而降

〔註1〕見《家庭·私有制和國家的起源》（台北：谷風出版社，1989年），頁59。

低了。」〔註2〕

　　棄子神話（見第六章第二節）已表現女性監護親生兒女的曲折過程，當女性對兒女的安置感到無能為力時，加上社會發展又使婦女站在勞動生產的邊緣，女性在父權社會的角色職能，為「上以事宗廟，下以繼後世」（《禮記・昏儀》）的宗法社會所限制，竟淪為生殖的工具，婚姻的主要目的是傳宗接代，而非緣自兩性彼此的愛慾；在《白虎通・嫁娶》中云：「夫婦者何謂也？夫者，扶也。扶以人道者也。婦者，服也。服於家事，事人者也。」而東漢班昭著《女誡》，更發揮《白虎通》之「陰卑不得自專，就陽而成立」的理論，將夫妻關係看做是丈夫對婦女的一種恩惠。這種服從與被服從、上對下施恩的夫妻關係，已讓婚姻中的兩性關係嚴重失衡。

　　從女神神通廣大的鮮明形象，直至淪落為凡間的生殖工具，我們看到是女性地位由崇高而下墜；相反的，男性的地位由「不知其父」的未定位，而一路攀升至宗主、家長的地位；神話傳說中呈現兩性地位一消一長之勢，與古代典籍對兩性關係之禮教規範，恰互為表裡。

三、促成兩性社會地位演變的原因檢討

　　女神的大地母親形象，顯示初民對女性的認識是因緣其生殖養育子代的功能，雖然生殖的功能是偉大獨特，而不能為他者所替代，但這點不全然為女性被尊崇的原因，當人類由對自然崇拜，過渡到圖騰崇拜，再跨入人祖崇拜的境界，第一個引發人類自覺的因素，正是人類自身的生產，人類是由自己母親所生產的意識，才是女性世界性的歷史意義，女性是以人類自覺啟蒙者的角色在人類文明中奠定地位。

　　如果說兩性社會形態的轉變，是取決於男性在經濟生產勞動中佔有優勢，那麼在採集、漁獵時期，即使女性所從事的採集勞動已退居輔位，女性仍在生活物質生產中發揮功能，尤其是婦女在採集中認識了作物，在採集中探索栽種植物的方式，才發明了農業種植；在高友謙的《中國風水》中談到：「漢語中幾個關於女人特徵的名詞與定居存在著關係。乳房、子宮、陰戶，它們都以建築空間形成一『房、宮、戶』為構詞要素，這無異證實了個體的養育功能與集體養育功能實質上具有同構關係。」〔註3〕由此可見女性與

〔註 2〕見《家庭・私有制和國家的起源》（台北：谷風出版社，1989 年），頁 65。

〔註 3〕刑莉編，引自《中國女性民俗文化》（北京：中國檔案出版社，1995 年），頁48。

定居的農業生活，與大型村落的形成存在著關係。衣與食是人生存的基本需求，長期以來紡織製衣及烹調食物的工作，大多由女性操持，古代所謂「男耕女織」，正表明了兩性間的勞動分工，兩性在生活物質生產上可說是相輔相成的。

神話傳說告訴我們母、父系的交替，乃是因為男性在農業耕作中的優越，這只是在解釋一種現象——母系制轉變為父系制，相同的，神話故事也讓我們看到男性因為生殖的作用被認識，加上生產累積了財富，才使得父權取代了母權，這些分析都是實在的現象，然而完全用生殖肯定女性的價值，及用經濟實力肯定男性的地位，以此觀點來解釋兩性社會關係的演化，是唯物主義的功利想法，如前所述，女性在物質生產中，也有不可抹滅的貢獻，兩性以分工合作的方式進行物質生產，實在難以斷言孰優孰劣。

筆者檢討以唯物觀點探究兩性關係演變這一人文問題的局限性，發現神話傳說中有些隱晦難解的情節，如洪水兄妹婚神話中的女性具有較強的非血緣婚姻觀（見第三章第三節）、棄子神話中的母親先棄子後又收養孩子（見第六章第二節），這二個情節的主角都是女性，在前面章節的析論中，我們瞭解她們可能受到某些壓力，像洪水兄妹婚中的女性懼怕社會輿論及氏族規範的懲處，棄子神話中的母親則臣服於父權社會對私生子的處置。這二者的背後似乎都隱藏著社會人倫的規範，如洪水兄妹婚神話透露對亂倫禁忌的恐懼，而棄子神話的背後是一大套上事宗廟、下繼後世的宗族倫理；在這裡，女性顯然受到社會人倫的規範較多，所以她們的反應較為突出。

抽出社會人倫這一線索，我們才能夠貫通何以封建社會的婦女受到禮教的約束特別多？一直以來，自從開始有兩性的禁忌產生時，女性就在不知不覺中接受較多的社會規範，這種規範有來自女性本身的自覺，也有社會大眾附加其上的，追究何以人倫禮教關於女性的規範、禁忌特別多呢？不外是女性擁有生殖的能力，生殖能力在初民思維中具有神祕的超力量，及至人類發現男性在生育中的作用後，女性的生殖及其子代又成了男性急欲控制的對象，女性在人倫禮教的規範下，逐漸脫離公共領域，她的生產及活動範圍漸漸地局限於私人家庭，女性對公共事務參與的缺席，才是影響女權旁落的原因，而父權也因為掌握了公共事務的決定權，才站到權力的核心。

中國人倫禮教的萌芽，對兩性關係產生不小的干預，我們看上古的女神神話，因未受禮教的束縛，女神形象何等生動鮮明，其性情何等奔放；男女

之間的交游，是因情或因欲而結合，神話告訴我們，在遠古的男女神之間，也迸發很多燦爛的愛情故事，越古老的典籍記錄的男女關係越真純直接，像《詩經》裡的男女交往，像《山海經》裏性格鮮明的神、物世界。

　　倫理化、禮教化很快地扼殺了男女之間真欲真情的關係，我們在中國神話傳說中，抽絲剝繭地找到一些遠古男女雜游、群婚的蛛絲馬跡，但這些對遠古群婚的回憶與傳說，總是簡約、朦朧、輕描淡寫的；相反的，對中國的神或文化英雄的行事描寫卻很深刻，這些神都持身拘謹，彷彿都在為了某種高於自己的道德規範而活著，即使是「反面角色」——肆意破壞的共工、蚩尤等凶神，在私生活上也是很少瑕疵的。〔註4〕

　　早熟的人倫禮教使中國民族產生「性的嚴謹」，與希臘羅馬神話中錯綜複雜的血婚與婚外戀相較，中國神話對男女的性愛故事顯得含蓄而拘謹；中國對性的嚴謹是「設男女之大防」及約制女性行動的心理基礎，忽視了男女性愛在婚姻關係中的質量，反而突顯出兩性權力的角力，當我們在探索中國神話傳說中的兩性社會關係之變化時，這中國式的人倫禮教及對性的嚴謹，也是值得深入省思的地方。

四、研究展望

　　筆者由婚姻形態的轉變，探究母系社會演變為父系社會的過程，進而論述兩性社會地位之演進情形；筆者企圖透過這一研究進路，以找出影響兩性關係及改變兩性社會地位的原因，這用意不是要顛覆現狀，也不是要挑起兩性的爭執，而是要找到思考兩性社會定位的焦點。

　　科技文明高度發展的今日，兩性關係已經較封建社會的一夫一妻制更為落實、進步了，在很多家庭中，夫妻相處和睦，也沒有所謂地位失衡的問題，但是在人類共同生活的社會中，長久深烙於人類腦中的兩性刻板印象，就時常勾起兩性之間的質疑與爭執，為何兩性的刻板印象會引起衝突呢？仔細思考，不難發現兩性的特質，是在兩性社會地位發展失衡的狀態下被扭曲了，所以找到改變兩性社會定位的原因，才能使兩性問題聚焦，不因情緒化而模糊了方向。

　　筆者目前僅就婚制的轉變過程，找出兩性社會地位失衡的原因；然而在

〔註4〕此觀點參見謝選駿著，《神話與民族精神》（山東文藝出版社，1997年），頁159～160。

神話傳說中，尚有很多男女神相戀的浪漫愛情故事，在少數民族的傳說中，也有大量純摯動人的兩性情誼，這方面的研究，對於積極促進兩性和諧，開發兩性情慾，使兩性更加瞭解彼此的特質，具有正面的意義，神話傳說中的兩性關係之研究，仍然有相當大的發展空間。

參考書目

一、古典書籍（按經、史、子、集分類）

（一）經　部

1. 屈萬里著，《詩經詮釋》，台北：聯經出版社，1993 年。
2. 《禮記三十卷》，台灣商務印書館，1983 年。
3. 載月芳編輯，《禮記》，台北：錦繡出版社，1993 年。
4. 清・孫詒讓輯，《河圖》，台北：成文出版社，1976 年。
5. 《十三經注疏》，台北：藝文印書館出版，1992 年。

（二）史　部

1. 漢・司馬遷撰，《史記》，台北：鼎文書局印行，1971 年。
2. 漢・趙煜撰，《吳越春秋》，台北：臺灣商務印書館，1978 年。
3. 晉・黃甫謐撰，《帝王世紀》，台北：藝文印書館，1967 年。
4. 晉・常璩撰，《華陽國志》，台北：世界書局，1962 年。
5. 唐・魏徵等撰，《隋書》，台北：鼎文書局，1975 年。
6. 唐・辯機撰，釋元奘譯，《大唐西域記》，台北：臺灣商務印書館，1971 年。
7. 梁・沈約撰，《宋書》，台北：洪氏出版社，1975 年。
8. 宋・范蔚宗撰，楊家駱主編，《後漢書》，台北：鼎文書局出版，1977 年。
9. 北齊・魏收撰，《魏書》，台北：鼎文書局，1975 年。
10. 宋・羅泌撰，《路史》，台北：臺灣商務印書館，1979 年。
11. 清・朱右曾撰，《今本竹書紀年》，台北：世界書局，1957 年。

12. 清‧馬驌撰，《繹史》，上海古籍出版社，1993 年。

13. 清‧李文田撰，《元朝祕史》，台北：藝文印書館，1970 年。

（三）子　部

1. 春秋齊‧管仲撰，《管子》，台北：廣文書局，1965 年。

2. 戰國鄭‧列禦寇撰，《列子》，吉林人民出版社，1997 年。

3. 戰國‧韓非撰，《韓非子》，台北：中華書局，1966 年。

4. 陳鼓應註譯，《莊子今註今譯》，台北：臺灣商務印書館，1991 年。

5. 袁珂校注，《山海經校注》，台北：里仁書局，1995 年。

6. 秦‧呂不韋撰，漢‧高誘註，《呂氏春秋》，台北：世界書局，1955 年。

7. 漢‧劉安撰，高誘註，《淮南子》，上海：中華書局，1965 年。

8. 漢‧班固撰《白虎通》，，台北：藝文印書館，1970 年。

9. 晉‧王嘉撰，《拾遺記》，台北：藝文印書館，1966 年。

10. 唐‧歐陽詢編，《藝文類聚》，台北：新興書局，1969 年。

11. 宋‧李昉編，《太平御覽》，台北：新興書局，1959 年。

12. 宋‧周游撰，《開闢衍繹》，上海古籍出版社，1990 年。

13. 梁‧任昉撰，《述異記》，台北：藝文印書館，1968 年。

二、現代著作（依出版年代順序排列）

1. 陶希聖，《婚姻與家族》，上海書店出版，1934 年 8 月。

2. 陳顧遠，《中國婚姻史》，上海書店出版，1936 年 11 月。

3. 陳國鈞，《台灣土著社會婚喪制度》，台北：幼獅書店出版，1961 年。

4. 《馬克思恩格斯選集》，北京：人民出版社，1972 年。

5. 奧‧佛洛伊德，楊庸一譯，《圖騰與禁忌》，台北：志文出版社，1975 年 8 月初版，1994 年 1 月再版。

6. 徐亮之，《中國史前史話》，台北：華正書局出版，1979 年 5 月。

7. 袁珂著，《古神話選釋》，台北：長安出版社，1982 年 8 月。

8. 杜耀西、黎家芳、宋兆麟合著，《中國原始社會史》，北京：文物出版社，1983 年 3 月。

9. 蔡文輝，《社會學與中國研究》，台北：東大書局出版，1986 年 2 月。

10. 賴蒙‧卡甫麥，台灣開明譯，《人類史話》，台灣開明書店出版，1986 年 3 月。

11. 袁珂著，《中國神話傳說辭典》，台北：華世出版社，1987 年 5 月。

12. 王孝廉著，《中國神話世界》（上、下冊），台北：時報文化出版社，1987

年 6 月。

13. 何新,《諸神的起源——中國遠古神話與歷史》,台北:木鐸出版社,1987 年 6 月。

14. 袁珂著,《中國神話傳說》,台北:里仁書局出版,1987 年 9 月 1 日初版,1995 年 7 月初版二刷。

15. 楊和森,《圖騰層次論》,南雲人民出版社,1987 年 9 月。

16. 王潔卿,《中國婚姻——婚俗、婚禮與婚律》,台北:三民書局出版,1988 年 8 月。

17. 蔡俊生,《人類社會的形成和原始社會形態》,北京:中國社會科學出版社,1988 年 9 月。

18. 張猛、顧昕、張繼忠合著,《中國歷代婚姻與家庭》,台北:谷風出版社,1988 年 12 月。

19. 德・恩格斯,《家庭、私有制和國家的起源》,台北:谷風出版社,1988 年 12 月。

20. 魯迅著,《中國小說史略》,台北:風雲時代出版社,1989 年。

21. 法・魯妥努,衛惠林譯,《男女關係的進化》,上海文化出社,1989 年 4 月。

22. 高民強,《神祕的圖騰》,江蘇人民出版社,1989 年 8 月。

23. 陳登原,《中國文化史》,台北:世界書局出版,1989 年 10 月。

24. 日・中村元,陳俊輝審譯,《東方民族的思維方法》,台北:結構群出版社,1989 年 11 月。

25. 美・瑪格麗格・米德,踐等譯,《三個原始部落的性別與氣質》,台北:遠流出版社,1990 年 1 月。

26. 宋兆麟,《共夫制與共妻制》,上海三聯書局出版,1990 年。

27. 陶陽、鍾秀編,《中國神話》,上海文藝出版社,1990 年 4 月。

28. 劉小幸,《母體崇拜——彝族祖靈葫蘆溯源》,雲南人民出版社,1990 年 5 月。

29. 飽宗豪,《婚俗文化:中國婚俗的軌跡》,上海人民出版社,1990 年 7 月。

30. 陶陽、鍾秀編,《中國創世神話》,上海文藝出版社,1991 年 2 月。

31. 李福清,《中國神話故事論集》,台北:學生書局出版,1991 年 3 月。

32. 趙國華,《生殖崇拜文化論》,北京:中國社會科學出社,1991 年。

33. 袁珂著,《中國神話史》,台北:時報文化,1991 年 5 月。

34. 劉亞湖,《原始敘事性藝術的結晶——原始性史詩研究》,內蒙古大學出版社,1991 年 6 月。

35. 王一兵,《虎豹熊羆演大荒・圖騰與中國史前文化》,陝西人民教育出版社,1991 年 6 月。

36. 高洪興、徐錦鈞、張強合編,《婦女風俗考》,上海文藝出版社,1991 年 10 月。

37. 德・恩斯特・卡西爾,結構群審譯,《人論》,台北:結構群出版社,1991 年 12 月。

38. 蕭兵,《太陽英雄神話的奇蹟　射手英雄篇》,台北:桂冠圖書公司出版,1992 年 1 月。

39. 蕭兵,《太陽英雄神話的奇蹟——棄子英雄篇》,台北:桂冠圖書公司出版,1992 年 1 月。

40. 王祥齡,《中國古代崇祖敬天思想》,台北:學生書局出版,1992 年 2 月。

41. 陳國鈞,《文化人類學》,台北:三民書局出版,1992 年 8 月。

42. 劉城淮,《中國上古神話通論》,雲南人民出版社,1992 年。

43. 譚達先,《中國神話研究》,台北:台灣商務印書館,1992 年 12 月。

44. 李宗侗,《中國古代社會史》(一),台北:中華文化出版。

45. 徐華龍,《中國神話文化》,遼寧教育出版社,1993 年 2 月。

46. 葉舒憲,《中國神話哲學》,北京:中國社會科學出版,1993 年 3 月。

47. 鄭志明,《中國社會的神話思維》,台北:谷風出版社,1993 年 6 月。

48. 陳其南,《文化的軌跡——文化結構與神話》(上),台北:允晨文化出版,1993 年 9 月。

49. 郭精銳,《神話與中國古代文化的縮影》,廣州花城出版社,1993 年 3 月。

50. 袁珂著,《中國神話通論》,北京:巴蜀書社出版,1993 年 4 月。

51. 袁珂著,《中國古代神話》,台北:台灣商務印書館,1993 年 4 月。

52. 曲啟明、溫益群合著,《原始社會的精神歷史架構》,雲南人民出版社,1993 年 5 月。

53. 何星亮,《龍族的圖騰》,台北:中華書局出版,1993 年 8 月。

54. 陳來生,《無形的鎖鏈——神祕的中國禁忌文化》,上海三聯書店出版,1993 年 9 月。

55. 王仁湘,《中國史前文化》,台北:台灣商務印書館,1993 年 10 月。

56. 王孝廉著,《中國的神話與傳說》,台北:聯經出版社,1994 年 4 月。

57. 德・恩斯特・卡西爾,《國家的神話》,台北:桂冠出版社,1994 年 4 月。

58. 楊學政,《原始宗教論》,雲南人民出版社,1994 年 8 月。

59. 陳建憲選編，《人神共舞》，湖北人民出版，1994 年 8 月。

60. 英・保羅・田立克，魯燕萍譯，《信仰的動力》，台北：桂冠圖書公司，1994 年 8 月。

61. 程德祺、許冠亭合著，《婚姻禮俗與性》，天津教育出版社，1994 年 11 月。

62. 刑莉等編，《中國女性民族文化》，北京：中國檔案出版社，1995 年 1 月。

63. 顧鑒塘、顧鳴塘合著，《中國歷代婚姻與家庭》，台北：台灣商務印書館，1995 年 5 月。

64. 李仲祥、張發嶺合著，《中國古代漢族婚喪風俗》，台北：台灣商務印書館，1995 年 5 月。

65. 陳其南，《文化的軌跡——婚姻家族與社會》下，台北：允晨文化，1995 年 6 月。

66. 林惠祥，《神話論》，台北：台灣商務印書館，1995 年 6 月。

67. 美・路易斯・享利・摩爾根，楊東純、馬雍、馬巨譯，《古代社會》（上、下冊），北京：商務印書館出版，1995 年。

68. 英・里克爾，林宏濤譯，《詮釋的衝突》，台北：桂冠圖書公司，1995 年 5 月。

69. 馬昌儀編，《中國神話學文論選萃》，北京：中國廣播公司出版，1995 年 11 月。

70. 《中華民族故事大系》一至十六卷，上海文藝出版社，1995 年 12 月。

71. 陸思賢，《神話考古》，北京：文物出版社，1995 年 12 月。

72. 李緒鑒，《禁忌與隋性》，台北：幼獅出版社，1995 年 12 月。

73. 謝選駿，《中國神話》，浙江教育出版社，1996 年 3 月。

74. 徐高祉編，《中國古代史》（上、下冊），北京：華東師大學出版，1996 年 3 月。

75. 鄧啓耀，《中國神話的思維》，重慶出版社，1996 年 4 月。

76. 冷德熙，《超越神話——緯書政治神話研究》，北京：東方出版社，1996 年 5 月。

77. 高世瑜，《中國古代婦女生活》，北京：商務印書館，1996 年 7 月。

78. 美・M.艾瑟・哈婷／蒙子、龍天、芝子譯，《月亮神話——女性的神話》，上海文藝出版社，1996 年。

79. 巴蘇亞・博伊哲努（浦忠成）著，《台灣原住民族的口傳文學》，台北：常民文化出版，1996 年。

80. 林道生編著，《台灣原住民族口傳文學選集》，花蓮縣立文化中心出版，

1996 年。

81. 岑家梧，《圖騰藝術史》，台北，地景企業股份有限公司出版，1996 年 9
月。

82. 羅素，靳建國譯，《婚姻革命》，台北：遠流出版社，1996 年 11 月。

83. 謝選駿，《神話與民族精神》，山東文藝出版社，1997 年 4 月。

84. 楊治經、黃任遠合著，《通古斯──滿語族神話比較研究》，台北：洪葉
文化出版社，1997 年 4 月。

85. 陳鈞，《創世神話》，北京：東方出版社，1997 年 5 月。

86. 宋兆麟著，《中國生育、性、巫術》，台北：漢忠文化出版，1997 年 9
月。

87. 易中天，《中國的男人與女人》，北京：中國文聯出版，1998 年 1 月。

三、期刊論文（依刊出年代順序排列）

1. 管東貴，〈川南鴉雀苗的神話與傳說〉，收於《中央研究院歷史語言研究
所集刊》第四十五期三卷，民國 63 年 5 月，頁 437～466。

2. 尉天驄，〈中國古代神話的精神〉，收於《中外文學》第三期八卷，民國
64 年 1 月，頁 140～151。

3. 趙林，〈蜺虹與交龍的神話〉，收於《人與社會》第六期五卷，民國 67 年
12 月，頁 41～51。

4. 王源娥，〈緯書中的神話〉，收於《東吳大學中國文學系系刊》第六期，
民國 70 年 6 月，頁 49～57。

5. 趙林，〈中國古代的宇宙觀和創世神話〉，收於《人文學報》第六期，民
國 70 年 6 月，頁 141～160。

6. 劉惠琴，〈從心理學看女人（三），從神話到禮數──我國早期社會的女
人〉，收於《張老師月刊》第八期六卷，民國 70 年 12 月，頁 53～56。

7. 張壽仁，〈漢高祖的政治神話〉，收於《文藝復興》第一二九期，民國 71
年 1 月，頁 49～51。

8. 孫廣德，〈我國正史中的政治神話〉，收於《社會科學論叢》第三十期，
民國 71 年 9 月，頁 29～76。

9. 吳萬居，〈詩經裡之異常誕生神話與傳說〉，收於《孔孟月刊》第七期二
十三卷，民國 74 年 3 月，頁 24～31。

10. 杜而未，〈宇宙起源神話解釋〉，收於《文史哲學報》第三十四期，民國
74 年 12 月，頁 113～189。

11. 杜而未，〈田埔阿美族婚喪與神話傳說〉，收於《國立台灣大學考古人類
學刊》第四十五期，民國 78 年 1 月，頁 6～19。

12. 葉舒憲，〈人日之謎：中國上古創世神話發掘〉，收於《中國文化》第一期，民國 78 年 12 月，頁 84～92。

13. 何萍，〈論神話認識之形成〉，收於《中國文化月刊》第一二九期，民國 79 年 7 月，頁 51～65。

14. 孟悅，〈性別表象與民族神話〉，收於《二十一世紀》第四期，民國 80 年 4 月，頁 103～112。

15. 李貌華，〈土家族的祖先神話及面具世界〉，收於《歷史月刊》第四十三期，民國 80 年 8 月，頁 5～8。

16. 浦忠成，〈台灣原住民洪水神話探述〉，收於《文學台灣》，第四期，民國 81 年 9 月，頁 122～131。

17. 周而鼎，〈龍生九子的神話〉，收於《歷史月刊》第五十七期，民國 81 年 10 月，頁 113～115。

18. 蔡振豐，〈「山海經」所隱含的神話結構試論〉，收於《中國文學研究》第八期，民國 83 年 5 月，頁 235～246。

19. 魯瑞菁，〈「天命」觀念的產生及其意義——以「天命玄鳥，降而生商」神話爲中心的討論〉，收於《中國文學研究》第八期，民國 83 年 5 月，頁 213～233。

20. 王昌煥，〈《中國創世神話》（陶陽、鍾秀合著）評介——兼談神話的定義〉，收於《台北市立圖書館訊》第三期十一卷，民國 83 年 3 月，頁 96～100。

21. 簡美鈴，〈阿美族起源神話與發祥傳說初探——兼論阿美族亞群的類緣關係〉，收錄於《台灣史研究》第二期一卷，民國 83 年 12 月，頁 85～108。